ビギナーズ
ドラッグ

喜多喜久

Beginner's Drug
Yoshihisa Kita

講談社

ビギナーズ・ドラッグ

装画
浦上和久

装丁
bookwall

《創薬研究とは？》

○病気の原因＝生体内の機構の異常
（メカニズムとも言う）
｛タンパク質の蓄積
　酵素のトラブル

↓

これを取り除くのが（薬）

⇒原因（異常）を突き止め、それに効く物質を見つける。

（これが創薬！）

薬作りは製薬会社の責務

「患者さんのために」がキーワード。

○誰がやるのか？

✓合成研究者＝世の中にない物質を作る

↓

✓薬理研究者＝作ったものの効果を調べる。

↓

✓薬物動態研究者＝物質の安全性を調べる

⇒作った薬の候補をヒトで試すのが臨床試験。

（第1相〜第3相まである）

→×層

✓10〜15年の歳月、1000億円のコスト

⇒この創薬のプロセスを，どうサポートするか？

✓事務員として貢献できることがあるはず

✓自分で考え，面接でしっかり伝える

（就職活動時の水田恵輔のメモより抜粋）

Phase 1

1

二〇一五年、八月三十一日、月曜日。一週間ほど涼しい日が続いていたが、季節が進むのをなんとか食い止めようとするように、その日は朝から異様に暑かった。

南海本線石津川《いしづがわ》駅から西に徒歩七分。国内売り上げランキング六位の中堅製薬企業、旭日《きょくじつ》製薬大阪研究所は、大阪湾に突き出した埋立地の上にある。その敷地の北端近くに建つ本館の一階、総務部の事務室の自席で、水田恵輔《みずたけいすけ》はノートパソコンの画面を真剣に見つめていた。

画面には、明日、防災の日に合わせて実施される、避難訓練の段取りが表示されている。

◆地震発生を知らせるアナウンスを流す。内容は、「和歌山県沖を震源とする巨大地震が発生

しました。研究所の立地から予測される津波の高さは五メートルで、二時間以内に到達するものと思われます」というもの
◆研究所内の全社員は、最寄りの建物の四階以上に避難する
◆各建屋における救護担当員は分担して部屋を見て回り、負傷者の有無を確認。その後、避難場所に移動。この作業は十分以内に完了のこと
◆全社員の避難が完了後、各部署の責任者はチームメンバーの点呼を五分以内に行い、速やかに総務部の災害対策本部まで連絡する。訓練終了までの目標タイムは避難開始から十五分

入社五年目の恵輔は今年、初めて避難訓練の担当者となった。

訓練の流れを頭に叩《たた》き込むべく、改めてスケジュールを見直していると、「おーい、水田」と名前を呼ばれた。

顔を上げると、恵輔の上司である、総務部第一課の課長、塩屋《しおや》が斜め前に立っていた。髪が全体的に薄くて小太りなので、一瞬、大きなボウリングのピンが置いてあるのかと錯覚しそうになる。

「軽く、明日の打ち合わせをしておくか」塩屋は突き出た腹を撫《な》でながら、恵輔のノートパソコンの画面を覗《のぞ》き込んだ。「お、ちょうど見てたとこだったのか」

「はい。問題があるといけませんので。それで、ひとつ気になったのですが、ここの、避難後の点呼、これは想定では五分で完了となっていますが、もう少し時間がかかるのではないでしょうか」

「ん？　でも、去年もそれでやってるだろ」

「はい。しかし、昨年の実測では八分近くかかってしまっています。皆さん真面目にやっての結

果ですから、五分はそもそも想定に無理があるのではと思うのですが」

「いや、そんなもん誤差だろ、誤差」塩屋は太い眉毛を八の字にした。「いちいち変えなくていいんだよ。どうせ訓練なんだから」

「ですが、それを基にマニュアルを作成するわけですから、訓練は大切です」

「マニュアル、ねえ……」塩屋は呆《あき》れ顔で首の後ろを揉《も》んだ。「ずいぶんこだわるんだな、書面に」

「はい。トラブルが起こった時には、マニュアルに頼ることになると思いますので、正確な数値を記載することが必要かと」

「そりゃそうだけどよ、物事には『ちょうどいい加減』ってのがあるんだよ……」塩屋はため息をつき、恵輔の二の腕を軽く叩いた。「なあ、水田。今までに誰かに言われたことはないか？ 機械みたいとか、真面目くさってるとか」

「それは何度もあります」

落ち着いて見える、慌てているところが想像できない、そもそも感情が欠けている——自分に対するそんな評価を、恵輔は数えきれないほど聞いてきた。

「そうだろ？ いいか、水田。マニュアルもいいが、そればっかりじゃ周りの人間は付いてこないぞ。お前にはユーモアが足りないんだ。もっとふざけた方がいい。オンとオフの切り替えをはっきりさせることで、初めてバランスのいい人間関係が築けるんだ」

塩屋のアドバイスに、恵輔は首を捻《ひね》った。

「……ユーモアですか。難しいですね。すぐには思い浮かびません。具体的にはどのように対応すればいいでしょうか」

「いや、人に訊《き》いてどうなるようなもんじゃないだろ。閃《ひらめ》きっつーか、こう、ぱっと思いついた冗談をそのまま言えばいいんだよ」

「はい。承知しました」

恵輔はしかつめらしく頷《うなず》き、ワイシャツの胸ポケットに差してあった、水色のシャープペンシルを手に取った。

金属製のクリップ部分に小さな星が付いたこのシャープペンシルは、「スターマン」という商品名で二十年以上前に発売されたものだ。すでに生産は終了しているが、中学生に上がった時に買ったものを、恵輔は今でも愛用している。

恵輔は付箋《ふせん》に〈閃いたジョークを口にする〉と書いて、ノートパソコンのフレームに貼り付けた。

「おい、なんだそりゃ」

「忘れないようにしようと思いまして。機会があればトライしてみます」

「……だから、そんな大仰な心構えはいらないんだって」

塩屋がため息をついた時、ぶつっ、という微《かす》かな音と共に、事務室の明かりがすべて消えた。

「なんだ？　ブレーカーが落ちたか？」

塩屋が小走りに部屋を出て行った。と思ったら、一分もせずに駆け戻ってきた。彼の後ろには、ヘルメットをかぶった設備課の職員の姿があった。

「停電だとさ。研究所全部だ。電力供給にトラブルが起きたらしい」

「まずいですね。早く対応しないと」

研究施設には、細胞やウイルスを保管する超低温冷凍庫や、実験動物用の空調など、三百六十五日二十四時間、常に稼働させておかねばならない施設がいくつもある。

「非常用電源が動いてる。しばらくは大丈夫だ」

「しかし、容量的に限度があります」明日に備えて準備してあった非常用マニュアルをめくり、停電時の対応が記載されたページを開く。「実験室の冷蔵庫は非常時の電気供給の対象外ですね。マニュアルでは、そちらのケアのためにドライアイスを運び出すことになっています」

本館の地下には、実験に使うためのドライアイスが保管されている。電力が復旧するまでの間、それで冷蔵庫、冷凍庫の温度上昇を防がねばならない。さもなければ、実験用の細胞やタンパク質が壊れ、数百万円の被害が出ることになる。

「お、おう、そうだな」塩屋が慌てながら他の職員に指示を飛ばす。「俺は地下に行く。水田。所内向けに放送を頼む」

「承知しました」

恵輔はマニュアルを片手に、放送設備のある隣室へと向かった。ここは非常用電源の適用区域だ。設備が使えることを確認し、マイクを手に取る。

「総務部よりお知らせいたします。現在、研究所内で大規模な停電が発生しております。本館一階、玄関付近にドライアイスを準備いたしますので、冷蔵庫、冷凍庫の温度維持の必要がある場合は、そちらをご利用ください」

マニュアル通りのアナウンスを終えて事務室を出ると、恵輔は階段で地下に降りた。

倉庫にはすでに、数名の職員の姿があった。非常灯の薄緑色の光に照らされながら、紙に包まれたドライアイスのブロックを台車に載せている。

それを手伝おうと軍手をはめた時、何の前触れもなく、ぱっと廊下の明かりが点灯した。

「ん？」ドライアイスの包みを手に、塩屋が天井を見上げた。「直ったか？」

恵輔は倉庫の電話機の受話器を持ち上げた。耳に当てると、ツーという発信音が聞こえた。電気がちゃんと来ている証拠だ。

「そうですね、復旧したようです」

「やれやれ、どうなることかと思った」塩屋が軍手をはめた手で額の汗を拭う。「……と言いたいところだが、これからが大変だな」

「そうですね」恵輔は受話器を置いた。停電に伴う研究所内でのトラブルの有無を確認し、問題があれば早急に対応しなければならない。「上に戻りましょう」

倉庫を出ようとしたところで、塩屋が「かんさい～でんきほ～あんきょ～かい」と節をつけて歌った。

「え？　関西電気保安協会に連絡を取った方がいいんでしょうか」

恵輔がそう尋ねると、塩屋は苦笑して首を振った。

「いや、電気設備を確認する作業が、保安協会っぽいなと思っただけだ」

「ああ、なるほど」と恵輔は手を打った。「今のがユーモアですか。咄嗟《とっさ》の閃きで生まれるという」

「……感心するんじゃないよ。調子が狂うな、まったく」

塩屋は残り少ない髪をさっとひと撫でると、「さ、上に戻るぞ」と、恵輔の尻を叩いた。

午前十時過ぎに発生した停電の影響の確認は、午前中いっぱいを費やしても終わらなかった。

恵輔は十二時十五分まで作業を続け、そこで手を止めた。どんなに忙しくても、一時間の昼休みのうち四十五分は仕事をしないと恵輔は決めていた。労働基準法第三十四条で、労働時間が六時間以上、八時間以下の場合は、少なくとも四十五分の休憩を取ることが義務付けられているからだ。

昼食はいつも、会社の食堂でとることにしている。机の引き出しを開け、財布を取り出そうとしたところで、スマートフォンのLEDランプが光っていることに気づいた。メールが届いている。

確認してみると、差出人は母親だった。

〈今日から、おじいちゃんを老人ホームに入れることになりました。一度、顔を見に行ってあげてください〉

自然と、ため息がこぼれた。

いつか、こんな日が来ることは分かっていた。心の準備もしたはずだった。それでも、胃がずしりと重くなった。降りることのできない階段を上がったような気分だった。

恵輔は椅子《いす》に座り直し、気持ちを落ち着けてから、母親に返信した。

〈週末に訪ねてみます。その老人ホームの場所を教えてください〉

2

九月五日、土曜日。恵輔は正午前に堺市内の自宅マンションを出ると、南海本線の最寄り駅から電車に乗った。

休日ということもあり、電車は思いのほか込み合っていた。高架を走る電車の窓から街を見下ろしながら、恵輔は今年で八十二歳になる祖父、和雄《かずお》のことを考えた。

両親が共働きで忙しかったこともあり、恵輔の幼少時の記憶の様々な場面に和雄は登場する。自転車で幼稚園までの送り迎えをしてもらったり、図書館に一緒に絵本を借りに行ったり、二人で通天閣を見に行ったり、自宅の和室で将棋を指したり……そんな記憶は今でも鮮明に残っていた。

そんな祖父が、老人ホームに入ることになった。仕方のないことだと分かっていても、恵輔は時の流れを痛感せずにはいられなかった。

和雄は恵輔の両親と共に、神戸市の北、三田《さんだ》市にある実家で暮らしていた。

平穏な生活に終止符が打たれたのは、昨年の秋のことだった。和雄が家の中で転倒して足を骨折し、三ヵ月の入院を余儀なくされたのだ。

元々が行動的だった反動か、退院後、今年の春くらいから軽い認知症の症状が出るようになった。恵輔の両親は自宅での介護を選択したが、結局はこうして、老人ホームに和雄の世話を任せることに決めた。二人だけでは負担が大きかったのだろう。

それは勇気ある決断だったと恵輔は考えていた。大阪で一人暮らしをしている恵輔を実家に呼び戻せば、自宅介護を続けることはできたかもしれない。それに固執せず、両親は冷静な選択をしたのだ。感謝こそすれ、文句を言う筋合いではない。

恵輔は胸ポケットに差してあるスターマンに触れた。メモを取る必要があるかどうかは分からなくても、恵輔は大抵いつもスターマンを持ち歩いている。一種のお守りのようなものだ。持っていれば、平常心を保つことができる。ここは自分に馴染みのある場所だと、そう思い込むことができる。

何があっても、ありのままに受け入れよう。

恵輔はスターマンの星の部分に触れながら、そう決意した。人が年老いていくのを止めることは誰にもできない。時間は将棋の歩《ふ》のように、前にだけ進むのだ。

南海本線からJR大阪環状線、宝塚線と乗り換え、恵輔は三田駅で電車を降りた。

地図によると、和雄が入所した老人ホーム、〈楽悠苑《らくゆうえん》〉は駅から北に数キロのところにあるようだ。路線バスでも行けそうだが、初めてなのでタクシーを使うことにした。

駅前でタクシーを拾い、「楽悠苑までお願いします」と伝えると、運転手はすぐに車を出した。地元ではそれなりに名が知られているらしい。

ぽつぽつと新しい家が並ぶ、山を切り拓《ひら》いて作った道を行くこと十数分。サイドブレーキを引かずに停車したら滑り落ちるのではというほど急な坂を上っていくと、瓦葺《かわらぶ》きの、一見すると民家風の建物が見えてきた。楽悠苑だ。二階建てで、クリーム色の壁には、何かの意匠のように、空調のダクトが横一列に点々と飛び出していた。

タクシーを降りた時、「意外と涼しいな」と恵輔は感じた。気温が低いというより、風がさらりと乾いている。高いところに来たな、という感じがする。

荒涼たる、と言ってしまうと大げさだが、辺りには他の建物はない。坂の下に民家が見える程度で、あとは草木の生い茂る斜面が広がるばかりだ。人家のある地域からさほど離れているわけではないが、下界から切り離された場所、という雰囲気があった。

恵輔は体を清めるように深呼吸をしてから、楽悠苑の玄関に向かった。

中に入ると右手に下駄箱が、左手に受付があった。受付のカウンターには、〈トイレで手を洗ってうがいをしてから受付を済ませてください〉という張り紙がしてある。恵輔はスリッパに履き替え、廊下に上がってすぐ右手のトイレで、指示通りに手洗いとうがいを済ませた。

受付で来訪者名簿に名前を書き、和雄の部屋の場所を尋ねる。一階の奥にある、〈さくら〉という部屋に入所しているとのことだった。どうやら、数字ではなく花の名前を付けて部屋を区別するのが、ここの習わしらしかった。

黄色いリノリウムの廊下を歩いていくと、中途半端にカーテンの引かれた部屋が並んでいるのが見えてきた。どれも個室になっているが、ドアはついていない。何かあった時にすぐに異変を察知するためだろう。

和雄の部屋は、廊下の奥、職員控え室の隣にあった。

「失礼します」

声を掛けてから、カーテンを少し開けて中を覗き込む。六畳ほどのスペースに、ベッドと木製のロッカー、三段の収納ボックスが置いてある。歩き回れるだけの余裕はない。

電動式のリクライニングベッドに、和雄が横になっていた。入所前に散髪を済ませたらしく、真っ白な髪はすっきりと短く刈られていた。少し痩《や》せただろうか。八月に顔を合わせた時より、頬骨《ほおぼね》が目立つ気がした。

和雄は起きていた。ただ、目は開いているが、その視線は何もない白い壁に向けられている。恵輔にも気づいていないようだ。

恵輔は唾《つば》を飲み込み、「おじいちゃん」と呼び掛けた。

和雄はこちらに顔を向け、「……はい？」と首を捻った。「どちらさんですか？」その無垢《むく》な視線に、息が詰まった。先月の半ばに会った時は、和雄はまだ恵輔のことを自分の孫だと認識できていた。わずか半月の間に、認知症の症状が一段階進んでしまったようだ。

恵輔は気を取り直して部屋に入ると、和雄と目の高さを合わせるためにベッドの脇《わき》に屈《かが》みこんだ。

「僕です、おじいちゃん。孫の恵輔です」

いつものように敬語で話し掛けると、和雄は納得したように何度か頷いた。

「ああ、耕介《こうすけ》か。えらい久しぶりやな」

「耕介じゃないですよ。恵輔です」

恵輔は訂正を試みたが、「分かっとるわ、耕介やろ」と応じるばかりで、和雄は呼び名を変えようとはしなかった。恵輔の知る限り、親族の中に「水田耕介」という名の人物はいない。別の誰かと勘違いしているのか、あるいは、名前という概念そのものが揺らいでいるのか。

恵輔はもう二度ほど、自分の名が「恵輔」であることを伝えたが、和雄は頑として間違いを認めようとはしなかった。

自分が何者か分かってもらえないのと、別人だと間違われるのと、どっちがマシだろうか。それは胃が痛くなるような、不毛すぎる問いだった。

――何があっても、ありのままに受け入れる。そう決めたじゃないか。恵輔は自分にそう言い聞かせた。

足に力が入らず、屈み込んだ姿勢からなかなか立ち上がれない。恵輔は奥歯を食いしばってなんとか腰を上げ、「……それで、体の具合はどうですか」と尋ねた。

「元気やで。足がもっとしゃんとしたら、車椅子がいらんようになるんやけどな」

「目標があるのはいいことです。リハビリを頑張らないといけませんね」

会話は成立するようだ、と一安心したところで、和雄が「リハビリ?」と眉間《みけん》にしわを寄せた。「お前までそんなことを言うんか。あんなもん、やる必要ないわ」

「しかし、体を動かさないと……」

「やめろゆうてるやろ!」和雄がベッドのシーツを握り締めた。「放っとけばそのうち治る。無理やり歩いたりしたら、余計に悪《わる》なるわ」

和雄は息を荒らげながら、摑《つか》んだシーツをさらに強く握った。激昂《げきこう》というより、ダダをこねていると言った方が近いだろうか。

恵輔は祖父の豹変《ひょうへん》ぶりに困惑していた。恵輔の知る和雄は、物静かで理知的な人物だった。こんな姿を見るのは初めてだ。

「……分かりました。すみませんでした、余計なことを」と、恵輔は絞《しぼ》り出すように言った。

「これからのことは、施設の人が考えてくれると思います。頑張っていきましょう」

と、その時、ぽーんと軽い音が天井のスピーカーから聞こえてきた。

『入所者の皆様。本日、午後二時より定例コンサートを行います。お時間のある方は、多目的ルームにお集まりください』

「おお、今日もあるんか」

放送を聞いた和雄は、「見に行くぞ。耕介、車椅子を持ってきてくれ」と恵輔に指示を飛ばした。事情は飲み込めなかったが、そのコンサートに参加したいらしい。恵輔は廊下にあった折り畳み式の車椅子を取ってくると、抱えるようにして和雄をシートに座らせた。

「よし。ほな行こか」

言われるがままに、恵輔は車椅子を押して部屋を出た。廊下に貼られていた館内マップで多目的ルームの場所を確認し、そちらへと進んでいく。

「おじいちゃん。コンサートというのは何ですか？」

「ええから早よせえや。前の方に行けんようになるやろ」

和雄は前のめりになっている。こんなことで機嫌を損ねたくはない。恵輔は質問をやめ、車椅子を押すことに集中した。

多目的ルームは、高校の教室を二つ合わせたほどの広さだった。床はカーペット敷きで、ゆったりとした幅を持たせて、数十脚の椅子が並べられている。すでにその七割ほどが入所者たちで埋まっていた。

部屋の奥の、演壇に近いポジションに、数台の車椅子が陣取っている。和雄の指示で、その集団の右端に車椅子を停めた。恵輔は和雄のすぐ後ろ、通路に面した席に腰を落ち着けた。

会場にやってきた入居者の男女比はほぼ同じで、見たところ、大半は八十代だと思われた。ぼそぼそと会話を交わしている者もいるが、おおむね静かに座りながら、マイクスタンドが置かれた壇上を見つめている。

何が行われるのだろうと待っていると、後ろから微かなざわめきが伝わってきた。

やがて、恵輔のすぐ隣を一台の車椅子が通り過ぎていった。車椅子に座っているのは長い黒髪の女性で、ハンドリムを握って自分で車輪を動かしていた。

彼女はスロープを通って演壇に上がると、マイクスタンドの前で動きを止めた。

女性がこちらを向く。年齢は二十代前半だろうか。小ぶりな鼻がやや幼い印象を与えているが、濃い眉や瑞々《みずみず》しい肌は生命力に満ちていた。まるで、全身から淡い光が放たれているようだ。目は大きく、限りなく澄んだその瞳から、恵輔は水晶を連想した。

彼女は膝《ひざ》の上にギターを載せていた。丁寧な所作でギターストラップを肩に掛け、ギターを演奏ポジションに持ち替えてから、女性は固定されているマイクに右手を添えた。

「皆さん、こんにちは。たくさんお集まりいただき、ありがとうございます」

明るく挨拶《あいさつ》をし、彼女は多目的ルームに集まった観客たちをゆっくりと見回した。その口元には、幸せそうな笑みが浮かんでいる。

恵輔はその笑顔から視線を外せなくなっている自分に気づいた。彼女の一挙手一投足を見逃したくない――そんな気持ちになったのは生まれて初めてのことだった。

「この前と同じく、今日も村下孝蔵《むらしたこうぞう》さんの歌を何曲か披露しようと思います。ギター、あれから練習してちょっとはうまくなったはずなので、頑張って演奏しますね。じゃあ、最初は一番有名な曲から。『初恋』です。聞いてください」

彼女の合図で、スピーカーから寂しげなメロディが流れ出す。それに合わせて、彼女はギターを鳴らし始めた。手つきはややぎこちないが、音は整っている。

イントロは二十秒ほど。大きく息を吸い込み、彼女が最初のフレーズを歌った瞬間、恵輔の体に震えが走った。柔らかい、しかし強固な芯《しん》を持つ歌声が、心ごと恵輔の全身を震わせていた。

その曲を聞くのは、それが初めてだった。美しく切ない日本語と、控えめだが胸に迫る旋律。

いい歌だ、と心から恵輔は思った。

彼女が弦をひと弾《はじ》きし、一音節を歌うたびに、胸の鼓動が強く、大きくなっていく。唇や手の動きからますます目が離せなくなる。登壇した時に彼女が放っていた光は、さらにその眩《まぶ》しさを増していた。

——なんなんだろう、この感覚は。

どうして、その歌声にこれほど心惹かれるのだろう？　なぜあの人は、こんなに光り輝いて見えるのだろう？　それらの疑問が浮かび、答えを思いつく間もなく感動の波に流されて消えていった。

目の前にいる女性は、とても自分と同じ人間だとは思えなかった。彼女はもっと、尊い存在だ。例えば、天上の世界から舞い降りた、神の使いのような——。

恵輔はそんなことを考えながら、彼女の歌を聞き続けた。


車椅子の女性は、計四曲を披露したところで、ギターストラップを肩から外した。

「今日はここまでです。ご清聴ありがとうございました」

彼女は一礼してから演壇を降り、入ってきた時と同じように、恵輔の隣を通って多目的ルームを出て行った。

入所者はまばらな拍手で彼女を見送っていたが、恵輔は手を動かすことさえできず、誰もいなくなった演壇をぼんやりと眺《なが》めていた。

「耕介」こちらに背中を向けたまま、和雄が声を上げた。「部屋に戻るぞ」

自分のことを呼んでいるのだと気づくまでに、たっぷり三十秒はかかった。恵輔は我に返り、「はい!」と慌てて立ち上がった。

「どうかしたんか」

「いえ、すみません。ぼんやりしていました」

謝罪し、恵輔は和雄の車椅子を押し始めた。体の痺《しび》れは完全には消えていない。耳の奥では、彼女の歌声がまだ鳴っているような錯覚もあった。あの女性は誰なのだろう。頭の中はその疑問で埋め尽くされていた。

自分は感動しましたと宣言するようで恥ずかしかったが、多目的ルームを出て部屋に戻る途中、恵輔は意を決して和雄に尋ねた。

「あの、おじいちゃん。さっき歌っていた方はどなたですか」

「知らん」和雄の返事はそっけなかった。「ここに来た日にな、今みたいな演奏会があったんや。歌っとったのは同じ人《おんな》やな」

「そうですか……」

歌は気に入ったが、素性は分からないということか。尋ねても無駄なようだ。あとは何も言わずに、恵輔は黙って和雄を部屋まで連れて行った。

介護には慣れていない。苦労しながらベッドに寝かせると、和雄はすぐに寝息を立て始めた。もう帰るつもりだったが、起きた時に誰もいないと寂しい思いをするだろう。和雄が目を覚ますのを待つことにした。

部屋の隅にあったパイプ椅子を広げて腰を下ろす。文庫本でも持ってくればよかったと思いながら、窓の外に目を向けた。ブラインドの隙間から、黄緑色の尖《とが》った葉が見える。建物の裏手に、人の背丈ほどの若い木が植えられていた。枝も幹も細く、ちょっとした突風でたやすく折れてしまいそうだ。

何をするでもなく、胸のスターマンを触りながら外を見ていると、「失礼しますね」と、肩幅の広い中年女性職員が入ってきた。大きな胸に、〈原《はら》〉と書かれたネームプレートが見えた。原はてきぱきとゴミを回収し、タオルを新しいものに交換すると、さっさと部屋を出て行こうとする。恵輔は立ち上がり、「あの」と小声で彼女を呼び止めた。

「はい、どうかされましたか」

「つかぬ事を伺いますが……その、先ほどのコンサートで歌っていた女性は、どういう方なんでしょうか」

「滝宮《たきみや》千夏《ちなつ》ちゃんのことですか？　彼女はここのスタッフですよ。週に二回、入所者の方へのレクリエーションとして、ああして歌を披露するんです。上手だったでしょう？」

「はい。すごく感動しました！」

思わず声が大きくなった。恵輔は小さく咳払《せきばら》いをして、「……心に沁《し》み入ってくると言いますか、魂を揺さぶられると言いますか」と続けた。

「ギターの演奏もなかなかのものでしょ？　リハビリの一環で始めたんですけど、もともとセンスがあったんでしょうね」

「リハビリ、ですか？」

「ええ……」にこやかだった原の表情が曇《くも》る。「二年前に『ラルフ病』って病気になってしまったんですよ。それまでは普通に暮らしてたんですけどね」

聞いたことのない病名だった。原の説明によれば、千夏は徐々に全身の筋力が衰えていく、治療法のない難病に冒されているのだという。発病前は介護を中心とした肉体労働をこなしていたが、今はパソコンだけでできる事務作業に従事しているそうだ。ここの職員はみな千夏に協力的で、全員で彼女のサポートをしているとのことだった。

「コンサートをやったらどうかっていうのは、あたしのアイディアでね。そういう場があれば、ギターの練習にも力が入るだろうと思ったんですよ」

「素晴らしい発案だと思います」恵輔は言葉に力を込めた。「うちの祖父も、彼女の演奏がとても気に入っているようです」

「そうなんですか。千夏ちゃん、喜びますよ。伝えておきますね」

原はそう言うと、笑顔のまま部屋を出て行った。

恵輔はひとつ息をつき、再びパイプ椅子に腰を下ろした。

和雄は身じろぎもせずに、静かに寝息を立てている。

恵輔は両手で口を覆《おお》い、「滝宮、千夏……さん」と小声で囁《ささや》いた。それだけのことで、ぐっと体温が上がった感じがした。

3

週明けの九月七日、月曜日。午前の勤務を終え、恵輔は一人、社員食堂へと向かった。

先週の停電は、送電設備で点検を行っていた男性が熱射病で倒れ、その拍子にケーブルが外れたことが原因だった。騒動を引き起こした高気圧はすでに日本を離れていたが、代わりに接近してきた台風の影響で、今日は朝から雲が出ていた。

本館から社員食堂までは、徒歩二分ほどの距離だ。敷地が海に近いこともあり、建物の間を吹き抜けてくる風はいつにもまして強い。乱れる髪を直しながら歩いていると、「おーい、水田くん」と声を掛けられた。

振り返るより早く、ショートカットの女性が隣にやってきた。

「ああ、綾川《あやかわ》さん。どうも」

彼女は恵輔と同期入社の研究員で、修士課程を出ているので歳は二つ上だ。同期の女性陣は、彼女のことを「理沙《りさ》さん」と下の名前で呼んでタメ口で会話しているが、恵輔は入社年度や年齢にかかわらず、全員に丁寧語を使っている。

「なんか、久しぶりだね」と理沙が白い歯を見せる。黄色い長袖Tシャツにスキニージーンズというラフな格好と、爽《さわ》やかな笑顔がよくマッチしている。自由な服装は、研究員の特権だ。実験中は白衣か、会社から貸与されている作業着を着ればよく、それ以外に服装の規程はない。

「そうですね。二週間ほど会ってないです」食堂で顔を合わせた時は、同期とは必ず同席する。決まりというか、暗黙の了解のようなものだ。「僕は毎日食堂を利用していましたが……綾川さんは、仕事が忙しかったんですか」

「実験が立て込んでてね。昼はコンビニのパンで済ませてたんだ」

「そうですか。それは大変でしたね」

理沙は、研究本部の薬物動態部に所属している。社内で作られた医薬品の候補物質が、生物の体の中でどういう挙動を示すかを調べる部署だ。急ぎの仕事が入れば、深夜近くまで実験することもあると聞いたことがある。

「まあ、それが仕事だし」

話しながら歩いていた恵輔たちを、男性三人組が追い抜いていった。

と、理沙に気づいた一人が足を止め、「おっ、またバトルか？」と笑いながら話し掛けてきた。茶色に髪を染めているが、恵輔より五つか六つは年上だろう。どうやら理沙と同じ部署の先輩らしい。

「何言ってるんですか。普通に喋《しゃべ》りながら歩いてたじゃないですか」

「ホントか？　この間、廊下で誰かの胸倉摑んでたのを見たぜ」

「摑んでません。見間違いです。あれは、化学の人と代謝物についてディスカッションしてただけです」

「それにしちゃ、すごい剣幕だったなー。廊下じゅうに綾川の声が響いてたぞ」

「多少声は大きかったかもしれませんが、それは生まれつきのものですから」

最初は理沙も笑っていたが、最後の一言を口にする際には、ネコ科の動物を連想させる吊《つ》り目で相手をしっかり睨《にら》みつけていた。面倒臭いから絡んでくるな、というメッセージが隣にいる恵輔のところまでしっかり届いたほどだ。

茶髪の男性は「お邪魔しました」と苦笑し、食堂の方に走っていった。

「……なんなの、もう！」

時々、こんな風に年長者から理沙がからかわれるのを見掛けることがある。

理沙は、どんな場面でも物おじせずに自分の意見をはっきり言う。聞いたところによると、全研究員と副社長が出席した今春の研究発表会で、次から次へと発表者に鋭い質問をぶつけていったらしい。恵輔はその発表会の撤収を手伝ったが、参加者の一人が、「あの爆弾娘がまた爆発しまくってさ」と総務部の人間に愚痴っているのを耳にした。そんなあだ名が付くくらい、理沙は目立っているのだろう。

「今の話は嘘だからね。あの人、しょっちゅう私をからかうんだよね」

「大丈夫です、分かっています」

確かに多少気が強いところはあるが、理沙は暴力をふるうような人間ではない。

その気持ちを込めて頷いてみせる。すると、理沙は風に髪をあおられながら、恵輔の顔を下から覗き込んできた。

「どうかしましたか？」

「なんか元気ないなあ、と思って。何かあったの？」

「実は、午前中にいろいろと失敗をしてしまいまして……」

間違った日時が記載された会議開催メールを送ったり、二枚コピーするところをうっかり二十枚にしてしまったり、段ボール箱を片付ける際に少し指を切ってしまったりと、些細《ささい》ではあるが、普段ならまずやらないであろうミスをいくつも犯した。

ミスについて説明している間に、食堂に着いていた。入口のところに今日のメニューがディスプレイされており、水色のトレイが積み上げられている。

「何にするの？」

「A定食です」

定食にはABCの三種類があり、Aは洋食、Bは和食、Cは丼と決まっている。大抵、恵輔はAを選ぶ。

「そう。じゃあ私も同じのにしよ」

トレイを持ち、二人でA定食の配膳口に並んだところで、「水田くんがそういう失敗するのって、珍しいんじゃない」と理沙が話を再開した。「私の中では、冷静に何でも落ち着いて対応するイメージがあるよ。いい意味で、淡々と仕事をこなすというか」

「何かあっても慌てないように、しっかりマニュアルを確認しながら行動していますから」

塩屋とも似たようなやり取りをしたな、と思いながら恵輔は答えた。

「それなのに立て続けにミスをしちゃって、それで落ち込んでると。ひょっとして、体調がよくないんじゃない？　さっきから暗いよ」

「暗い、ですか……」

恵輔は自分の頬を撫でた。少し冷たいような気もする。

調理場でトラブルがあったらしく、なかなか列が進んでいかない。恵輔は定食とセットになっている小鉢をトレイに載せ、大きく息を吐き出した。

一人で悩んでいたが、誰かに聞いてもらった方がいいかもしれない。ここで会ったのも何かの縁だと思い、恵輔は自分の中のもやもやについて話すことにした。

「実は、祖父が老人ホームに入所しまして」

「そうなんだ。それがショックだった？」

「いえ、一応覚悟はできていました。それで、先週の土曜に、祖父に会ってきたんですが、楽悠苑というその施設に、難病を患っている女性がいたんです。車椅子に乗っていましたが、歌がとても上手な方でした」

「なんていう病気？」

「ラルフ病といいます。全身の筋力が衰えていく、治療法のない病気だそうです」

「聞いたことないなあ。筋萎縮性側索硬化症《ALS》とは別なの？」

「症状には共通点がありますが、ラルフ病は内臓機能への影響があるため、急死のリスクが高いそうです」

「そっか。それは大変だね……」

　恵輔は「そうなんです！」と力を込めて頷いた。千夏のあの、聴く者の心を鷲摑《わしづか》みにするような歌声。そして、凛《りん》としたその姿。彼女は間違いなく、誰にとっても特別な存在であるはずだ。もしものことがあれば、彼女の家族や友人はもちろん、楽悠苑に入所している人々もひどく悲しむことになるだろう。それをなんとか食い止めたい。しかし、その方法が分からない。それで恵輔は先日来、ずっと頭を悩ませていた。

「自分はこうして製薬企業に勤めているわけですし、薬業に関わる人間の一人として、何かできることはないかなと思いまして……」

「使命感に苛《さいな》まれているわけだね」と、理沙が感心したように頷く。

「いえ、それは違う気がします」と恵輔は手を振った。ラルフ病に苦しむ人々を救いたいわけではなく、単純に千夏のために何かしたいという、個人的な想いがあるだけだ。それは別に、誰かに褒められるようなものではない。

「謙遜しなくていいよ、立派なことだと思うし。……でも、具体的な行動に移すのは難しいよね」理沙がトレイの上の小鉢に目を落とした。「明日、その人に薬を届けてあげられるわけじゃないし……」

「そもそも、治療薬は存在しませんから」

「だよね。自分たちの手で創り出せたら一番いいんだけど」

ため息交じりに理沙が呟く。

その言葉を聞いた瞬間、恵輔の頭の中で火花が弾けた。

「……そうか、その手があるじゃないか！」

「あ、水田くん。前、列が進んじゃってる」

理沙は配膳口を指差していたが、もはや食事どころではない。恵輔は小鉢を理沙に手渡し、

「すみません！　用事を思い出しました」と言い残して列を離れた。

トレイを返して食堂を出ると、恵輔は全速力で本館の事務室へと戻ってきた。省エネのために部屋の明かりは消されており、同僚たちは自分の席で弁当やカップラーメンを食べている。息を切らせて駆け込んできた恵輔を不思議そうに見ている者もいたが、構わず恵輔は自分のノートパソコンを開いた。

スリープモードを解除し、ロックを外すためにパスワードを入力する。興奮のせいで指がうまく動かず、二度パスワードがはじかれた。

思い通りにならない左手を右手ではたき、一文字ずつ、慎重にパスワードを打ち込む。今度は認証に成功し、画面にデスクトップ画面が表示された。

恵輔はマウスを操作し、社員用の掲示板へのショートカットアイコンをダブルクリックした。ソフトが立ち上がり、白を基調にした、色味の少ない画面に切り替わる。画面の左側に最新の掲示が、右側に各部門の専用掲示板へのリンクが表示されている。

恵輔はリンク一覧を確認し、研究本部の掲示板にアクセスした。

画面が切り替わるまでの数秒が、やけに長く感じられる。

読み込み中に現れる時計のアイコンが消え、さっきとほぼ同じ構成の掲示板がモニターに映し出された。画面には過去の連絡事項の見出しが並んでいる。それを丁寧にたどりながら画面をスクロールさせていく。

「……あった」

目的の掲示の見出しは紫色になっていた。未読なら青字で表示されているので、一度は読んだということだ。トラブルの連絡がどこから入ってもいいように、恵輔はすべての部門の掲示板をひと通りチェックしている。

呼吸を整え、探していた見出しにカーソルを載せる。その時、事務室に理沙が飛び込んでくるのが視界の端に見えた。

彼女はまっすぐ恵輔のところに歩み寄ると、「どうしたの、急に」と周りに気を遣いながら尋ねた。

「あれ、もう食べ終わったんですか」

「そんなわけないでしょ。あんな風に飛び出して行かれたら、気になるじゃない」

「すみません」理沙の鋭い視線に射られ、恵輔は頭を下げた。「少しでも早く確認したい気持ちが勝ってしまいまして……」

「それで、何を見に来たわけ」不満顔のまま理沙が画面を覗き込む。そこにはすでに、恵輔が見ようとしていたページが表示されていた。「これって……」

「新規創薬テーマ募集の掲示です」

旭日製薬で行われている創薬研究は、各部門のトップである部長か、その下に位置し、研究チームをまとめる課長が発案したものだ。製薬業界のトレンドを読み取り、豊富な知識と経験を基に決められた研究テーマばかりだ。

ただ、それだけでは挑戦的なアイディアは出づらいということで、年に一度、一般社員からも研究テーマを募集することになっている。研究対象となる疾患は任意で、旭日製薬が注力している、生活習慣病分野以外でも構わない。審査を経てテーマが採択されれば、提案者を中心とした少人数のプロジェクトチームを組むことになる。最長二年の期限付きではあるが、自分のやりたい研究に挑むことができる、唯一のチャンスだ。

恵輔は掲示の内容を改めて確認し、重要と思われる項目をメモした。募集締め切りは九月二十五日。まだ三週間近くある。

「……これがどうかしたの？」

「研究員の方に打診してみようと思います。『ラルフ病治療薬研究にチャレンジしてみませんか』という風に」

「……本気で言ってる？」

理沙の視線は、ノートパソコンのフレームに貼られた付箋に向けられていた。黄色い付箋には、恵輔の字で〈閃いたジョークを口にする〉と書かれている。

恵輔は急いでそれを剝《は》がした。

「冗談ではありません」

「分かってるよ！」と、理沙が恵輔の背中を軽く叩く。「水田くんは、そういう種類の悪ふざけを口にする人じゃないから。そうじゃなくって、勝算はあるの？ってこと。創薬の成功率じゃなくて、引き受けてもらえるかどうか、って意味だけど」

「分かりません。でも、意欲はあるのにやりたいテーマがない研究員の方がいるかもしれません。チャンスはあるはずです」

「それはまあ、いなくはないだろうけど……」

「それに――」恵輔は理沙の目を見た。この気持ちが少しでも伝わってほしい、と思った。「やれるだけのことはやりたいと、強く感じているんです。それが無謀なものであっても、です」

何秒か、互いに見つめ合う格好になった。

先に視線を外したのは、理沙の方だった。彼女は耳に掛かった髪を払いながら、「水田くんがそうやって熱くなってるの、初めて見た気がする」と言った。

「そう……かもしれませんね」

総務部の一員として携わる業務では、感情を表に出すような場面は一度もなかった。マニュアル通りに、決められた仕事を順にこなしていく。そうしていれば何の問題もなかったし、そうすることを求められていた。それでいいと思っていた。

しかし、これは違う、と恵輔は感じていた。心の底で、熱を帯びた意志が疼《うず》いているのを、確かに感じ取ることができる。

それは決して、未知の感覚ではなかった。ただ、忘れていただけだ。もう何年も前に捨てたと思っていたはずの、向う見ずな挑戦者精神。それがまだ、自分の中に残っていたのだ。

「とにかく、私も協力するよ。水田くんのそのやる気、なんとか創薬に繋《つな》げたいと思うから。とりあえず、知り合いに声を掛けてみるね。『こんなテーマがあるけど、興味ないですか』って」

「ありがとうございます！」

恵輔が手を差し出すのを見て、「何それ？」と理沙が怪訝《けげん》な顔をした。

「協力への感謝の気持ちを込めて、握手をしようかと……」

「まだ何も前進してないのに、握手ってのもねえ」理沙は肩をすくめ、「ま、いっか」と恵輔の手を握った。

「よろしくお願いいたします」

「ん、よろしく」と、そっけなく理沙は応えた。

そういえば、こんな風に女性の手を握るのは初めてだな、と恵輔は気づいた。

理沙の手は柔らかくて華奢《きゃしゃ》で、そして温かかった。その温もりは、手を放してもしばらく消えることはなかった。

4

翌日の午後六時。仕事を終えて本館をあとにした恵輔を、玄関先で理沙が出迎えた。

「お疲れ様。呼びに来たよ。部屋の準備は整ってるから」

「ありがとうございます。助かります」

頭を下げ、彼女と並んで歩き出す。これから、ラルフ病についての説明会を行うことになっている。交流のある研究員たちに連絡を取ったところ、何人かから、「話を聞いてみたい」という返事があったからだ。

「……人は集まるでしょうか」

「さっき覗いてみたけど、五人くらい来てたかな」

「そうですか。関心度はまずまずと言ったところでしょうか」

本館を出て右方向に五十メートルほど行くと、六階建ての建物にたどり着く。黒く艶《つや》やかな外壁のあちこちに太い配管が這っており、すべての窓のブラインドが下ろされている。どこか武骨な雰囲気のあるこの建物が、研究本部棟だ。旭日製薬の創薬研究のほぼすべてが、この中で行われている。

短い階段を上がり、ガラス扉脇の認証装置に社員証をかざして中に入る。

「一階の会議室を取ってあるから。十人くらいで使う部屋だから大丈夫だと思うけど、もしいっぱいになったら、また別のところに移ろう」

理沙に先導され、消火器以外何も置かれていない、幅が三メートルほどもある広い廊下を進んでいく。

買い物かごを提《さ》げた、白衣姿の研究員と途中ですれ違う。かごにはプラスチックチューブや試薬ビンが入れられていた。これから新しく実験を始めるのだろう。旭日製薬の定時は六時だが、研究員には裁量労働制が採用されており、ある程度自由に勤務時間を決められる。

会議室にたどり着く。緊張しながらドアを開けると、テーブルの周りに掛けていた研究員たちが一斉にこちらに視線を向けてきた。参加者は五人。恵輔と同期の合成化学部の人間もいれば、話したことのない薬理研究部のベテラン研究員もいる。

説明会の開始は午後六時十分に設定してある。十一分まで待ち、誰も新たに入ってこないことを確認してから、恵輔はホワイトボードの前に立った。

「皆さん、お忙しい中お集まりいただき、ありがとうございます。すでに個別にご連絡させていただいた通り、今年度の新規テーマ募集に関して、ぜひともお願いしたいことがあり、こうしてご参集いただいた次第です」

恵輔の挨拶を聞いて、隣で理沙が「真面目すぎ」と苦笑した。「偉い人が出席してる会議じゃないんだから、もっと砕《くだ》けた感じでいいよ」

恵輔としては普段通りに喋っているつもりだが、理沙には堅苦しく聞こえるようだ。恵輔は軽く咳払いをして、「では、ラルフ病について説明したいと思います」と参加者たちを見回した。

「ラルフ病は、一九九二年に固有の疾患と特定された病気です。それまでにも患者はいたと思われますが、ＡＬＳとの区別がついていなかったそうです。病名は最初の認定患者にちなんでいます。

病気の特徴としては、進行性の運動機能の低下と、内臓機能、特に心機能の急激な低下があり、心不全で亡くなる方が多いことが挙げられます。いわゆる希少疾患で、日本では指定難病に認定されています。現在のところ治療法はなく、治療薬の開発が非常に強く期待されている病気だと思われます」

恵輔は説明を終え、参加者たちの反応を窺《うかが》った。

興味を示し、次々に質問が飛んでくるのでは——と期待していたが、会議室に集まった研究員たちは皆、つまらない映画を見せられたあとの観客のような、浮かない表情をしている。

「ええと……皆さんには、テーマ提案制度を活用し、この病気の創薬に挑戦していただきたいと思っています。なにか、ご不明な点はありますでしょうか」

気詰まりな沈黙に押されるように、恵輔は質問を促した。

すると、四十代半ばくらいの、角刈りの男性研究員が立ち上がった。頑固な寿司職人のような、険しい表情を浮かべている。

「えー、合成化学部第二課の高松《たかまつ》だ。今の説明じゃ分からなかったんで、教えてもらえるか。まず、その疾患の患者数は世界中に何人いる？」

「えっ」と恵輔は思わず口走ってしまう。正確な数字は把握できていない。記憶を頼りに答えるしかなかった。「……国内では、数十人程度だと思います。海外は……分かりません」

「ソースは？　どこに載っていた数字だ？」

「インターネットの紹介記事にありました」

「ネット？」高松の眉間に深いしわが刻まれた。「文献には当たってないのか」

「すみません。そこまで気が回りませんでした」

高松は舌打ちをして、「次の質問」とつっけんどんに言った。「想定される治療方法とその期間は？」

「え、いや、それは……薬の効果次第だと思いますが、おそらくは生涯服用し続けることになるのではと」

「注射剤か経口剤か、現段階で決めているのか」

「……すみません、特に方針はありません」

「――ちょっと待ってください！」

そこで、理沙が会話に割り込んできた。

「なんだ。えらい剣幕で」

「別に興奮はしてません」と、理沙が高松を睨む。「高松さんの質問はナンセンスです。投与経路は薬剤の種類によりますよね？　創薬研究を行う中で、自然と選択されてくるものです。どちらかを現時点で決めるのは不可能ですし、意味がないです。もちろん、それを尋ねることも」

「……あのなあ、そんなことは百も承知なんだよ」高松がうんざり顔で頭を掻《か》く。「俺は水田に質問してんだよ。ここはそのための場だろうが。違うか？　突っ込みたくなる性分なのは承知してるが、今は黙って見ててくれ」

高松に軽くあしらわれ、理沙は唇を引き結んで腕組みをした。

「さて、と。じゃ、質問の続きに戻るぞ。他社の研究はどの程度進んでいる？　臨床試験を行っている会社はあるのか」

「それはおそらく、ないのではないかと思われます」

「……『思われます』じゃ困るんだよ」高松は露骨にため息をついた。「なら、特許の出願状況は？」

「……確認していません」

「そうか。じゃあ、特に情報はないわけだ。そんな状況で、どうやって創薬研究をやれっていうんだ。例えば、どんなアッセイ系を使えばいい？」

「それについては……実際に実験をされる研究員の方にご検討いただこうかと……」

「売上の予測はどうだ？　薬を出すとして、黒字にできる見込みはあるのか？」

「……すみません。それについては、今の時点では何もお答えできることはありません」

そう答えるしかなかった。まるで想定外の質問だった。

「つまり、テーマ提案にこぎつけたとしても、そこから先は全部俺らに投げっぱなしってことか？　なんだそりゃ。話にならんな」

高松は首を振り、音を立てて椅子に座った。

「あんた、薬を創るってことがどれだけ大変なことか分かってんのか？　プロジェクト開始から計算すると、臨床試験入りの確率が数パーセント、臨床試験を突破して薬になる確率が一〇パーセントを切るって時代だぞ、今は。プロジェクトを始める前から徹底的に準備してもそんだけ低確率なんだ。研究のことを俺たちに任せるにしても、言いだしっぺとして、最低限調べとかなきゃいかんことがあるだろうが。『こういう病気があります。内容はよく分かりませんが、困っている人がいるので研究してください』なんてスタンスで、誰が『やります』って手を挙げる？

俺たちは便利屋じゃないんだ」

恵輔は顔が熱くなるのを感じた。完全に準備不足だった。インターネットの特集記事をいくつか読んだだけで、ラルフ病の現状を分かった気になっていたが、それではまるで調査が足りなかったのだ。

「申し訳ありません」恵輔は深々と頭を下げた。「改めてしっかり調査を行い、いただいた質問に対して答えられるようにいたします」

「そもそも、テーマ提案がどういうものか分かってないんだよな」

高松はテーブルに肘をつき、呆れ顔で恵輔を見上げた。

「テーマは、基本的には上から降ってくるもんだ。もちろん、俺ら研究員はあれこれ上司に打診する。『こういう研究テーマはどうですか』『面白い論文がありました』『こんな学会発表を聞いてきました』……でもな、まともに取り合ってもらえることはめったにない。上が考えたテーマが採択され、それをやれという命令が下るだけだ。だが、年に一度のテーマ提案は別だ。自分のやりたいテーマをやる唯一の機会なんだ。やる気のあるやつにとっては、この上ない貴重なチャンスになる」

「……はい」

「ただし、テーマ提案は本来の業務じゃない。誰にだって自分の今の仕事がある。だから、提案に向けた資料作りは、仕事の空き時間か休日にやるしかない。結構な労力だ。おまけに、提案したテーマが採択されるとは限らない。却下されたら、それまでの努力は全部無駄になる。それでも、毎年必ず三十近いテーマが新しく提案される。なぜだか分かるか？」

「薬を創りたいという、強い気持ちがあるから……でしょうか」

「それは研究員なら全員持ってなきゃいけないもんだろ。根っこの部分はもっと単純だ。その研究テーマを『面白い』って感じてるからだよ。それだけだ」

そう断言し、高松は室内を見回した。

「事務員からの、希少疾患についての説明会――前代未聞なんだよ、それだけで。これは相当興味深いものを見せてくれるんじゃないか？　自分たちの意欲を掻き立てる何かと出会えるんじゃないか？　多少無理をしてでも、テーマ提案にトライしたくなるんじゃないか？　今日、ここに集まった連中は全員、そういうことを期待していた。しかし、あんたの話は面白くなかったし、大した熱意も感じられなかった。少なくとも、俺はそう思った。だから、そのテーマをやるつもりはない。以上だ」

高松はそれだけ言うと、立ち上がって会議室を出て行った。

それに引っ張られるように、他の研究員たちも席を立ち、次々に部屋をあとにする。あっという間に、室内に残っているのは恵輔と理沙の二人だけになってしまった。

理沙は壁に背中を押し当て、ふー、と長く息を吐き出した。

「……ごめん、水田くん。私も準備を手伝えばよかった」

「いえ、悪いのは僕です。見通しがあまりに甘すぎました。創薬研究の大変さを理解しないまま、浅い知識だけでこの場に立ってしまいました。非常に情けないことだと思います。申し訳ありません」

恵輔は理沙に頭を下げ、胸ポケットからスターマンとメモ帳を取り出した。社会人になってから、これほど悔しい思いを抱いたことはなかった。この気持ちを決して忘れないためにも、高松に言われたことをしっかり書き残しておかねばならない。

「勉強不足でした」スターマンを必死に走らせながら、恵輔は呟いた。「面白いか面白くないか……僕にはそういう視点はなかったです」

「うん。……何か言い返せないかなと思って、チャンスを窺ってたんだけどね」理沙は廊下の方に目を向けた。「高松さんの言ったことは、悔しいけど正しかった」

「……はい。僕もそう思います」

理沙はしばらくドアを見つめて、ゆっくりと恵輔の方に顔を戻した。

「昨日から考えてたんだけどさ。いっそのこと、私が提案者になるっていうのはどうかな」

「でも、綾川さんはすでに提案メンバーになってますよね」

中心となる一名を決めてさえしまえば、テーマ提案は複数人で行うこともできる。そのテーマが選ばれた場合は、事前に登録したメンバーが、そのまま研究チームの構成員となる。ただし、複数のチームに重複して参加することはできない。一人一テーマが大原則だ。

「そうだけど、私はメインじゃないし、頼めばたぶん辞退できると思う」

「それは他のメンバーの方に申し訳ないです。僕のために、そこまでしてもらうわけにはいきません」

「……そっか。確かに、水田くんの言う通りだ」理沙は吐息を落とすと、大きく伸びをした。

「じゃ、とりあえず今日はお疲れ様、だね。また説明会をやる時は声を掛けてね」

「はい。ご協力ありがとうございました」

理沙が手を振り、会議室を出て行く。

一人になると、がらんとした室内の、物寂しい静寂が胸に沁みた。

恵輔は椅子に腰掛け、膝に手を置いて大きく息をついた。

完全に出ばなをくじかれた格好になったが、早く徹底的な調査をしなければと感じている自分がいた。冷や水を浴びせられても、屈辱を味わっても、千夏の病をなんとかしたいという想いは失われてはいない。そのことに、恵輔は安堵《あんど》した。

さあ、切り替えていくか――。

恵輔は大きく息を吸い込むと、自分の右頬を思いっきり引っぱたいた。

鋭い音と共に、頬と右の手のひらに痛みと熱がへばりつく。気合いを入れる儀式をやるのは高校生の時以来だが、やはりよく効く。心のもやもやはどこかに吹き飛び、ただ頬にじんじんとした痺れが残っているだけになった。

「よし」と呟き、腰を上げたところで、廊下から足音が聞こえた。理沙が戻ってきたのかと思ったが、現れたのはノートパソコンを小脇に抱えた高松だった。

「よかった。まだ残っていたか」

「どうかされましたか。忘れものですか」

「いや、少しあんたと話がしたくなってな」

高松に促され、恵輔は彼と向き合う形で椅子に座り直した。

「さっきは悪かった。言いたい放題言っちまって」

「いえ、そんなことはありません。しっかりとした話ができなかったのは、こちらの不手際ですから」

そこで高松が訝《いぶか》しげに目を細めた。その目は恵輔の頬に向けられている。

「なんか頬が赤くなってないか？　綾川に叩かれたのか？」

「え、いや、違います。これは自分でやったんです」

「本当か？　正直に言えよ？　ハラスメントはやられた側が声を上げない限り、絶対に解決できないんだぞ」

「本当に自分で叩いたんですよ。信じてください」

恵輔は必死に言い訳をした。誤解から理沙の悪評が広まるのだけは避けたかった。

「まあ、分かった。そのことは措いておこう。俺はあんたの動機を訊きたくて戻ってきたんだ。それを尋ね損ねていたからな。教えてくれ。研究の素人のあんたが、どうして俺たちに創薬をやらせようと思ったんだ？」

恵輔は背筋を伸ばし、「それは、祖父が入所した老人ホームで、ラルフ病の患者さんとお会いしたからです。何としてもその方の力になりたいと思い、テーマ提案に挑戦することを決意しました」と正直に答えた。

「ん？　ってことは、あんたの身内じゃないのか」

「ええ、血縁関係はありません。というか、会ったというより、『見掛けた』と表現した方が正確でしょう。会話を交わしたわけではないですし、向こうは僕の名前を知らないはずですから」

「なんだそりゃ……」高松は口を大きく開け、恵輔の顔をまじまじと見つめた。「本気で言ってるんだよな？」

「はい。もちろんです。なんとかして彼女に薬を届けたいと思っています」

「こう言っちゃなんだが、見ず知らずの年寄りのために、どうしてそこまで……」納得できないらしく、高松はしきりに首を傾げている。「いやあ、俺には全然理解できないな。その患者ってのは、どういう人なんだ？」

「施設で働いている方です」

「なんだ、入所者じゃないのか。年齢は？」

「たぶん、僕より少し下……二十二、三歳じゃないでしょうか」

「ああ、そういうことか！」高松は恵輔の太ももを平手で叩いた。ぱぁんと、派手な音がした。

「要するに、惚《ほ》れた女の病気を治したいってことだな」

想定外の指摘に、恵輔は慌てて両手を振った。

「いえ、別に、惚れているとか惚れてないとか、そういうのではありません」

「顔が真っ赤だぞ」高松はにやにやしている。いかにも楽しそうだ。「安心しろ。他のやつには内緒にするからよ」

「だから、そもそも誤解なんです」

「分かった分かった。聞かなかったことにしておいてやる。とにかく、その女性のために、ラルフ病の薬を創りたいと思ってるわけだな。しかも、多少のことじゃへこたれないって覚悟もあると」

「はい、もう一度しっかりと調査を行い、皆さんに改めてこの病気のことを説明したいと考えています」

「あのな、そんな面倒なことは必要ないんだよ」高松は持参したノートパソコンを机の上で開いた。画面には、新規テーマ募集の概要が記載されたページが表示されていた。「このページをよく読んだか？」

「ひと通りは」

「本当にそうか？　ここのところを声に出して読んでみろ」

高松はテーマ提案に関する、応募要項の部分を指差した。

「『……本年度も、マネージャー職を除く全社員から、斬新で、かつ将来性のある研究テーマを募集します。希望者は添付の申込書に記載の上、事務局までメールでご連絡ください。申し込みに当たっては、上司の許可は不要です。締め切りは……』」

「もういい、ストップ」

高松は画面から指を離し、「どうだ」と恵輔の顔を見つめた。

「どう、と言いますと……」

「気づかなかったか？　いいか、この応募要項には、『マネージャー職を除く全社員から』テーマを募集する、と書いてある。その意味が分かるか？」

「え？　あっ、もしかして」高松が言わんとすることを察し、恵輔は応募要項を読み直した。

「……分かりました。高松さんのおっしゃりたいことが」

「気づいたようだな」

高松は片方の口の端を持ち上げて笑った。

この文章を書いた人間の不手際なのか、あるいは意図通りなのかは分からないが、提案ができないのは、全社員のうち、マネージャー職の人間だけ、となっている。どこにも、「研究員に限る」という文言はない。

「他の研究員にいちいち打診する必要はないんだよ。あんたが自分で提案すればいい。一番やる気がある人間がやるのが筋だ」

「……確かに、ルール上は可能なようです。しかし、そんなことが本当にできるのでしょうか。一介の事務員にすぎない僕が創薬研究に挑むなんて……」

「俺に訊かれても困るな、そんなことは」高松はノートパソコンを畳んで立ち上がった。「できるかどうかはあんた次第だ」

「僕がどれだけ頑張れるか、ですか」

「そうだ。提案時にテーマに賛同するメンバーがいなくても、採択後に必要に応じて研究員を集められる。だから、とりあえず一人でやってみたらどうだ。結果は保証しないが、そういう大胆なチャレンジは『面白い』と思うぞ、俺は」

高松は「頑張れよ」と恵輔の肩を叩き、会議室を出て行った。

思いがけない提案に、恵輔は困惑していた。

自分がリーダーとなり、創薬研究に挑む——。

それが無茶な挑戦だということは分かる。レストランのレジ係が、料理の知識もないのにフルコースを作るようなものだ。どう考えても、失敗する可能性の方が圧倒的に高い。常識的に判断すれば、やるだけ無駄ということになるだろう。

頭の中がネガティブな思考で埋め尽くされそうになる中、恵輔はふと、新人研修の一環として出席した、ある講演会のことを思い出した。それは、他社の引退した研究者を招き、創薬経験を話してもらうという企画だった。

白髪の、痩せてはいるが目つきの鋭いその老研究者は、壇上でこう語った。
『創薬というものは非常に険しい道のりです。私の経験上、それを成し遂げた人物は、強い信念を持っていることが多かった。恋人、友人、家族——身近な患者を助けたいという気持ちは、苦難を乗り越える強い武器になります』

講演を聞いた時はピンと来なかったが、今なら理解できる気がする。

この瞬間にも、心の奥底で熱を放ち続けているこの気持ち——千夏の病気を治したいという想いは、そう簡単に壊れるものではない。恵輔はそう確信していた。困難に対する恐れを凌駕《りょうが》し、できないという気持ちを振り払うだけの強さがあるはずだ。

やるだけ、やってみよう。

立ち上がり、会議室の内線電話の受話器を持ち上げる。理沙の事務室の番号にかけると、彼女はすぐに電話に出た。

「水田です」
「あ、うん、どうしたの?」
「決めました。テーマ提案は、僕がやります」

受話器から、「えぇーっ!」と鼓膜を破りそうな大声が返ってきた。「ほ、本気で言ってるのそれ!?」
「はい、間違いなく本気です」恵輔は力を込めて、念を押すように言った。「冗談ではなく」

5

決断から一夜明けた、九月九日の午前八時。恵輔は、いつもより四十五分早く会社にやってきた。事務室の自分の席に荷物を置き、スターマンとメモ用のノートを持って本館の二階に向かう。始業開始一時間前なので、辺りはしんとしている。赤いカーペットの敷かれた無人の廊下を進んでいくと、図書室の入口のガラス扉が見えてきた。

図書室はおよそ一五〇平方メートルの広さがあり、百種類を超える科学系専門誌を始めとして、化学、薬理、薬物動態など、創薬の各分野における参考書籍が数多く保管されている。それ以外にも、国内外の学会で発表された内容をまとめた要旨集なども閲覧可能だ。また、図書室内のインターネット接続された端末で、科学系専門誌の電子書籍を読むこともできる。入手可能な資料は多いに越したことはない。これだけ揃《そろ》っていれば、ラルフ病に関する基礎的な情報は充分集まるはずだ。

就業時間中はテーマ提案に関係する作業はできないので、朝と昼休み、それから終業後の時間を使って調査を行うつもりだった。本当はもっと早く図書室に足を運びたかったのだが、利用可能になるのは午前八時からなので仕方ない。

入口近くのカウンターにいた女性司書に「おはようございます」と挨拶をしてから、希少疾患関連の資料がある棚へと向かう。

巻末の索引を確認し、「ラルフ病」の項目がある専門書を何冊か抜き出す。それを持って閲覧用のテーブルに座ったところで、理沙が姿を見せた。

「あ、いたいた。おはよう」

「おはようございます」

「とりあえず、日本語で書かれたラルフ病の総説を印刷してきたよ」

「ありがとうございます。とても助かります」

クリアファイルに収められた論文は、五ページほどのものが二部あった。

「あくまで総説だから、必要に応じて元文献に当たらないとダメだけどね。まあ、参考にはなると思う。えっと、水田くんは確か、英語が得意なんだよね」

「英語で書かれた小説が読める程度の語彙力《ごいりょく》はあります。一応、大学では英文学を専攻していましたので」

「それなら、論文も大丈夫そうだね」理沙はそこで声を潜めた。「あのさ、もう一度確認するけど、本当の本当に、水田くんがテーマ提案するんだよね」

「ええ、昨日内線電話でお伝えした通りです」

理沙は口を閉ざし、恵輔の顔をじっと見つめた。恵輔はその視線を受け止め、「本気です」と昨夕のセリフを繰り返した。

「……かなり無謀だってことは理解してるよね？」

「はい。覚悟の上です」

理沙は目を逸《そ》らし、小さく息をついた。

「……分かってるならいいんだ。分からないことがあったら遠慮なく言って。アドバイスできることもあると思うから」

「ありがとうございます。でも、いいんですか。形の上では、僕と綾川さんは、少ない枠を巡って戦う相手ということになりますが……」

採択されるテーマの数には限りがある。互いに優れていれば両方ともが選ばれる可能性はあるが、ライバルは少ないに越したことはない。

「言われなくても分かってるよ、そんなことは」理沙の声のトーンが険しくなる。「分かった上で、協力するって言ってるんじゃない」

彼女の剣幕に押されながら、「い……いいんですか？」と恵輔は尋ねた。

「高松さんが言ってたよね。研究者の判断の大本にあるのは、『面白いか面白くないか』だって。私は水田くんの挑戦を面白そうだと思った。それに、水田くんがそれだけやる気になってるのを見たら、やっぱり応援したくなるよ。だって――」

理沙はそこで言葉を切り、後方のカウンターにいる司書の女性をちらりと見た。

「だって、何ですか？」

先を促すと、理沙は耳に掛かった髪を払って、「……だって、同期じゃない」と囁いた。

「……分かりました。もう、つべこべ言いません。お互い、テーマが採択されるように頑張りましょう！」

理沙の言うように、同期の絆は強い。立場が逆なら、自分も同じように行動するだろう。

話している間に、時刻は八時半になろうとしていた。「すみません、時間がないので」と、恵輔は読もうとしていた本を手に取ってみせた。

「そっか、裁量労働じゃないから時間の融通が利かないんだっけ。邪魔しちゃダメだね。それじゃ」

軽く手を振り、理沙は足早に図書室を出て行った。

恵輔はそれを見送り、国語辞典並みに分厚い専門書を開いた。


英文を読むのは大丈夫だと理沙には言ったものの、実際にやってみると、ラルフ病に関する情報収集はなかなかペースが上がらなかった。

その原因は、専門用語にあった。

例えば、論文を読んでいて、〈synaptic cleft〉という用語が出てきた場合。〈シナプス間隙《かんげき》〉という和訳はすぐに出てくる。しかし、それで意味が理解できたわけではない。シナプスがどういうもので、間隙——すなわち、シナプスとシナプスの隙間で、情報伝達の際に何が起こっているかを調べねばならない。これについて書かれた本を読んでいると、〈神経インパルス〉や〈化学的開閉チャンネル〉〈シナプス電位〉といった新たな専門用語が次々と登場し、それぞれについても調べないと先に進めない。

そういう具合で何度も何度も立ち止まらざるを得ないので、一つの論文を読むのに十時間以上かかってしまう。専門用語に慣れていけば早くなると分かっていても、遅々として調査が進まないのはやはり辛《つら》かった。

とはいえ、この程度のことで音を上げるわけにはいかない。恵輔は仕事の休憩時間を活用して、少しずつ論文を読み進めていた。

勉強を始めてから三日目、金曜日の午後七時。終業後の事務室に一人残り、自分の席で黙々と論文を読んでいると、上司の塩屋が息を切らせながら部屋に駆け込んできた。

「あれ、水田。まだ残ってたのか」

「はい。塩屋さんは忘れ物ですか」

「そうだよ。途中で携帯電話がないのに気づいてよ。たぶんここだろうと思って戻ってきたんだ」

塩屋は三十分前に帰宅していた。慌てて引き返したのだろう、額や首筋に大量の汗の玉が浮かんでいた。

塩屋は自分の机の引き出しを開け、「あー、やっぱりあった」と腹立たしげに呟いた。

「お疲れ様です。でも、見つかってよかったですね」

「そりゃ、道端に落っことすよりはマシだけどよ」振り返ったところで、塩屋が「ん？」と怪訝な顔をした。視線は恵輔の机に向けられている。「なんだその資料は？」

「ああ、これは、ラルフ病に関する文献です」

複数の論文を交互に参照しながら読んでいたので、机の上には何十枚ものコピーが散らばっている。他にも、専門書や用語辞典などが乱雑に置かれていて、さながら、泥棒が引っ掻き回したあとのようになっていた。

「ラルフ病って、病気の名前か？」

「ええ、そうです。希少疾患ですね」

「なんでそんなもんについて勉強してるんだ？」

「実は、今度の研究テーマ提案に、『ラルフ病治療薬の研究』でチャレンジしようと考えていまして」

「チャレンジ？　水田がそれをやるのか？」

「そうです。僕が提案責任者です」

恵輔の説明を聞き、塩屋は「意味が分からん」と首を捻った。「事務職の人間が、なぜ責任者になるんだ？」

「ですから、僕が考えて、僕が提案するわけです」

「お前が？　研究について何も知らないのに？」

「はい。知識不足は重々承知していますので、こうして資料に当たっていたわけで――」

「やめておけ。時間の無駄だ」

塩屋は恵輔の言葉を遮《さえぎ》り、手近にあった椅子に腰を下ろした。

「……無駄というのはどういう意味でしょうか」

「俺は何度か、テーマ募集の事務作業を担当したことがある。お前はその流れを把握してるのか？」

「はい。提案案件は二段階の選考に掛けられます。第一次選考は、研究本部の全員による投票です。そこでだいたい、テーマ数が四分の一に絞り込まれます。第二次選考は、合成化学部、薬理研究部、薬物動態部、知財部、先進科学部の各部長と、研究本部長を合わせた六人で協議を行い、最終的にいくつかのテーマを採択する、というプロセスで審査が行われます」

「それが分かってて、それでもやろうっていうのか？　年によって変わるが、提案数はだいたい三十前後で、採択されるのが二か三ってところだ。つまり、創薬に精通した研究者が知恵を絞って提案書を書いても、十テーマに一つも通らないんだぞ。素人には無理に決まってる。悪いことは言わないから、さっさと手を引いた方がいい」

懇々《こんこん》と諭し、塩屋はハンカチで額の汗を拭《ぬぐ》った。

恵輔は椅子から腰を上げ、塩屋の正面に立った。

「狭き門であることは重々承知しています」

「そもそも、研究本部外の人間がテーマ提案をしたことは一度もないはずだぞ」

「ルール上は特に問題ないそうです。提案を取りまとめている担当者の方にも確認済みです」

「うーん、どうするかな……」塩屋は小さくため息をついた。「ちゃんと言うか……伝わってないみたいだしなあ」

「僕の認識に、何か間違いがありましたか」

塩屋は苦い粉薬でも飲んだかのように口元を歪《ゆが》めた。

「いや、そういうんじゃない。言葉の裏側にある意味を読み取ってほしかったんだが、お前はそういうのは苦手だろうからな。はっきり言うわ。あのな、いきなり前例のない行動を取られると、組織が壊れかねないんだよ」

——組織が……壊れる?

予想もしていなかった言葉に、恵輔は一瞬怯《ひる》んだ。

だが、すぐに気を取り直し、「これはあくまで僕個人のやることです。普段の業務はしっかりとやります。周りの方には迷惑を掛けないようにします」と明言した。

しかし、塩屋の表情は冴《さ》えないままだった。

「お前が仕事で手抜きするとは思っちゃいない。ただ、部署の外の人間は、そういう風に好意的には見てくれない。総務部の仕事がつまらないから、テーマ提案なんてことをするんだろう――そう邪推するやつが出てくる。陰口も叩かれるだろうし、噂《うわさ》にもなる。そうなると、部署全体に動揺が生まれ、業務が滞《とどこお》るようになるんだよ。課長として、それを防ぎたいと俺は思うわけだ」

「……組織の枠をはみ出るような真似は慎むべきだとおっしゃりたいのですか」

「別にそうは言ってない。俺はただ、これから起こりそうなことを話してるだけだ。あくまで雑談だよ。命令じゃない」

行き場のない感情の昂《たかぶ》りを覚え、恵輔はスターマンを強く握った。今のやり取りは、少なくとも恵輔にとっては、雑談で済ませられるようなものではなかった。

「……もし、それでも僕がテーマ提案に挑戦したいと言ったら、どうされますか」

「総務部長にお前の異動を提案するだろうな。事務の経験を活かしつつ、研究にも関われる、知財部辺りが妥当な線か」

「異動したいとはまったく考えていません」

「いや、それは通じないな。異分子は取り除かなきゃいけないんだ。それが組織を維持するってことなんだよ。暗黙の了解ってやつだな」

「…………」

恵輔は何も言えず、加速していく鼓動を感じながら、ただ立ち尽くしていた。

「ま、あれこれ言ったが、最終的な判断はお前に任せるわ」

塩屋はそう言って、「よっこいせ」と椅子から立ち上がった。

「嫌がらせでこんな話をしてるんじゃない、ってことは分かってくれよ。俺は、一人の行動があちこちに影響を及ぼすってことを伝えておきたいだけだ。会社ってのは、お前が思っている以上にいろいろあるところなんだからよ」

塩屋は恵輔の肩を軽く叩き、「せっかくの金曜日なんだ。ほどほどで帰れよ」と言い残して、いつもと変わらぬ笑顔で事務室をあとにした。

大きく息を吐き出し、恵輔はずっと握っていたスターマンを胸ポケットに収めた。

自分の席に戻ろうとしたところで、廃棄する機密書類を詰めた段ボール箱が足元に置いてあるのが目に入った。

発作的な衝動が体の奥から湧き上がってくる。

サッカーのフリーキックのように、勢いをつけて左足を踏み込む。だが、段ボール箱を蹴飛ばす寸前で、恵輔は振り下ろした足を止めた。廃棄物とはいえ、会社の備品だ。それに苛立ちをぶつけることは許されない。

首を振り、椅子に座り直すと、恵輔はヘッドレストに後頭部を押し付けた。

この手の攻撃的な激情に襲われたのは、ずいぶん久しぶりのことだった。気合いを入れる儀式といい、ここ最近、思春期の頃の感覚が蘇《よみがえ》ることが増えたような気がする。

現状を変えようとするたびにぶつかる、感情の揺らぎ。それは裏を返せば、今の自分を囲う壁はそれだけ強固で、容易に越えられないものだということなのだろう。ぬるま湯に満たされた、井戸の底。それが、社会人生活で自分が築いた世界だった。

恵輔は目を閉じ、塩屋とのやり取りを思い起こした。

テーマ提案に関して、誰かから釘を刺されるとは思っていなかった。それは塩屋の言う通り、会社の論理を理解していなかった自分の無知がもたらした油断だった。

塩屋の言い分も分からないではない。目立てば目立つほど周囲から忌《い》み嫌われる。それは、かつて自分も経験したことだった。きっと、どこの組織でも起こりうることなのだろう。

突き付けられた選択肢。

周りに迷惑を掛けてでも自分のやりたいことを貫き通すか、それとも、空気を読んでおとなしく引き下がるか――。

恵輔はまぶたを開け、姿勢を元に戻した。答えは最初から出ている。テーマ提案は最後までやり通す。一度決めたことを変えるつもりはなかった。

今後の人生で、段ボール箱に八つ当たりしたくなるほど熱くなることは、もうないかもしれない。この熱情は、そして努力への意欲は、自分に対する期待そのものだ。そこから逃げたという事実は、自分の信じる自分の価値を奪い去り、情けない記憶として永遠に脳に刻まれることになる。その傷をこれ以上増やしたくはなかった。

ただ、思慮が足りなかったのは事実だ。自分が前に進むことで誰かが迷惑を被る――その視点は完全に抜け落ちていた。

どこまでも光り輝いていると思っていた道のあちこちに、実は暗い色の水たまりがいくつも広がっている。そんなイメージが思い浮かび、胃の奥が重くなった。

6

翌土曜日。恵輔は先週に引き続き、三田にある楽悠苑を訪ねた。

時刻は午後一時。地上を白く染め上げげんとするように、日差しが容赦なく降り注いでいる。恵輔は鼓動の高鳴りを自覚しながら、楽悠苑の玄関へ向かった。

先に手洗いを済ませ、受付で来訪者名簿に〈水田恵輔〉と書く。ところが、緊張していたせいで、「恵」の右上に点を打ってしまう。

「あ、すみません、書き間違えました」

「構いませんよ、どなたか分かっていますから。水田和雄さんのお孫さんですよね」

恵輔は「どうも、またお邪魔します」と頭を下げ、さりげない感じを装って、「今日はコンサートはあるんでしょうか」と切り出した。

「千夏ちゃんの歌ですか。残念ですけど、今日はお休みなんです。彼女、休暇を取ってまして」

その返事に予想以上に落胆している自分がいて、恵輔は顔が熱くなるのを感じた。

受付の眼鏡の女性が微笑《ほほえ》んでいる。動揺を見抜かれただろうか。恵輔は居たたまれなくなり、早々に受付を離れて和雄の部屋へ向かった。

「おじいちゃん。こんにちは、恵輔です」

部屋の入口から声を掛けると、外を見ていた和雄がこちらに顔を向けた。

「おお、宗助《そうすけ》か」

「えっと、あの、恵輔です」

「そんなところに立ってないで、入って座れ」

和雄が手招きをしている。恵輔のことを身内だと認識はしているようだが、相変わらず名前を間違っている。しかも、先週は「耕介」だったのに、今日は「宗助」だ。

訂正を試みてもむなしい結果に終わりそうだったので、恵輔はおとなしくパイプ椅子に腰を下ろした。

「どうですか、体調の方は」

「元気や、元気。ここはまあ飯もうまいし、静かや。悪いところやない。ただな、やっぱりよそん家、っちゅう感じやな。いつ、家に帰れるんやろうな」

「それは……」

恵輔は言葉に詰まった。軽はずみなことは口にできないが、嘘はつきたくない。何秒か迷って、「いずれは、きっと」と絞り出した。

「まあええわ。旅行や思てのんびりするわ」

「ええ、そうしてください」

「そうや、宗助。ぼけーっとしとっても暇やろし、将棋やろか。この間、誰ぞが持ってきてくれたんや。小さい盤やけどな。そこの引き出しや」

「将棋、ですか……」

「なんやねん、その顔は。ちょっとくらいええやろ」と、和雄がこちらを睨む。

恵輔は目を伏せ、「……はい。分かりました」と頷いた。本当に、昔のことを忘れてしまっているのだ。辛かった。もう昔の和雄ではないのだと分かっていても、実際にその違いを見せつけられるたび、胃がちくりと痛む。

戸棚の引き出しから、文庫本サイズの将棋盤を取り出す。二つ折りになっていて、開くと中に駒《こま》が入っていた。持ち運び用のもので、駒の裏の磁石で盤にくっつくようになっている。

食事の際に使うテーブルをベッドの上に渡し、そこで将棋を指すことになった。

和雄と指すのはいつ以来だろう。記憶を探ったが、はっきりと思い出すことはできなかった。ただ、高校三年の八月二十一日——あの日以降は、一度もなかったはずだ。それは断言できる。

和雄が何も言わなかったので、恵輔は昔のように、自陣の飛車と角、そして二枚の香車を盤から取り去った。

駒を並べ終わったところで、和雄が歩を動かした。2六歩。そういえば、先手はいつも和雄だった。

恵輔は、和雄から将棋を教わった。

将棋に興味を持ったきっかけは、一九九六年の羽生善治《はぶよしはる》による七冠達成だった。小学一年生だった恵輔は、テレビニュースで盛んにその偉業が取り上げられるのを見て、何がどれほどすごいのかを知りたくなり、和雄に将棋のルールを一通り教えてもらった。そして、和雄と遊びで何度か対局し、恵輔は将棋の魅力に呑《の》み込まれた。先を読み、的確に駒を動かして思い通りの盤面を作り出す快感は、それまでに味わったことのないものだった。

恵輔は詰将棋の本を買ってもらい、やがて定跡を覚えるようになり、自然な流れで地元の将棋教室に通うようになった。

恵輔はめきめきと腕を上げ、将棋教室の中では敵なしとなった。そして、自分の才能を信じ、プロ棋士を目指し始めた。

プロになるには、日本将棋連盟の棋士養成機関である奨励会に入会し、そこで段位を上げていくことが必須となる。

最初の関門である奨励会の入会試験は、毎年八月に開催される。一次試験が受験者同士の対局で、二次試験が奨励会員との対局、筆記試験、面接だ。

恵輔は中学一年生の時に、初めて入会試験に挑んだ。当時の一次試験の合格ラインは、六局して四勝。恵輔のこの年の戦績は、〇勝六敗。一つも勝ち星を上げることができないまま、不合格となった。

まるで歯が立たなかったショックは大きく、恵輔は自分の生活を見直すことにした。学校では休み時間になるたびに詰将棋を解き続け、家でも過去の棋譜を読み込んで手筋を頭に叩き込んだ。わずかな気の緩みさえ許せず、自分の頬を張る、「気合い注入術」を実行し始めたのもこの頃だ。

周りに将棋をやっている同級生はおらず、クラスでは完全に浮いた存在になっていた。将棋にのめり込む恵輔を揶揄《やゆ》する連中もいたが、そんなことは全然気にならなかった。勝つこと。ただそれだけを目標に、ひたすら精進した。

それでも、奨励会の入口の門は堅かった。中二の時は一勝五敗。中三も同じく一勝五敗。高校に入ってからは、三勝三敗が二年続いた。

入会試験を受けられるのは、満十九歳以下までだ。恵輔は両親と話し合い、高校三年生の夏の試験を突破できなかったら、棋士の夢を諦《あきら》めて大学に進学することを決めた。

その最後の年、恵輔は今まで以上に鍛錬《たんれん》に励んだ。これ以上できることはない、というところまで自分を追い込んだ。

しかし、積もり積もったストレスを、恵輔は軽視していた。試験を翌日に控えた八月二十一日。恵輔は猛烈な腹痛を覚えて病院に運ばれた。診断の結果は急性胃炎。とても将棋を指せる状態ではなく、即座に入院となった。

こうして、締《し》まらない形で挑戦は終わり、壁を越えられなかったという苦い記憶と共に、恵輔は将棋を捨てた。

それ以降、熱中できるものは何一つ見つけられず、恵輔はただ、淡々と日々を過ごすだけになっていた。将棋と共に、何かにのめり込む才能も捨ててしまったのだと、そう思い込んでいた。

だが、今は——。

物思いに耽《ふけ》っている間に、盤面はかなり進んでいた。

和雄の陣地は、見ている方が不安になるほど防御が薄い。和雄は自分の王を守ることより、どんどん攻める方を好む。そのスタイルは変わっておらず、銀や飛車を使って圧力を掛けてくる。認知症を患《わずら》っているとはいえ、棋力は衰えていない。恵輔は歩を活用しながら、かろうじて和雄の攻めをしのぎ続けた。

勝負が始まって三十分ほどが経った時だった。

「何か、嫌なことがあったんか？」と、和雄がぽつりと尋ねた。

恵輔は将棋盤から顔を上げた。

「どうしてそう思うんですか」

「さっきからしかめっ面が多いからや。宗助がそういう顔をする時は、悩みや困りごとがある時と決まっとる」

恵輔は自分の頬を撫でた。そんなに険しい顔をしていたのだろうか。

「……そうですね。会社でちょっと、考えさせられることがありまして」

「仕事の悩みか」

和雄が桂馬で恵輔の陣に飛び込んできた。玉を守っていた銀が一枚やられてしまう。

「仕事そのものというより、人間関係ですかね。自分のやりたいようにやるのは、なかなか難しいなと思い知りました」

恵輔は敵陣近くにいた角を戻し、その桂馬を取った。

「そんなもん、当たり前や。好き放題やれるんは、一人で仕事しとる職人だけや」

「……そうですよね。組織の一員ですからね、僕は」

「会社っちゅうのは、人と人とが協力せんと成り立たん」

和雄はいま取ったばかりの銀を、すかさず恵輔の玉のそばに打ち込んできた。なかなか厳しい一手だ。

「おじいちゃんは、銀行で働いていたんですよね」

「せや。もうな、ずーっと足の引っ張り合いや。あんなところ、よう四十年近くもおれたと思うわ、自分でも」

「常に周りに気を遣いながら仕事をしていたんですね」

「いや、そうでもないいな。わし一人の判断で、小さな会社に融資したこともあったで。上司はあれこれ言いよったけどな、わしは行けると思うたから、強引に押し通したわ」

「大丈夫だったんですか、そんなことをして」

「なんとかなったから、定年まで銀行におれたんや。自分がほんまに正しいと思うてやったことには、必ず誰かが賛成してくれる。自然と味方ができるんや」

「味方が、自然と……」

「そういうもんやで、大体は」と頷き、和雄が盤面を指差す。「おい、そっちの手番やで」

「あ、はい。すみません」

恵輔は少し考えて、玉の右にいた金を前に出した。玉の守りがさらに薄くなるが仕方ない。

和雄は容赦《ようしゃ》なく、その金の前に歩を置いた。金でそれを取ると、後ろにいる銀にやられる。放置すればもちろん歩に取られる。

「……うーん」

頭を掻き、恵輔は盤面全体に目を向けた。ずっと攻め続けているせいで、和雄の陣地はスカスカになっていた。リスクはあるが、逆にこちらも攻めに転じたら、王を追い詰められるかもしれない。昔ならそんな博打《ばくち》のような策は取らないが、今日は不思議とチャレンジしてもいいかなという気分になっていた。

持ち駒の中からさっき奪ったばかりの桂馬を取り、それを思い切って相手の陣地近くに打ち込んだ。

「王手です、おじいちゃん」

「ほう、そう来たか」と、和雄が顎《あご》をさする。「なんちゅうか、宗助らしくない手やな」

「そうですね。自分でもそう思います」

いた。

「でも、これはこれで面白いわ」

和雄は腕組みをした。想定外の反撃を受けたにもかかわらず、その目は生き生きと輝き始めていた。


和雄とは結局、将棋を二局指した。結果は一勝一敗で、和雄の棋力が衰えていないことに、恵輔は安堵した。

勝負が終わると、和雄はしきりに「眠い」と言い始めた。それだけ真剣に将棋を指したのだろう。「お疲れ様でした」と声を掛け、恵輔は楽悠苑をあとにした。

路線バスは、午後四時前に駅に着いた。急いで帰る用事はない。書店で生物学関連の参考書を探そうと思い、恵輔は駅の南側を走る通りを渡ってショッピングモールへ向かった。

建物に入ろうとした時、恵輔は視界の隅に一台の車椅子を捉えた。

足を止め、顔を右手に向ける。

がつん、と心臓が大きく跳《は》ねた。

見間違いではなかった。歩道に、車椅子に乗った千夏の姿があった。

彼女は一人で車椅子を漕《こ》いでいたが、歩道に無造作に停められた数台の自転車に行く手を遮られている。考えるより先に体が動いていた。恵輔は千夏に駆け寄り、自転車を強引にガードレールの方に寄せた。

「ありがとうございます」にこりと微笑み、千夏は「あれっ」と目を見開いた。「水田さんのお孫さん……ですよね」

「あ、はい、そうです。水田恵輔と申します」

恵輔は両手を腰の脇にぴたりと付け、直立不動で自分の名前を名乗った。

「やっぱり。先週、多目的ルームでお見掛けして、若い方が座っているのは珍しいので、『誰だろう』と思って周りの人に教えてもらったんです。今日も和雄さんのところに顔を出されたんですか？」

「はい。今、駅まで戻ってきたところです」

恵輔は汗ばんだ手を開いたり閉じたりしながら答えた。顔がほてって仕方ない。恵輔は無意識のうちに、胸ポケットに差してあったスターマンを手に取っていた。硬くて冷たい星に触れると、少し鼓動が落ち着いた。

「きょ、今日はお休みされていたと伺《うかが》いましたが」

「そうなんです。今月末に楽悠苑を辞める職員の方がいて、何か贈り物をしたくて、それを買いに来たんです」

千夏は明るく答えた。普通に話しているだけなのに、不思議なくらいに言葉が胸に響いてくる。その声を素敵だと感じる自分がいる。千夏の声と自分の精神の周波数がぴたりと重なって共鳴しているのだろうか。熱っぽい頭で、恵輔はそんなことを思った。

「お買い物はこれからですか」

「はい。このショッピングモールの中に雑貨屋さんがあるので、そこで」

心の揺れはますます大きくなっていた。血が全身を駆け巡り、思考回路がオーバーヒートしかけている。恵輔は状況をよく把握できないまま、「もしよかったら、お手伝いしましょうか」と申し出ていた。

「手伝い、ですか?」と、千夏が首を小さく傾げる。愛らしい仕草だった。

「え、あ、はい。お店を見て回る時、高いところにあるものを手に取るのは難しいでしょうし、店員さんを呼ぶのも大変でしょうから。あと、行く手にまた障害物が現れるかもしれないですし、ええと、その、きっと何かの役には立てるかと、はい」

しどろもどろになりながら、恵輔は自分の提案になんとか理屈をつけた。

「でも、お忙しいいんじゃないですか」

「いいえ、大丈夫です。僕もここで買い物をするつもりでした」

再び直立姿勢で答える。千夏は少し考えて、「じゃあ、せっかくなので」と恵輔の申し出を受け入れた。

「恐縮です。では、押させていただきます」

恵輔は千夏の背後に回り、車椅子のグリップを握った。後ろから見る千夏の肩は華奢で、触れただけで壊れてしまいそうだった。

どんな些細な振動も与えたくないと思うと、グリップを持つ手に自然と力が入る。恵輔は深呼吸をしてから、ゆっくりと車椅子を押し始めた。


買い物は二十分ほどで終わった。退職する千夏の同僚は五十代の男性とのことで、恵輔はふわふわした気持ちで贈り物についてのアドバイスをした。結果、さして迷うことなく、千夏はプレゼント用の青い平皿と、いくつかのミニサボテンを買った。

会計を済ませ、店を出たところで、千夏は「よかったら、おひとつどうぞ。買い物に付き合ってくれたお礼に」と、買ったばかりのミニサボテンの一つを恵輔に差し出した。手の平に載るほどのサイズのものだ。

「でも、これは退職される方へのプレゼントでは……」

「いえ、ミニサボテンは全部個人的な買い物です。昔から、こういう小さい植物を集めるのが好きなんです」

「じゃあ、ありがたくいただきます」

恵輔は段ボールで保護されたミニサボテンを、自分のカバンに丁寧に仕舞った。

「よかったです。大切に育ててあげてくださいね」千夏は嬉しそうに笑って、車椅子のハンドリムを摑んだ。「じゃあ、私はこれで失礼します」

「途中までご一緒します。また通れないところがあるといけませんから」

咄嗟に恵輔はそう口走っていた。

「そう言っていただけるのは嬉しいんですけど」千夏は困ったようにはにかんだ。「なるべく自力でなんでもできるようにしておきたいんです。人の厚意に甘えすぎると、前の自分に戻れなくなってしまいますから」

表情は穏やかだったが、言葉の端々から、病に対する千夏の決意が滲《にじ》んでいた。

恵輔はそこで、カバンの中にラルフ病に関する論文のコピーが入っていることを思い出した。電車の中で読むために持ってきたものだ。

もし、自分がラルフ病治療薬の開発に挑戦しようとしていることを、今ここで千夏に伝えたら――。

そのシーンを想像し、恵輔は唾を飲み込んだ。千夏からの好感を得られる、大きなチャンスかもしれない。

「あ、あの……」

恵輔はカバンに手を差し入れようとして、そこで動きを止めた。

いや、それはダメだ。テーマ提案が採択されるかどうか分からない段階でそんな話をするのはフェアではない。いや、そもそも、救う側と救われる側という関係性を強調し、自分への好意を引き出すなんてやり方は、卑怯以外の何物でもない。

不自然な姿勢で固まった恵輔を、千夏は不思議そうに見ていた。

恵輔はカバンから指先を引き抜いた。

「分かりました。では、ここで見送らせていただきます」

「そんなに真面目な顔で言わなくても」

千夏は笑って、「じゃあ」と手を振りながら離れていった。

彼女の背中が完全に見えなくなってから、恵輔はエスカレーターの方へと歩き出した。千夏と共にいた時に感じていた高揚感は、熱を持ったままやる気へと形を変えていた。ラルフ病について、もっと多くを学びたい。頭の中はその想いで満たされていた。

7

九月二十八日、月曜日、午前十時ちょうど。事務室の自分の席でノートパソコンを凝視していた恵輔のところに、理沙が姿を見せた。

「おはよう。もう出た？」

「おはようございます。……まだですね」と、恵輔は画面から目を離さずに答えた。

先週の金曜日に、テーマ提案は締め切りを迎えた。手に入る限りの資料を集め、生物学関連の疑問点を理沙に教えてもらい、既定のフォーマットに記載する研究内容を必死に考え、恵輔はなんとか提案に漕ぎつけていた。テーマ名は、〈ラルフ病治療薬に関する研究〉とした。

　今回の提案テーマ一覧は、今日の午前十時に研究本部の掲示板に出る予定になっている。事務局からは提出確認済みのメールを受け取っているが、実際にリストに載っているのを見るまでは不安で仕方なかった。全体の件数も気になるところだった。

　恵輔は更新ボタンをクリックしながら、「いいんですか、仕事の方は」と尋ねた。

「少しくらい抜けてきても構わないよ。あ、来たんじゃない」

　画面に新しい掲示が出ていた。〈テーマ提案に関するお知らせ〉とある。すかさず開くと、「28」という数字が目に留《と》まった。今回の応募数だった。例年三十前後なので、いつも通りと言ってよさそうだ。掲示板のリンク先を開いてみると、恵輔の提出したテーマもちゃんと掲載されていた。

「よかった、載ってました」

「そんな、感極まった、みたいな声を出さないでよ」笑いながら、理沙が恵輔の肩を揉む。「でも、ついに最初の一歩を踏み出したって感じではあるね」

「そうですね。あ、綾川さんのチームのテーマもあります。ええと、〈霊長類脳波パルスを活用した、難治性鬱《うつ》病の創薬〉ですか。よく分かりませんが、すごそうですね」

「そんなに目新しい技術じゃないんだけど、ウチの会社じゃまだ手をつけてなかった技術だから、やってみる価値はあるかなって」

「なるほど。僕にとっては強敵になりそうです」

事務局からのお知らせには、今後の選考スケジュールも併せて記載されていた。一次選考の投票は、今日から十月十六日まで。票数上位のテーマに絞り込んだのち、十一月上旬に部長たちによる二次選考を行い、採択するテーマを決定する、とある。

一次選考で投票権を持つのは、一般研究員たちだ。掲示板に掲載されたテーマ一覧とその概要を読み、「これだ」と思ったテーマ三つに票を投じるのだ。

ふいに、理沙が恵輔の耳元に顔を近づけてきた。ふわりと、柑橘《かんきつ》系のシャンプーの匂いがした。

「票集め、やらなきゃね」

「え、それはどういう……」

「根回しだよ、根回し」理沙が囁くように言う。「大っぴらにするとまずいけど、裏ではみんなやってるんだよ」

「そうなんですか。でも、正々堂々とテーマの良し悪しを判定してもらうのが筋ではないですか?」

恵輔が難色を示すと、「真面目さはいったん封印して!」と理沙に睨まれた。

「いや、しかしですね……」

「分かった。違和感があるなら、言い方を変えるよ。票集めじゃなくて、選挙活動。『清き一票をお願いします』って頼むの。それならいいでしょ」

「票を入れる方が納得するなら、いいと思います」

「じゃ、さっそく今日の昼休みから始めようか。一緒にやった方が効率がいいと思うんだ。私のテーマへの投票を頼むついでに、水田くんの方にも票を入れるように言うから」

「確かに効率的ですね」

「でしょ。それじゃあよろしくね」

理沙が立ち去ってから、恵輔は付箋を二枚取った。

一枚に〈今日の昼休み、綾川さんと選挙活動〉、もう一枚に〈清濁併せ呑む〉と書く。一度やると決めたのだ。多少納得できない部分があっても、それに目をつむってベストを尽くすようにしなければならない。


こうして、恵輔は理沙とコンビを組んでの選挙活動をスタートさせた。活動時間帯は昼休みと午後六時以降で、研究本部棟を巡回し、顔見知りの研究者に片っ端から声を掛けていった。

業務時間外だったため、塩屋が苦言を口にすることはなかった。テーマ提案の事実が表に出た以上、もはや翻意《ほんい》を促しても無意味だと判断したらしかった。

選挙活動を始めてから分かったことが、いくつかあった。

第一に、票集めを行っている者が他にもたくさんいるということ。これは理沙の言った通りだったわけだが、恵輔たちが投票を頼みに行った時点で、三票すべての投票先を決めてしまっていた研究員もいた。先月のうちにメールや電話で協力を打診されていたそうで、票集めはかなり早い段階から始まっていたことを思い知らされた。

二つ目の発見は、理沙のカリスマ性だ。先述の、投票先を決めてしまっていた研究員に対し、「絶対に私や水田くんのテーマの方が面白いので、こっちに入れてくださいっ！」と理沙が迫ると、相手は渋い顔をしながらも、「綾川さんに頼まれたらなあ」と翻意するのだ。

「すごいですね、説得成功ですよ」と驚いてみせると、「私、怖がられてるから」と理沙は苦笑した。「発表会や会議で攻撃されたくないから、ああやって折れてくれるんだと思うよ」

それは自虐ではなく、むしろ自賛なのではないか、と恵輔は感じた。自分が周りからどう見られているかを把握し、それでもスタイルを変えず、あまつさえこういう機会に、その評判を利用する。その逞《たくま》しさ、したたかさに、恵輔は感心した。

第三の発見は、恵輔の提案したテーマが多くの研究員から注目されている、という事実だった。恵輔が、「ラルフ病治療薬の……」と口にするだけで、相手は「ああ、あれね」とすぐに反応してくれるのだ。

恵輔にとっては驚きだったが、理沙は「当たり前だよ」と平気な顔をしていた。

「テーマ提案が始まってもう十数年になるけど、研究本部外からの提案は初めてなんだよ。注目されるに決まってるじゃない」とのこと。

知名度の高さ＝高い得票率とは限らないが、概要を一読してくれている研究員が多いことはメリットだった。研究の展望を伝えたり、相手からの質問に答えたりする方に時間を使えるからだ。

選挙活動を始めて四日目、木曜日の午後八時過ぎ。

その日の活動を終え、理沙と別れて研究本部棟を歩いていた恵輔は、一階エレベーター前で同期の栗林《くりばやし》とばったり出くわした。

「お、水田か。久しぶり」

栗林は黒地に紺のストライプが入ったスーツをきっちりと着こなし、バレエダンサーのように背筋を伸ばしてエレベーターを待っていた。

彼は先進科学部の計算化学課に籍を置く研究者で、コンピューターを使った創薬研究に取り組んでいる。修士卒なので理沙と同様、年齢は恵輔の二つ年上になる。

「こんばんは。どこかに出張だったんですか」

「ああ、ドイツで学会があって」栗林が、引いているトランクの取っ手を軽く撫でた。「出張中に思いついたことがあったから、計算を走らせておこうと思ってさ」

計算を「走らせる」という用法を恵輔は初めて耳にした。専門家ならではの言い回しなのだろう。電子が回路を走り回るイメージが浮かんだ。

「そっちはどうして研究本部棟に?」

「ええ、実はテーマ提案のことで――」

恵輔がこれまでの経緯を簡単に説明すると、「へえ、水田が責任者なのか」と栗林は驚きの声を上げた。「今年はまだ提案テーマをチェックしてなかったから、知らなかったよ。よかったら、俺も一票投じようか?」

「いいんですか?」

「今回、ウチの部署からも一つ提案が出てるけど、二票はフリーだから大丈夫だ」

「ありがとうございます。ついでと言ってはなんですが、綾川さんが参加しているテーマにも投票してもらえますか?」

そう持ち掛けると、栗林は細い眉をひそめ、「どうして綾川の名前が出る?」と訝しげに尋ねた。

「彼女と共同で選挙活動をしているんです。協力した方が票が集まりやすいですから」

そう説明すると、栗林は「ああ、そういうことか」と納得顔で頷いた。「了解。じゃあ、もう一票の方はそっちに入れる」

「そうですか。助かります」

「いいって。気にするなよ」

栗林が白い歯を見せたところでエレベーターが一階に到着し、扉が開いた。

白髪交じりのオールバックにやや面長の顔が、ぱっと目に飛び込んでくる。中にいたのは、薬理研究部の部長、今橋《いまはし》だった。

「お疲れ様です」

恵輔と栗林の声が綺麗《きれい》に重なる。今橋は恵輔たちを一瞥《いちべつ》し、「ああ、お疲れ」と低い声で応じると、革靴の音を響かせながら去っていった。

「さて、じゃあ俺はそろそろ上に行くわ。水田はまだ票集めか?」

「いえ、今日はもう帰ります。会社に残っている方も少ないでしょうし」

「そっか。じゃあな。幸運を祈る」

栗林がエレベーターに乗り込み、軽く手を上げた。恵輔は扉が閉じるのを見届けてから、その場を離れた。

選挙活動はなかなか好調だった。この四日で、口約束だけとはいえ、すでに四十票以上を確保できている。総務課の職員の提案という物珍しさもあるのだろうが、やはり理沙の協力がかなり効いている。「あの爆弾娘が薦めるテーマだったら」という思考が働いているのだろう。

この調子なら――と期待しながら正面玄関を出たところで、恵輔は階段の下に人影を見つけた。さっきエレベーターのところですれ違った今橋が、黒革のカバンを手にこちらを見上げていた。

「君が水田か」と問うその声音は険しい。

不穏な気配を感じつつ、「そうです」と頷き、短い階段を下りた。

「小耳に挟んだんだが、熱心に票集めしてるらしいな」

「はい、テーマ提案について、選挙活動をやらせていただいています」

正直に答えると、今橋はしかめっ面で首を振った。

「単刀直入に言う。今からでも遅くない。テーマ提案を取り下げろ」

「と、取り下げ……？」

予期せぬ命令に、理解が追い付かなかった。恵輔は「……どういうことでしょうか」とその意図を尋ねた。

「創薬は慈善事業としての一面はあるが、本質は投資だ。企業は利益を出さなければ生き残れない。人・金・時間……それらをつぎ込む価値のあるテーマを選ぶのは当然だ。それは分かるな」

こちらを睨みながら今橋が訊く。迫力に押され、恵輔は反射的に「はい」と頷いた。

「テーマ提案も、このルールを外れることはない。今回提案されたものをひと通り読んだが、どのテーマも、どう利益に繋げるかという視点が概要に盛り込まれていた。唯一、君のテーマを除いては」

今橋の声が、一段と重々しくなる。

「一次選考では、物珍しさで君のテーマに投票する人間は出るだろう。しかし、それは期待からではなく、単に面白がっているだけだ。君が票を得ることによって、本来選ばれるはずだったテーマが落選するケースも出てくる。はっきり言おう。選考を掻き回すのはやめろ」

恵輔はすぐには反論できなかった。ラルフ病治療薬で、果たしてどうやって利益を出すのか。その点に関しては、未だに正確な売上予測を立てることすらできていない。

今橋の主張は強硬的ではあるが、理不尽ではない。研究を始める前に考慮すべき、真っ当な意見の一つだ。

とはいえ、簡単には引き下がれない。その思いに引っ張られるように、恵輔は半歩だけ今橋の方に身を乗り出した。

「今橋さんのおっしゃることは理解できます。それでも、私はどうしてもラルフ病治療薬を作りたいんです。確かに私は研究の素人ですが、努力する覚悟はあります。もしテーマが採択されたら、リーダーにふさわしい人間になれるように努力します」

今橋を見据えながら、恵輔は言葉に力を込めた。だが、今橋の視線は依然として冷たいままだった。

「精神論はどうでもいい。努力云々《うんぬん》ではなく、もっと具体的に主張できないのか？　そのテーマにどんな価値がある？　臨床試験入りまでに最低で一億。小規模な希少疾患の開発とはいえ、承認に漕ぎ着けるまでに数十億は必要になる。製造に手間の掛かる生物製剤ならもっと経費は膨《ふく》らむだろう。そのコストに見合うリターンを確保できる見込みはあるのか？」

「臨床試験では、少数の患者で効果の確認を行い、そのまま医薬品承認申請に持って行けると踏んでいます。このやり方なら臨床試験は短期で完了しますので、開発コストはかなり小さいはずです。また、治療薬のない希少疾患であることから、革新性が評価され、高い薬価が付くものと期待できるはずです」

『期待できるはず』は、『期待できないかもしれない』と同義だ。確度が低いと言わざるを得ない」

今橋は冷静にそう反論した。

「ラルフ病の臨床症状は、ＡＬＳによく似ています」恵輔は言葉に力を込めた。そうしなければ、このまま押し負けてしまいそうだった。「近年になり、診断のガイドラインがようやく整備され、両者を明確に区別することが可能になってきました。今後、ラルフ病と診断される患者さんは増えると思います。利益は出せます」

「ＡＬＳと誤診断されるケースもあるとはいえ、そもそもＡＬＳ自体がかなりの希少疾患だ。患者数はどれだけ増えても数百人……。薬価が高く設定できるとはいえ、保険財政がこれだけ逼迫《ひっぱく》している現状を考えれば、大きな利潤《りじゅん》を期待できる金額にはならないだろう。利率五パーセントの銀行と利率一パーセントの銀行があれば、誰だって前者に金を預ける。同じコストを掛けるなら、よりリターンが大きい方に投資するのが当然だ。希少疾患の御旗《みはた》を掲げればすべてがうやむやになる、なんて甘い考えは捨てるべきだ」

今橋は表情を変えずにそう語り、「他には？」と挑発するような視線を恵輔に向けた。

「……………。開発した薬が、ラルフ病以外の疾患にも適用できる可能性もあります。そうなれば、売上はもっと……」

「根拠の薄い話は止めてくれ。その手の自分に都合のいい解釈は、研究の進捗報告でうんざりするほど聞かされている。そもそも、今の段階でより利益が期待できる他の疾患への適用が見込めるなら、そちらで開発すべきだろう。順番が逆だ。ラルフ病に使えるかどうかは、あとで検証すればいい」

「ラルフ病は致命的な病気です。開発は急がねばなりません」

「リスクはどんな疾患にもある。致死率が低くとも、患者が多ければ、結果的に亡くなる患者の数は多くなる。そこまで考慮して研究対象を選ぶべきだ」

「目の前に今ある命の危機を見過ごし、確率でのみ論ぜられる仮想の死に向き合うことは、僕にはできません」

恵輔は千夏の笑顔を思い浮かべながら、そう反論した。

「……素人と議論をしてもしかたないな」今橋が呆れ顔で首を振る。「まあいい。とにかく、君の諦めが悪いことは分かった。業務に影響が出ない範囲で、好きなようにすればいい。仮に一次選考をクリアしても、二次選考を行うのは我々だ。投資に値しないテーマなど、簡単に却下できる」

今橋はそう宣告すると、恵輔に背を向けて去って行ってしまった。

恵輔は緊張でこわばった体をほぐすために深呼吸をして、本館の方へと歩き出した。

頭の中では、今橋に言われた言葉がぐるぐると駆け巡っていた。

テーマ提案の準備に必死で、一次選考をクリアしたあとのことまでは考えが及んでいなかった。二次選考では、選考委員である部長たちの前で、提案者である恵輔が二十分間のプレゼンテーションを行うことになる。質疑応答の時間もあるので、当然、さっきのような厳しい質問が飛んでくることもあるだろう。何を訊かれても的確に受け答えできるように、綿密な準備をしておかねばならない。

創薬に関するバックグラウンドがない自分に、百戦錬磨の部長たちを納得させる説明ができるのか。そのことを思うと胃が痛くなる。

恵輔は腹をさすりながら、本館の事務室に戻ってきた。すでに午後八時半を過ぎ、同僚たちは全員帰宅している。

さっさと帰ろうとカバンを手に取ったところで、恵輔はふと、机の上に置いてあるミニサボテンに目を留めた。この間、千夏から買い物に付き合ったお礼に渡されたものだ。

白い、直方体の鉢に植えられた、高さ三センチほどのサボテン。サイズは小さいものの、鮮やかな緑色の胴体といい、縦に等間隔に並んだ棘《とげ》の鋭さといい、その姿は生命力に満ち溢れていた。こんなに小さいのに、確かに生きていると感じさせる瑞々しさがあった。

恵輔はミニサボテンの鉢を手に載せ、千夏のことを思った。

また、彼女に会いたい。会って、話をしたい。あの笑顔を見たい。そんな気持ちが、滾々《こんこん》と心の底から湧き上がってくるのを感じた。

「……こんなことくらいで、へこんでちゃダメですよね」

恵輔はそう呟いて鉢を元の位置に戻すと、読みさしの論文をカバンに詰め、事務室をあとにした。

8

テーマ提案に対する研究員たちの投票結果は、十月二十日に発表された。研究本部の掲示板に結果が出たのは午前十時で、事務室で仕事をしていた恵輔は、理沙からの電話でそれを知った。

「もう出たんですか。昼過ぎになると聞いていましたが」

「前倒しになったみたいだね。そんなことより、早く見てみなよ」と促す理沙の声は弾《はず》んで聞こえた。

「今、開きます」

理沙がこうして電話をかけてきた時点で、結果は大体想像できていた。掲示板にアクセスし、投票結果を画面に表示させる。二次選考に進む七テーマが、得票数順に並んでいた。〈ラルフ病治療薬に関する研究〉は、第五位で一次選考を突破していた。その一つ上の四位が、理沙が関わっているテーマだった。

「ありました。僕のも、綾川さんのも」

「うん。お互い、うまく行ってよかった。おめでとう、水田くん」

「ありがとうございます」恵輔は電話機に向かって一礼した。「綾川さんの協力のおかげで、最初の関門を突破できました」

「そこはまあ、お互い様ということにしておこうよ」

「次は二次選考ですね。あと二週間と少ししかありません。しっかり準備をして臨まなければなりませんね」

「そうだね。今度は相対評価じゃなくて絶対評価だから、採択数がゼロになる可能性もあるもんね。とにかく、部長たちを納得させるプレゼンをやらなきゃ」

今橋とのやり取りが脳裏をよぎる。「……そうですね」と恵輔は神妙に言った。

「それで、私たちのチーム内で何度かプレゼン練習をやることになってるんだ。もしよかったら、水田くんも参加してみたら？　資料の不備に気づけるし、想定質問対策にもなるから、当日の緊張を和らげる役に立つと思うよ」

「ありがとうございます。では、それまでに資料を作っておきます」

「オッケー。日程が決まったら連絡する。……ここまで来たんだし、どっちともが選ばれるように頑張ろ」

よろしくお願いします、と言って恵輔は受話器を置いた。最初のハードルはクリアしたが、次の二次選考こそが本番だ。テーマに対する、本部長や部長たちの評価。それがすべてを決める。ここで落選すれば、何もやらなかったのと同じことになってしまう。

来年、またチャレンジするという手はもちろんある。ただ、治療薬の開発が遅れれば遅れるほど、千夏の病状は進行する。最悪の場合は命を落とす危険性すらあるのだ。なんとしても、このチャンスをものにしなければならない。

自分にできることは、一つだけ。とにかく、しっかりと準備をすることだ。そのための時間を捻出するために、きっちり定時で仕事を終わらせなければならない。まずは小さなことから着実に、だ。

恵輔は「よし」と小声で気持ちを切り替え、本来の総務部の業務を再開した。

準備のための時間は、あっという間に過ぎていった。

再度参考文献に当たり、より具体的な情報に置き換える形で発表用資料を作り替える。それを使って、理沙たちが開いた練習会で発表を行う。すると、「説明に曖昧《あいまい》な部分があるので、直すべきだ」「こういう方向から質問が来たらどうするか?」「数字を強調しすぎない方がいい」などの意見が出るので、それを参考にしつつ、また資料を練り直す。そんなサイクルが毎日のように繰り返された。

資料作りに加え、恵輔はプレゼンテーションそのものの練習もやらねばならなかった。口頭発表というものをやった経験がほとんどなく、人に物事を伝える技術を身につける必要があったからだ。

スクリーンに映し出される資料を見ながらアドリブで説明を組み立てる人間もいるとのことだが、発表原稿を作り、それを丸々暗記してしまうことにした。原稿を読む速度は、十秒間に四十～五十文字が目安になるという。初心者であることを考慮し、恵輔はゆっくり目に喋ることにした。それでも五千文字近くにはなるので、暗記するだけで一苦労だった。

そして、十一月四日。恵輔はハードながらも充実した準備期間を終え、いよいよ、二次選考会の日を迎えた。

会場は、研究本部棟内にある中会議室だった。午前九時四十分。恵輔が部屋に入った時、五十人近いスーツ姿の男女がすでに席に着いていた。

三列に並べられた机の右列中ほど、窓側の席で理沙が手を上げている。恵輔は小走りに彼女の元へと駆け寄った。

「おはようございます。皆さん早いですね」

選考会の開始までまだ二十分ある。選考委員である部長たちや本部長はまだ誰も来ていない。

「まあ、仕事ができる精神状態じゃないしね」と理沙が小さく笑う。「私は発表者じゃないけど、それでもやっぱり緊張するよ」

恵輔は会議室内を見回した。ペットボトルの水をがぶ飲みしている者、しわくちゃになった原稿を手にぶつぶつと練習をしている者、窓際に立ち、じっとヤマモモの樹を見ている者……過ごし方はそれぞれだが、全員が緊張感のある、引き締まった表情をしている。

いま会場にいるのは、発表者か、そのテーマのメンバーだ。開かれた選考会にするために、一次選考を通過したテーマの関係者には、出席の権利が与えられている。

彼らはテーマ採択を争うライバルなのだが、こうして本番当日を迎えてみると、敵というよりは同志という感じがした。準備に掛けた努力の量が分かるだけに、他人を蹴落としてやるという気分にはなれなかった。できるなら、全部のテーマが採択されてほしい。あり得ないと分かっていても、ついそんな結果を望んでしまう。

「水田くん、最初にプレゼンするんだよね。調子はどう?」

「……どうも、はっきりしないんです。冴《さ》えているような、そうでもないような」恵輔は首を傾げた。「少なくとも、昨夜は一睡もできませんでした」

「それ、やばいんじゃないの」

「感覚的には眠気や疲れはないんです。なんというか、こう、ふわふわした感じと言いますか、現実感があまりないと言いますか」

それは、知らない感覚ではなかった。奨励会の入会試験を受ける時は、大体いつもこんな感じだった。むしろ、かつて慣れ親しんだ懐かしき浮遊感ではある。

正直に今の状態を伝えると、理沙は「うーん」と考え込んでしまった。

「大丈夫です。朝から何度も練習しました。原稿は完全に頭に入っています」

「それならいいけどさ……。お願いだから、プレゼンの失敗みたいな、本質的じゃないミスで落選っていうパターンだけはやめてよ」

「はい、そこは必ずクリアします。全力を出し切って、その上で選考委員の皆さんの判断に委ねたいと思います」

コンディションが悪くないというのは強がりではない。ちゃんとやりきれるという自信はある。とはいえ、やはり緊張はする。恵輔は幾度となくトイレに行ったり、百回以上は読んだであろう原稿を再確認したりしながら、選考会が始まるまでの時間を過ごした。

そして、午前十時ちょうど。会議室前方のドアが開き、選考委員たちが部屋に入ってきた。その中には、先日恵輔にいちゃもんをつけてきた今橋の顔もある。

テーマ提案の運営委員であり、今回の選考会の司会でもある知財部の職員の男性が、マイクを手に立ち上がる。

「時間になりましたが、まだお一方《ひとかた》、選考委員の方がお見えになっていませんので、もうしばらくそのままお待ちください」

いよいよだ。恵輔は背筋を伸ばし、深呼吸をした。

二分ほどして、遅れていた最後の選考委員が姿を見せた。研究本部のトップであり、旭日製薬の役員の一人である、池戸《いけど》研究本部長だ。年齢はすでに六十近いそうだが、髪は黒々としており、肌はよく日に焼けている。スポーツが趣味で、定番のゴルフを始め、マリンスポーツやマラソン、ロードレースなどに汗を流していると、社内誌の自己紹介欄にはあった。体育会系気質で、情に厚く義を重んじる――社内ではそんな人物だと評されているようだ。

「すまない、海外からの急な連絡が入ってしまって。始めてくれ」

池戸が最前列、中央の席に座る。ただでさえ緊張に満たされていた会議室の空気が、さらに一段階引き締まった気がした。

「では、今年度のテーマ提案に関する二次選考会を始めたいと思います。最初の発表者は、総務部第一課の水田恵輔さんです」

司会に名を呼ばれ、恵輔は腰を上げた。

あちこちから注がれる視線を感じながら、会場の前方の、スクリーン脇に設置された演台に着く。台に置かれたノートパソコンの画面には、恵輔の作成した発表資料が表示されている。

恵輔はマイクを手に取り、ゆっくりと会場の方に目を向けた。

明かりの落とされた室内に座る人々の顔が、スクリーンに反射した光でぼんやりと照らし出されていた。

容赦なく自分に向けられる、目、目、目……。

ここにいる全員が、自分に注目しているんだ――。

その事実を認識すると同時に、脳がふわりと浮き上がる感覚があった。

「えぇー、総務部の水田です。…………」

名前を口にしたきり、そこから先の言葉が出てこない。

おかしい、あれだけ練習したのに、どうして。

恵輔はそこで初めて、自分の心拍が異様に速くなっていることに気づいた。

落ち着け、落ち着け、と頭の中で繰り返しながら、スーツの胸ポケットに差しておいたスターマンに手を伸ばす。ところが、ポケットを探っても、あの星の付いたシャープペンシルが見つからない。事務室に置いてきてしまったらしい。

会場からざわめきが上がり始めていた。沈黙が不自然であることは恵輔にも痛いほど分かっていたが、暗記しきったはずの原稿の内容がどうしても思い出せない。脳の記憶領域に確かに保存していたデータを、Ｃｔｒｌ＋Ａで全選択し、うっかりデリートしてしまったのではないか。そんなどうでもいいことを考えてしまう。

恵輔は救いを求めてスクリーンを見たが、そこには演題と自分の名前が映し出されているだけだった。

顔を戻した時、二列目に座っていた司会役の男性がマイクを取るのが見えた。彼は眉間にしわを寄せながら、「水田さん。どうぞ」と発表を始めるように促した。

どうぞと言われても、どうしようもない。マイクを握り直そうとした指先が滑《すべ》る。手に異常なほど汗を掻いている。

こんな中途半端すぎるところで、挑戦は終わってしまうのか――。

GAME OVER。

テレビゲームのように、目の前の暗がりにその文字が浮かんで消えていった。

その時、会場の中ほどで、本や紙束が床に落ちる音がした。会議室が静まり返っていたため、その音はやけに大きく聞こえた。

はっと我に返り、恵輔はそちらに目を向けた。

「すみません」と周りに頭を下げながら、理沙が立ち上がるのが見えた。

刹那《せつな》、恵輔と理沙の視線が交差した。

彼女の口が「がんばれ」と動いたのを見た瞬間、押さえていた蛇口から大量の水が噴き出すように、暗記した原稿が一気に頭の中を埋め尽くした。

恵輔は咳払いをして、マイクを握り直した。

「失礼しました。それでは、私の提案である、ラルフ病治療薬に関する発表を始めたいと思います」

つかえていた最初の言葉がするりと出たら、その先は何の問題もなく続けられた。

十秒で平均四十八文字のペースで暗記した原稿を読み上げながら、手にしたレーザーポインターの光をスクリーンに向け、図を示して説明する。恵輔は練習通りに、自分の提案についてのプレゼンテーションをやりきった。

「私からの提案は以上になります。ご清聴ありがとうございました」

余裕を持った時間配分にしていたため、冒頭のミスがあったが、発表時間は二十分以内に収まっていた。恵輔はマイクを口元から離し、小さく息をついた。

「ありがとうございました。それでは、質疑応答に移りたいと思います」

司会の男性がマイクを選考委員席に回す。すかさず手を伸ばしてマイクを握ったのは、薬理研究部部長の今橋だった。

「薬剤の効能評価は、細胞を使って行うという話だったが、もう少し具体的に説明をしてもらいたい」

「患者さんから採取した細胞から、iPS細胞を作製し、運動性の神経細胞へと分化させます。その神経細胞の薬剤応答性を調べることで、薬剤の効果を確認することができると思います」

恵輔はすんなりと答えた。想定通りの質問だった。

「それを実施した例はあるのか？」

「ラルフ病ではありませんが、他の疾患では前例があります。基本的なノウハウは、そちらを参考にするつもりです」

「では、次の質問。過去の調査によると、ALSと診断された患者が精密検査でラルフ病と判定される確率は一〇パーセントで、ALS患者の七割がその検査を受けていないため、今後ラルフ病患者は増えるという話だった。先ほどの資料中にはそのデータが三年前のものだと出ていたが、君が冒頭に紹介したラルフ病患者数は今年の数字だという。つまり、この三年間で一定数の患者が判定検査を受けているはずで、未検査者が七割という前提には無理がある。今後の潜在患者の掘り起こしは、さほど期待できないのではないだろうか」

「数字でご紹介はしませんでしたが、ALSの患者数もこの三年で増えています。新規患者さんはラルフ病精密検査を受けていないケースがほとんどですので、状況としては変わっていないものと推測されます」

「そうだとしても、やはりこの疾患はあまりに患者数が少ない」

今橋がマイクを持つ手に力を入れたのが分かった。

「知っての通り、旭日製薬の売り上げはこの二年間横ばいだ。しかも、その状態はまだ三年以上続くと予想されている。悲しいことだが、我々は追い詰められつつある。研究開発費の用途は、将来大きなリターンが期待できる領域に投資すべきだ。いや、『すべき』というより、『せざるを得ない』と言った方が近い。そういった現実を踏まえた上で、改めてこのテーマの展望を聞かせてもらいたい」

今橋の声には切実さが込められていた。難しい顔で頷いている選考委員もいる。

「ラルフ病治療薬が、神経変性を伴う他の疾患に応用できる可能性は期待できます。つい先週出たばかりの論文ですが、ラルフ病患者さんによく見られる遺伝子変異が、認知症患者さんでも確認されるケースが多いことが明らかになりました。両者の関係はまだ分かりませんが、薬剤の応用性を示す例の一つかと思います」

恵輔の主張に対し、「新しい論文が正しいとは限らない。むしろ、他者による検証を経ていないものを信用するのはリスクが高い」と今橋は冷静に指摘した。

――そんなことは、こっちも承知の上だよ！

恵輔は一瞬、そう叫びたい衝動に駆られた。

科学論文で発表された成果の中には、再現不可能なものもある。すでに恵輔は、そのことを理解していた。実験条件の不備だったり、データの解釈ミスだったり、時には捏造《ねつぞう》だったりと、様々な原因でそういった「虚偽の論文」が世に出てしまう。それでも、明確に否定されるまでは、その論文のデータを信じることは許されるべきだ。そうでなければ、知見の少ない難病の創薬研究などできるはずもない。

恵輔は呼吸を一つ挟んで、気持ちを落ち着けた。今、自分が考えたようなことは、ここにいる選考委員にとっても常識であるはずだ。彼らはベテランの創薬研究者であり、科学の明るい部分も暗い部分も知り尽くしている。それでもあえて、今橋は反論を試みたのだ。

ここで引き下がったら、きっと選考委員たちに悪印象を与えてしまうだろう。だからと言って、感情的になったら負けだ。別の視点で攻めるべきだ。

「今回のテーマ提案のうち、希少疾患の治療薬に関するものは私のテーマのみです」

そこで間を空け、恵輔は会場を見渡した。出席者の意識がこちらに向くのを待ってから、再び口を開く。

「国内製薬企業売上トップテンの中で、現在、希少疾患の臨床試験を行っていないのは当社だけです。社会的貢献だけではなく、新たなビジネスチャンスを開拓するという意味でも、本テーマには一定の価値があると思います」

今橋の方に目を向ける。今橋は、槍《やり》の穂先を思わせる鋭い視線を返してきた。

「それは無為ではなく、選択の結果だ。我が社は他社に追随せず、独自路線を貫いているとも解釈できる。誰かの真似をすればいいというものではない。製薬企業は、公共性を帯びた特殊な存在だ。しかし、ボランティアとイコールではない。法人として生き延びるための戦略を取り続けることが最優先事項なんだ。私には、このテーマを採択することが当社の将来にプラスに働くとは思えない」

今橋は強い口調でそう言って、マイクを机に置いた。

会議室は静まり返っていた。今橋の主張を受け止め、その正しさ、強さを誰もが噛み締めていた。

恵輔も、言うべきことは言った。それでも、今橋を納得させることはできなかった。さらなる抵抗を試みても、見苦しい悪あがきにしか映らないだろう。

神妙な顔が並ぶ中、理沙がやけに険しい表情をしていることに、恵輔は気づいた。怒りに満ちた視線を今橋の背中に注いでいる。

恵輔の視線に気づき、理沙が小さく頷いた。

まずい、と思い、恵輔は首を横に振った。ここで妙な振る舞いをしたら、理沙が関わるテーマの選考に影響が出かねない。

抑えて、抑えてとこっそりジェスチャーをするが、理沙は口を結んで首を振り返す。「私が反論してやる」とその目が語っていた。

彼女が立ち上がろうとした瞬間、「では、私から」と、池戸がマイクを持った。

「今の今橋さんの話は、まあ、正論だよな。ぐうの音も出ないというかね、戦略的には充分納得できる。なので、私は違う視点から質問をしたい。水田くん。君のプレゼンを聞いていて思ったんだが、どうも君はこのテーマに思い入れがあるようだね」

恵輔は池戸と目を合わせ、「はい」と答えた。「知人に、ラルフ病に苦しんでいる方がいます。彼女の力になりたいと思っています」

「なるほど、非常に個人的な動機というわけだな。ふむ」

池戸は小刻みに頷き、「そういう方向性の熱意、私は嫌いじゃない」と言った。「他の役員からは、『また池戸さんの浪花節《なにわぶし》が出た』と言われそうだが」

池戸は微笑し、「しかし」と続ける。

「個人的な動機は、透明度の高いガラスのようなものだと私は思う。交じりっ気がない分、硬くてまっすぐなのだが、わずかな衝撃であっさり砕けてしまうこともある。これまで、このテーマ提案でも、いくつかそういった、『自分のための』創薬を認めてきた経緯があるが、残念なことに現在も続いているものは一つもない。途中で高い壁にぶつかり、どのテーマもあっけなく終わっていった。その反省もあるので、君には申し訳ないが、採択に対するハードルは非常に高い」

池戸の声には、優しさと強さが共存していた。自分の面倒を見てくれていた将棋の恩師に諭されているような気分で、恵輔は彼の話を聞いていた。

「私がこの場で問いたいのは、このテーマに対する君の覚悟だ。質問はシンプルだ。もし、この選考に落ちたら、君はどうする？」

「また来年、提案させていただくつもりです」と恵輔は即答した。

「一度では諦めないと。では、来年、完全に失格の烙印《らくいん》を捺《お》されたらどうする？　このテーマでは無理なので、二度と提案するなと言われた場合だ」

「その時は……」

それは想定外の質問だった。恵輔は必死に考えを巡らせる。池戸は「覚悟を問う」と明言した。曖昧な言葉ではなく、自分の想いがストレートに伝わるように答えねばならない。

これまでに読み込んだ資料が高速で浮かんでは消えていく中で、ある記事が意識の端に引っ掛かった。医薬系の経済紙の特集記事で、日本における創薬ベンチャーの現状と展望をまとめたものだ。その記事を通じて、恵輔は今までよく知らなかった小さな製薬企業のあり方を知ることができた。

――そうだ。

返答が心の中で一つに定まる。恵輔は顔を上げた。

もし道が断たれたなら、自分で切り拓いていくしかない。それが、覚悟をするということだ。

「その時は、このテーマを外に持って行くことになります」

「外というのは？」

「国内外の創薬ベンチャーです。その中には、希少疾患の創薬に特化した会社もあります。そういったベンチャーをピックアップし、提携の道を模索します。つまり、彼らに投資をして研究を行わせ、その結果見つかった候補物質を我が社が開発し、実用化を目指すという道です」

「ほう、そういうやり方か。しかし、それも結局、『ラルフ病治療薬には投資価値がある』という判断がなされなければ、ベンチャーへの投資は成立しないことになる。『無理だ、金は出せない』と会社に言われたら、君はどうするね？」

池戸はさらに質問を重ねてきた。いたぶるというより、どう返す？　と問答を楽しんでいるような顔をしている。

「それはですね……」

マイクを持ち、大勢に注目されながら話すという初めての状況、プラス、終わりの見えない、難しい問い。のしかかる重圧に、返すべき言葉をなかなか見つけられない。

プレゼンの冒頭に似た重苦しい沈黙が、会議室に広がっていく。失望交じりのため息も聞こえてくる。負の気配に満ちた嫌な空気が、じわじわと恵輔の呼吸を苦しくさせる。

このまま黙っていたら、池戸は恵輔の覚悟に見切りをつけ、あっさりと質問を打ち切るだろう。それは避けねばならない。

何でもいいから、相手に届く返答を……。

祈りを捧《ささ》げるように目を閉じた時、ふっと浮かんできた言葉があった。とにかく答えを口にしなければという一心で、恵輔は咄嗟にそれにしがみついた。

「──その場合は、ラルフ病に興味を示してくれたベンチャー企業に転職します」

思いついたことをそのまま声に変換した直後、傍聴している研究員たちからざわめきが上がった。

……今、自分は何を口走った？

恵輔は恐る恐る目を開けた。

会場にいる人々が顔を見合わせ、小声で何かを囁き合っている。その様子を目にして初めて、恵輔は自分がとんでもない宣言をしてしまったのだと理解した。

ざわめきはやがて収まり、会議室にはまた静けさが戻ってくる。

「よく分かった」池戸は微かに笑っていた。「私からの質問は以上だ」

池戸が置いたマイクを手に取る選考委員はいなかった。質問がないことを確認し、司会が恵輔の出番が終わったことを告げた。

恵輔は一礼し、演台を離れた。

後ろの席に向かう途中、足がよろめき、立ち止まって壁に手を突いた。二百手を超える長い将棋を指し終えたあとのように、全身がひどく疲弊していた。

9

二次選考会から五日が過ぎた、十一月九日。

ノートパソコンの画面の隅に表示される時刻が15：45になったところで、恵輔は席を立った。まっすぐに、課長の塩屋の席へと向かう。塩屋は難しい顔で手元の書類を睨んでいた。

「塩屋さん。研究本部棟に行ってきます」

塩屋が書類から顔を上げ、眩しいものを見たかのように目を細めた。

「……ああ。今日だったか」

「はい。四時からです」

今日、テーマ提案の最終選考結果が出る。合否は、研究本部長の池戸から口頭で直接伝えられることになっている。

「いよいよ、だな」

「そうですね。いざ当日を迎えてみると、早かったような気もします」

恵輔はしみじみと噛み締めるように言った。いろいろと苦労したはずだが、辛かったという記憶はない。

「……すまなかった」急に塩屋が頭を下げた。「いつかは迷わせるようなことを言っちまって」

「いえ、そんなことは」突然の謝罪に、恵輔は戸惑いながら手を振った。「組織の論理も理解はできます。理不尽なことを言われたわけではないですから」

「俺はどうも、悪い方に考えすぎていたらしい。お前のチャレンジは、予想以上に好意的に受け入れられているようだ。あの時は『組織が壊れる』なんて言ったが、取り越し苦労に終わりそうだよ。会社を信じていなかったのは、俺の方だったんだな」

塩屋は広い額を撫で、ため息をついた。

「……無理だと思ってたよ、テーマ提案なんて。少なくとも、俺の常識にはない発想だった。でも、なんだかんだで水田はここまで来た。尊敬するよ、お前のことを。……今更言えた義理じゃないが、うまく行くといいな」

「ありがとうございます」

「水田がいなくなったあとの準備はできてる。もしダメでも、総務部で仕事を続けられる段取りはつけた。だから、安心して結果を聞いてこい」

塩屋は立ち上がり、やや強めに恵輔の肩を叩いた。

はい、と頷き、恵輔は彼に一礼して、事務室をあとにした。

本館を出ると、吹いてきた風が首筋をひやりとさせた。この時期、日を追うごとに冷たさを増していく風は、冬が少しずつ、確実に近づいていることを教えてくれる。吹く向きを刻々と変える風に翻弄《ほんろう》されながら、恵輔は研究本部棟に到着した。

恵輔は肩や腰に張り付いている緊張感を深呼吸でなだめ、エレベーターで六階へ上がった。

腕時計に目を落とす。審判の刻まで、あと七分。

スターマンを握り締めながら、薄桃色のカーペットが敷かれた廊下を進んでいく。西向きの窓から差し込む陽光が、辺りを薄黄色に染め上げていた。

角を曲がり、行き止まりが見えてきたところで、池戸の部屋のドアが開き、中から数人の研究員が出てきた。その中には理沙の顔もある。霊長類の脳波パルスを使う、新たな創薬手法を提案したメンバーだった。

「お疲れ様です」と、恵輔は彼らに声を掛けた。

「あ、水田くん……」

理沙が足を止める。他のメンバーたちは会釈もせずに、そのまま廊下を歩いていってしまった。彼らの表情は一様に険しかった。

「ずいぶん早いね。まだ時間あるよ」

「事務室にいても落ち着かないので、早めに出てきました」

「そっか。そうだよね、仕事が手に付かないよね。あれだけ頑張ったんだし」

理沙はすっきりした表情をしていた。

恵輔は声を潜め、「……もしかして、ダメでしたか」と尋ねた。

「そう。不採択だった」

「納得できる理由でしたか？」

「うん、まあね。動物の管理が問題視されてさ。社内では今、五頭のサルを飼うだけの設備しかないんだ。でも、私たちの提案した研究をやろうとすれば、最低でもその三倍のケージが必要になる。お金をかけて設備増強しても、テーマが途中で終わったら、使い道がなくなるでしょ。動物の世話をする人も必要になるし。だから採択はできないって、そう説明されたよ」

「綾川さんは、反論しなかったんですか」

「そこが自分たちの弱みだって理解してたし、言うべきことは、この間の選考会で議論し尽くしたからね。悔しくないと言えば嘘になるけど、ジャッジに対する文句はないよ」

「そうですか。残念でしたね……」

「いいよ、しょうがないよ。落ち込まなくていいから」理沙が恵輔の肩を軽く叩く。「次は水田くんの番だね。他の人の結果は聞かされてないから、『大丈夫だよ』なんて気安くは言えないけど……」

ふいに、明るく喋っていた理沙の表情が曇った。

「どうしました？」

「なんか、あんまり緊張してないように見える」

「そんなことはないですよ。さっきから何度も深呼吸をしています」と恵輔は腕を広げてみせた。

「覚悟が決まってるから、堂々としてられるんじゃないの」

「覚悟？　それは、どういう意味でしょうか」

理沙は周りに誰もいないことを確認して、一歩だけ、恵輔の方に身を寄せた。

「……選考会で言ってたこと、本気なの？」

その問いで、「覚悟」という言葉の意味するところが分かった。

「会社を辞めるかもしれない、という話ですか。いえ、今のところは具体性は皆無です。何か答えねばならないという焦りから飛び出した失言です」

「焦るのは分かるけど、だからって、転職はないよ」

「すみません。我ながら、軽率だったと反省しています」

「もしテーマが採択されなかったら……会社を辞めちゃうの？」

「すぐに、ということはないです。少なくとも、ベンチャー企業との共同研究の道は残されていると思いますから。ただ、改めて考えてみると、会社を変わるという手もなくはないように感じます」

「そうなの？　どうして？　そんなにウチの会社に失望してるの？」

理沙が縋《すが》るように訊いてくる。恵輔は首を軽く横に振った。

「いえ、今回、テーマ提案に挑戦してみて思ったんです。世の中には、まだ熱中できるものがあるんだなと……。ラルフ病について学び、その治療法を検討していく中で、不謹慎な言い方ですが、知的な快感を経験することができたんです。きっと、この感覚が、研究員の皆さんを仕事に駆り立てるんだろうな、とも思いました」

「だから、本格的に研究に携わりたいってこと？」

「そうですね。もちろん、ただ研究がやりたいだけなら、転職ではなく異動という手もあります。しかし、ラルフ病という疾患にこうして興味を持ったのも、何かの縁だと思うんです。神様がこのテーマをやり通せと、そうおっしゃっているのかもしれません」

「……そっか。そこまで考えてるんだ、水田くんは」

理沙はため息をつき、窓の外に目を向けた。

「私も、転職しちゃおうかな」

「綾川さんも、不採択になったテーマにこだわりを持っているんですか？　だから、他社に移ってでもやりたいと……」

「そうじゃないよ。テーマのことは関係なしに、違う未来もあり得るかなと思っただけ。別に、本気じゃないからね。っていうか、忘れて」

理沙は珍しく慌てた様子でそう言った。恵輔は理由は問わずに、「分かりました」と頷いた。

「もうそろそろ時間だね。私、行くね」

「はい。話し相手になってくれてありがとうございました。おかげで、緊張せずに結果を聞くことができそうです」

「私も、いい気分転換になったよ。じゃ、あとで連絡ちょうだいね。絶対だよ！」

軽く手を上げ、理沙が廊下を去っていった。

ちょうど時間になっていた。恵輔は握りっぱなしだったスターマンを胸ポケットに戻し、池戸の執務室のドアをノックした。「どうぞ」と、ドア越しでもはっきりと返答が聞こえた。

「失礼します」

ドアを開けて中に入る。自席でノートパソコンを見ていた池戸が立ち上がり、「そっちで話をしよう」と、部屋の隅の応接スペースを指差した。L字に組み合わせた二枚のパーティションで区切られた一画には、ガラスのローテーブルを挟んで、二人掛けのソファーが向かい合わせに置かれている。

「どうぞ、遠慮なく」

池戸が手ぶらでソファーに座る。その態度や表情からは、選考結果を読み取ることはできなかった。

「よろしくお願いいたします」

一礼し、恵輔は彼の向かいに腰を下ろした。スターマンとメモ帳を手に持ち、いつでもメモが取れるように準備する。

「まずは先日の選考会、ご苦労様。総務部からの提案というのは、我々選考委員にとっても実に新鮮だった」

「恐縮です」

「ただ、君のプレゼンは、今回の発表の中では一番ひどかった。とにかく喋り方がぎこちない。不慣れだから当然なんだろうが、緊張しすぎだな」

「……すみませんでした。もっと練習すべきでした」

「ま、発表の印象の話はこのくらいにしておこう。大事なのは中身に対する評価だ。はっきり言ってしまうが、君の提案への意見には厳しいコメントがたくさん出た。『研究の素人に予算を与えるのは無謀だ』『創薬研究の具体的な道筋が見えない』『希少疾患の薬剤を開発しても、販路がない』……売上予想に対する悲観的な見通しに加え、いくつも懸念点が指摘された。要するに、採択すべきではない、という意見が大半だったわけだ」

選考委員の容赦ない意見を、恵輔はメモ帳に書き留めた。辛いが、現実から目を逸らしてはいけない。

池戸は恵輔の手が止まるのを待ち、「しかし」と言った。

「画期的な薬を作った人物を、私は何人か知っている。彼らに共通するのは、人生を懸けてでも成し遂げるという強い意志だ。生活のすべてを捧げるという覚悟だ。君は確かに素人だが、成功のための資質は備えている。選考会でのやり取りから、私はそう感じた。君の個人的な動機を、信じてもいいのではないかと思った」

「では……」と恵輔は顔を上げた。

「君の提案したテーマを採択する。ただし、期間は二年間じゃない。半年だ」

「半年……ですか？」

これは仮免許のようなものだ、と言って、池戸は表情を引き締めた。

「残念ながら、私以外の委員は君のテーマに対してネガティブな印象を持っている。それを覆《くつがえ》し、さらなる予算を獲得するには、具体的な成果が必要になる。それを待てるタイムリミットが半年ということだ。半年後に、君のテーマに関してのみ、もう一度協議を行うことになっている。はっきり言えば、君は色物だ。科学的な視点で成果を評価するとはいえ、研究者ではない君への判断はどうしても辛《から》いものになるだろう。そう簡単ではないと思うが、なんとか結果を出してほしい」

ずしり、と肩が重くなった感覚があった。テーマのスタート地点はマイナスなのだ、と恵輔は理解した。一般的に及第点と認められる以上の成果を生み出さない限り、研究を続けることはできないだろう。

その責任を一身に背負うのは、リーダーである自分だ。これからのしかかるであろう重圧を想像しただけで、締め付けられるような痛みが胃に走った。

しかし、たとえそれが険しいものであっても、道は確かに開けている。努力次第で、次のステージへと進むチャンスが与えられている。自分は壁を一つ乗り越えたのだ。その喜びには、湧き上がってくる不安を抑えるだけの力があった。

「どうだ、やれそうか？」

池戸の問い掛けに、恵輔はスターマンを握る手に力を込めた。

「選考委員の皆さんのおっしゃるように、私には力がありません。あるのは前に進むという志だけです。その唯一の武器を頼りに、半年間、精一杯頑張りたいと思います」

「ああ。君には期待している」

池戸が身を乗り出し、恵輔に手を差し出した。恵輔はその手をしっかりと握り返した。

10

年が明けた、二〇一六年一月五日。仕事始めの火曜日の午前八時半。恵輔は研究本部棟の三階にある事務室にいた。

部屋の広さは十二、三帖といったところ。グレーのカーペットが敷き詰められており、左右それぞれの壁に向かって事務机が二つずつ置かれている。

恵輔は腰に手を当て、まだ誰もいない事務室を見回した。空っぽのキャビネット。内線電話だけが置かれた事務机。電源を入れたばかりのコピー機。そして、あちこちに積まれた段ボール箱。今はまだ殺風景なこの部屋が、創薬に挑むメンバーの拠点となる。

ラルフ病治療薬研究が、いよいよ今日から始まる。恵輔は胸を高鳴らせながら、自分の席に着いた。

机の引き出しの中には、発注してあった新しい名刺が置かれていた。

〈研究本部　特任研究課　チームリーダー　水田恵輔〉

創薬研究のスタートに合わせて、恵輔は総務部から研究本部へと異動になった。盛大に送り出してもらったとはいえ、本当に研究者になれたのか少し不安だった。だが、こうして印字された自分の肩書きを確認すると、ぐっと現実感が高まった。社内では、ラルフ病の研究チームは「水田チーム」と呼ばれることになる。リーダーとして認められるように、毅然《きぜん》とした振る舞いを心掛けねば、と気合いが入る。

年末に運び込まれていた段ボール箱を開け、参考書籍やファイルを机のブックラックに並べていると、「おはよう」と理沙が部屋に入ってきた。

「おはようございます」

「早いね水田くん。さすがはチームリーダー。今日からよろしくね」

紺のダッフルコートを脱ぎ、理沙が笑顔を見せる。

「よろしくお願いいたします」と、恵輔は丁寧に頭を下げた。

提案時にメンバーを集めなかったので、テーマ開始に伴い、各部門から三人の研究員が配属されることに決まっていた。そのうちの一人が理沙だった。

このメンバーの割り当ては各部門の部長の裁量に任されている。辞令が出たのは十二月の半ばのことで、その日まで、恵輔は理沙がメンバーになることをまったく知らなかった。理沙曰《いわ》く、「自分が提案に関わっていたテーマが却下されちゃったから、上司が気を利かせてくれたんじゃないかな」とのこと。

彼女がチームに加わることを、恵輔は純粋に喜んだ。気が置けない同期が近くにいてくれると何かとやりやすい。

「他の人はまだ来てないんだね」

「そのようです。綾川さんは、他のお二方のことをどのくらいご存じですか？」

化学合成担当として、入社三年目の元山《もとやま》という研究員が、薬理研究担当として、春日《かすが》という五十歳のベテラン研究員がチームに加わることが決まっている。年末は何かと忙しく、顔合わせの時間が取れなかった。二人とも男性だということを知っている程度で、人となりは全然分からない。

「うーん。同じ研究本部とはいえ、他の部門との接点はあまりなくて」理沙が表情を曇らせた。「噂くらいは聞いてるけど……そういう、責任の持てない話は伝えたくないかな。変に先入観を抱くのはよくないと思うし」

「そうですね。本人に失礼ですしね。出社されるのを待ちましょうか」

恵輔は自分の席に戻り、千夏にもらったミニサボテンを机の右奥に置いた。冬を迎えたが、ミニサボテンは大きくなることも枯れることもなく、買った当初と変わらぬ、鮮やかな緑色を保ち続けている。

ミニサボテンを眺めていると、昨日聞いたばかりの、千夏の生き生きとした歌声が耳の奥に蘇った。

昨日、楽悠苑で行われた今年最初のレクリエーションでは、入所者の親族たちが参加し、ピアノを演奏したり演歌を歌ったり、ちょっとした時代劇をやったりと、多彩な催《もよお》しが繰り広げられた。正月の特別イベントのトリを飾ったのは千夏で、中島《なかじま》みゆきの『糸』の弾き語りを披露した。温かい、包み込むような歌声は健在で、そのことに恵輔は心の底からほっとしたのだった。

千夏のことを思ってぼんやりしていると、「水田くん、あれ」と理沙に背中を叩かれた。振り返ると、部屋の外に人影が見えた。鼻の両脇に深いほうれい線のある、眼鏡を掛けた中年男性が、ドアのガラス窓から室内を覗き込んでいる。

恵輔はそちらに近づき、「どうぞ」と声を掛けた。

男性はいったん身を引くと、恐る恐るというようにゆっくりとドアを開け、部屋を覗き込んだ。

「……こ、ここが事務室ですか」

「ええ、そうです。春日さんですよね。チームリーダーの水田です」

「ど、どうも」

春日が目を逸らしながらひょいとうつむいた。何かを落としたのかと床を見るが何もない。どうやらお辞儀をしたらしい。

「綾川です。よろしくお願いします」

「あ、ああ」

春日はへどもどしながら頭を下げ、理沙の方を見ずに自分の席に向かった。

理沙が肩をすくめ、恵輔に向かって首を振ってみせた。ああいう人なんだよ、ということだろう。どうやら春日は、あまり社交的なタイプではないようだ。

それからしばらく、三人で黙々と自分の荷物の片付けを続けた。

だいたい作業が終わったところで、もう一人のメンバーである元山がまだ来ていないことに恵輔は気づいた。午前九時にこの部屋に集合するようにメールで連絡をしてある。しかし、時刻はすでに九時半になろうとしている。

「元山さん、遅れてますね。何かあったんでしょうか」

「実験室の方にいるのかも。元山くん、異動後も前のところで実験するって話だったよね。ちょっと電話してみるよ」

印刷したばかりの内線電話一覧を確認し、理沙が電話機のボタンをプッシュする。短いやり取りを終え、「いないって」と理沙は受話器を置いた。

「じゃあ、異動前の事務室の方でしょうか」

「ううん。まだ会社に来てないみたい。春日さん、何か聞いていませんか?」

「い、いいえ、私は何も」

見ると、春日はピンクや青、緑色の楕円形が描かれた抽象画のようなイラストを机に貼り付けている。

恵輔と理沙の視線を受けて、春日が「こ、これは、細胞のスケッチです」と慌てたように説明を始めた。「こ、今度のテーマでｉＰＳ細胞を使うと聞いて、正月休みに色鉛筆で描いてみました」

「へえ……上手ですね」

恵輔は感心した。論文でよく似た画像を見たことがある。わざわざスケッチする意味も、それを飾る理由も分からなかったが、絵はよく描けている。

と、その時、事務室に黒いジャンパー姿の若い男が入ってきた。元山だ。茶色がかった髪はぼさぼさで、無精ひげが顎の周りに散らばっている。寝起きのまま出社したとしか思えない風貌だった。

「おはようございます。集合時間を過ぎていますが、何かトラブルですか」と恵輔はにこやかに声を掛けた。

「……いや、いろいろあって」

ぼそりと低い声で答えて、元山は空いた席へ向かおうとする。

「ちょっと、それはないでしょ！」理沙が元山の前に立ちふさがった。「水田くんはこのチームのリーダーで、あなたの上司なの。遅刻の理由をちゃんと説明する義務があるんじゃないの」

元山は左耳の後ろの跳ねた毛を引っ張りながら、ふいと目を逸らした。

「寝坊しました。普段、もっと遅い時間に出社してるんで」

「そういう個人的なミスは、もっと申し訳なさそうに報告すべきじゃない？」

「社内規程にそう書いてありましたっけ？　読んだ記憶はないっすけど」

「はあ？　書いてあるわけないでしょ。そんなの、社会人としての常識でしょうが！」理沙が髪を逆立てそうな勢いで元山を叱責《しっせき》する。「入社三年目にもなって、そんなことも分からないの!?」

「すみませんね、常識がないもんで」

元山は悪びれる様子もなくそう言うと、荷物を置いて自分の席に座った。

「なに勝手に座ってるの。まだ話は途中で……」

「あの、綾川さん。もうその辺で」と、恵輔は理沙にストップを掛けた。

「……最初が肝心だと思うな、こういうのは」

理沙がこちらを睨んでいた。不完全燃焼に苛立《いらだ》っているのだろう。

「それは分かりますが、言うべきことは僕の方から伝えますので」

「分かった。ごめん、余計なことして」

理沙が、元山の方を見ないように自席に戻る。恵輔はスタッフ気がつくと、事務室には息苦しささえ感じさせるような、重い空気が充満していた。恵輔はスターマンとメモ帳のいつものセットを手に、部屋の中央に立った。

「えー、皆さん揃われましたので、改めて自己紹介させていただきます。本日より、このチームのリーダーを務めさせていただく水田です。ラルフ病は、患者さんの生活の質を著しく低下させるのみならず、命を危機に晒《さら》す、非常に危険な疾患です。創薬は容易ではないと思いますが、最後まで諦めず、粘《ねば》り強く研究に挑んでいきましょう」

なるべく明るく、大きな声で、ゆっくりと恵輔は挨拶を終えた。理沙が拍手をすると春日もそれに倣《なら》ったが、元山はさっさとメールチェックを始めていた。

すぐに打ち解けられると楽観視していたわけではないが、それにしても、初日からここまで雰囲気が悪くなるとは思っていなかった。こぼれそうになったため息を飲み込み、恵輔は背筋を伸ばした。この程度のつまずきで挫けていては未来など摑めるはずもない。

「午前十時から、今後の創薬研究の進め方について打ち合わせしましょう」

恵輔の提案に、「今からやりましょうよ」と元山が面倒くさそうに言った。「片付けを始める前にやっちゃった方が効率的でしょ」

「僕は構いませんが、皆さんはどうですか」

理沙は不満げに、春日は自信なげにそれぞれ頷く。

「そうですか。では始めましょうか」

「んじゃ、方針を聞かせてもらえますか」

元山が腕を組みながら、まるで挑発するかのように切り出した。

「このテーマに与えられた期間は半年です。その間に、成果と呼ぶにふさわしい進捗を報告しなければなりません。効果のある物質を見つけられれば言うことなしですが、最低限、薬剤の評価方法を確立する必要はあるでしょう」

ここでいう「評価」は、ある化合物が特定の病に対して治療効果を示すかどうかを調べる作業のことだ。例えば、高血圧の治療薬を作りたいのなら、血圧を下げるタンパク質の機能を高める化合物を探すことになるし、抗癌剤を作りたいのなら、正常細胞に影響せずに癌細胞のみを殺す化合物を探すことになる。このような実験の仕組みを、製薬業界では「評価系」と呼んでいる。

ラルフ病に関しては、まずこの評価方法そのものを確立する必要がある。患者の体内で悪さをしている「犯人」を突き止め、その働きを試験管の中で再現するのだ。そこまで行けば、あとはその「犯人」を封じる化合物を探すだけだ。

「スケジュール的な余裕はない、と。評価はiPS細胞を使うんすよね」

「ええ。過去に報告された論文によれば、ラルフ病は脊髄運動神経の変性が原因となって起こる疾患だと考えられます。神経細胞の中でトラブルが起こり、筋肉を動かす信号がうまく伝わらなくなっているんです。おそらくは、何かのタンパク質に突発的な異常が生じているのでしょう。

これが、僕たちが戦うべき『犯人』です。ですので、まずは患者さんの体内で起きている変性を再現するところから始めます。そのためには、iPS細胞を使うのがベストだと判断しました」

「あ、あの、患者さんの細胞は調達できるんでしょうか」

春日がためらいがちに質問を口にした。

110

「昨年のうちに、当社の研究に協力してくれているいくつかの病院と交渉しました。現時点で四人の患者さんの細胞を確保できており、今後さらに増やす予定です」

関西だけではなく、北海道や九州の病院にも協力を依頼し、ラルフ病患者から細胞を採取した。匿名化されているが、その中には、千夏のものも含まれている。

「準備は整ってるからね。どうぞご安心くださいませ」理沙は元山を見据えながら言った。口調に険がある。「担当は春日さんですけど、私も細胞培養を手伝うつもりよ」

「そうっすか。了解っす。俺は化学屋ですから、まだやることはなさそうっすね」

元山は席を立つと、「図書室に行ってきます。打ち合わせ、適当に進めといてください」と言い残して、そのまま部屋を出て行ってしまった。

「……なにふざけてんの」

理沙が顔を引きつらせながら、元山を追おうと立ち上がる。

恵輔はそれを「まあまあ」と抑えた。「彼の出番がないのは確かですから。必要な時にしっかり働いてもらうよう、僕の方から言い聞かせておきます」

「またあ。甘やかすとろくなことにならないよ。リーダーとしてガツンと言ってやらないと。春日さんもそう思いますよね？」

「え、あ、その、どうなんでしょう。よ、よく分からないです……」

春日があたふたと目を逸らす。その視線の先には、彼が描いた細胞の絵があった。

曖昧な返答に、理沙が眉根を寄せる。険しい表情のまま、彼女は椅子に座った。

事務室に立ち込める剣呑な空気に、恵輔はため息をこらえきれなかった。

111　Phase 1

――これは大変そうだぞ……。

恵輔は心の中で呟いた。いきなり生まれた、大きな人間関係のひずみ。よーいドンで躓《つまず》いてしまった気分だった。

やることは研究だけではないのだ、と恵輔は思った。チームリーダーは研究の進捗のみならず、メンバーの人間関係にも気を遣わねばならない。自分がその立場になってみて、恵輔は初めてその必要性を痛感したのだった。

11

それから二週間後、一月十九日の午後四時過ぎ。今週出た新着論文をチェックしながらメモを取っていると、事務室に理沙が戻ってきた。

「お疲れ様です。どうですか、実験の調子は」

理沙は白衣を脱ぎ、「難航してる」と首を振った。

彼女と春日は今、iPS細胞から脊髄運動神経の細胞を作る実験をしている。

複数の遺伝子を制御し、成熟した細胞から、何の組織にでもなれるiPS細胞を作り出す技法はすでに確立している。問題は、得られたiPS細胞を組織に変化させる方法は、作りたいものによって変わるということだ。iPS細胞を特定の条件で培養し、望む細胞へと変化させる――分化と呼ばれるこのプロセスについて、理沙たちは検討を重ねていた。

分化は、東京駅から四方八方に伸びた路線のどれを選ぶかを決めるようなものだ。電車に乗るホームを正しく選べば、仙台に行くことも新潟に行くことも大阪に行くこともできる。ただし、分化のプロセスは基本的には一方通行であるため、一度成熟してしまうと、元のiPS細胞には戻れない。やり直しは利かないのだ。

「……そうですか。やはり、そう簡単ではなさそうですね」

「私も春日さんも、iPS細胞を扱うのは初めてだから……。私の専門は薬物動態だし、作業は手伝えても、改善案はなかなか思いつかなくて。まあ、もう少し頑張ってみるよ」理沙はそこで事務室内を見回した。「元山くんは？」

「図書室です。さっき、論文のコピーを取った際に見掛けましたが、どうも朝からずっと籠《こも》っているようです」

「またぁ？」と理沙がうんざりしたように言う。「毎日毎日、何してるんだろう」

「机の上には、専門書や論文雑誌が積まれていましたが……」

「見せ掛けにすぎないんじゃないの？　人がいなくなると同時に居眠りを始めたとしても、私は驚かないけどね」

折り畳んだ白衣を机の上に投げ出し、理沙は音を立てて椅子に座った。

「……やっぱり、嫌がらせされてるんだろうね、私たち」

「嫌がらせ？　誰からですか」

「部長たちにだよ。テーマ選考会で、池戸本部長以外はラルフ病の創薬に反対してたんでしょ。早く終わらせてやろうと思って、あの二人をメンバーに選んだんじゃないかな」

基本的には人事権は部長にある。元山と春日を選んだのも彼らだった。

「……お二人は、何か問題を抱えているんですか？」

「あえて伏せてたけど、去年の十二月にメンバーが決まってから、いろいろと周りの人に話を聞いたんだ。元山くんは、とにかく自己中なんだって。例えば、全員参加が義務付けられている月例報告会をサボって実験したり、労使協定で決まってる残業時間を平気でオーバーしたり、休みの日に上司に無断で会社に来たり、かなりやらかしてるみたい」

「しかし、それは研究に対する熱意の表れと取ることもできるのではないですか？」

「好意的に解釈すればね。でも、彼が今、ラルフ病研究に対してどういう態度を取っているかを考えると……」

理沙はその先の言葉を濁《にご》した。

元山は恵輔のチームに配属されて以降、ずっと単独行動を続けている。ほとんどの時間は論文を読んで過ごしているようだが、時々実験室で作業をしているらしい。ラルフ病の研究では、まだ作るものがない。他のチームの手伝いでもしているのかもしれないが、恵輔には一言の相談もない。

「春日さんはどうなんですか？」

「真面目でいい人なんだけどね。不器用すぎるみたい」と理沙が渋い顔をする。「研究本部に来たわけだし、水田くんも、『級制度』のことは知ってるよね」

「ええ、異動前に説明を受けました」

研究本部では、各人の級に合わせて給与が決まるというシステムを採用している。修士卒なら十級、博士卒なら八級からスタートし、昇級試験をクリアすれば級が一つ上がる。給与水準としては、五級が一般企業における係長待遇、三級以上が課長待遇に相当すると言われている。一級まで上がると一般職からマネージャー職へと昇格し、級制度とは別の評価制度に切り替わる。将棋で級から段に上がるようなものだ。ちなみに、チームリーダーとなった恵輔は、特例的に一級扱いとなっている。

「試験は二年に一度だから、ストレートに行けば十八年で十級から一級になれる。それはさすがに難しいけど、どんなに昇級が遅い人でも、四十歳までに五級にはなるの。でも、春日さんはまだ八級なんだって」

「……確か、春日さんは博士課程を出られてますよね」

「そう。だから、入社以来一回も昇級してないってこと。とにかくプレゼンが下手みたいで、人前に出るとまともに喋れなくなるらしいの。……正直、よくそれで就職できたと思うよ」

「それだけ実験技術が評価されたのではないでしょうか」

「腕はいいんだと思う。学生時代にスイスに留学して、ノーベル生理学・医学賞を獲った先生のところで修業したらしいし。でも、技術があっても、それを研究に活かせなきゃ意味がないよ。春日さんも元のチームじゃ浮いてたみたい。ディスカッションもせずに、ひたすら細胞ばかり見てる変わり者、っていう評価だったって」

「……そうですか。お二人のことはよく分かりました」

恵輔はメモ帳を閉じた。元山と春日が扱いにくい人材であることは確かなのだろう。しかし、その評価は研究とは直接は関係ない。あくまで会社という組織の中でのものだ。協調性に問題があるのなら、それを把握しつつ、うまくチームをコントロールするのが自分の役目ということになる。

「チームが一丸となって創薬に挑めるよう、なんとか対応します。それより今は、薬剤評価系の構築を急がねばなりません」

「そうだね。何かいいアイディアはある？」

「僕に思いつくことはたかが知れています。だから、専門家に頼るのがいいのではと思います」

恵輔は今日の午後に入手した論文のコピーを理沙に手渡した。

「東京央心《おうしん》大学の榎井《えのい》先生が、つい昨日出した論文です。患者さんのｉＰＳ細胞から脊髄運動神経を作製した、という内容です。ラルフ病ではなく、別の希少疾患ですが、やろうとしていることはほぼ同じですから、細胞培養の参考になるのではと期待できます」

それが社外の技術であっても、使えるものはすべて使う。半年という短すぎる期間で何かを得るためには、柔軟性が必要だ。恵輔はそう考えていた。

「いいタイミングだね。でも、榎井先生って、私は初めて聞く名前なんだけど……どういう人か情報はある？」

「ホームページに写真とメッセージがありました」

恵輔はノートパソコンを操作し、ブックマークしてあるページを開いた。

黒いタートルネックのセーター、丸レンズの眼鏡に坊主頭の男が、青空をバックに腕を組んで立っている。建物の屋上かどこかで撮影した写真のようだ。榎井の風貌は、晩年のスティーブ・ジョブズを彷彿《ほうふつ》とさせるものだった。年齢は四十九歳とのことだ。

彼の写真の下には、〈あらゆるボーダーを越え、知の新世界を目指す〉という、研究室のキャッチコピーが書かれている。

「どれどれ……」理沙が机に手を突いて画面を覗き込む。「なんていうか、上品で知的な雰囲気があるね。表情も柔らかいし、門前払いってことはなさそう」

「そうとも言えないかもしれません」

画面をスクロールさせ、彼のメッセージを表示させる。それは、自分の研究室への進学を希望する学生に向けたものだった。

〈タイムイズマネー。この考え方は、研究の世界にも当てはまります。ポリシーの合わない人と共に仕事をするつもりはありません。なぜなら、それは無駄な行為だからです。明らかに無駄なことを避ける努力を、私は厭いません。私の考えに共感できる人を求めます。自分の人生にとって、最も効率的な選択が何なのか。それをよく考えて進路を選んでください〉

「うわ、なんか、鼻につく！　スタバの窓際でコーヒー飲みながら仕事してそうな感じっていうの？　気取ってるよね、この人……って、悪く言っちゃダメなんだけど」

「確かに、人を選ぶんだろうなと思わせる文章です。榎井先生は、あえてそういうメッセージを載せているんでしょう。意識的に、自分と合わない学生を排除しようとしているように思います」

恵輔は榎井のメッセージから、かつて奨励会入りを巡って争ったライバルたちと似た匂いを感じ取っていた。盤面を有利にするだけではなく、相手に与える心理的影響まで考えて指し手を選ぶ。そんな周到な意図が込められているような気がしたのだ。

「優秀だけど取っ付きにくいってことなのかな……」

「マルかバツかが明瞭なんでしょう、きっと。ダメならダメと、かなり早い段階で判断されるんだと思います」

「となると、第一印象が肝心だね」

「はい」と恵輔は頷いた。「だから、榎井先生にお手紙をお送りしようと思います」

「……手紙？　メールじゃなくて？」

「ええ。古臭いやり方ですが、手書きの手紙が一番気持ちが伝わります。僕のポリシーを理解してもらうには、それがベストであるはずです」

「ふーん。じゃあ、文面は水田くんが考えて。私が手紙を書くから。高校の頃に書道部にいたから、字を書くのは得意なんだ。綺麗な字の方が印象もよくなるでしょ」

「へえ、書道部……意外ですね」

「どの辺が意外なの？」と理沙が眉根を寄せた。

「あ、いえ、なんでもありません」

恵輔は慌てて手を振った。スポーツ系の部活動の印象があったのだ、ということは伝えない方がいいような気がした。

「……大体言いたいことは分かるけど、まあいいや」理沙が小さく息をついた。「さっさと取り掛かりましょ。内容が決まったらメールで教えて。私は封筒と便箋を準備しておくから」

了解です、と頷き、恵輔は昔のメモ帳を開いた。総務部にいた頃に〈ビジネスメールの書き方〉講習を受けた時のもので、書き出しや締めくくり方、書式などに関する基礎的なマナーを書き留めてある。それを参考に、恵輔は文面を考え始めた。

渾身の手紙に対する榎井の反応は良好だった。手紙を送った二日後に、「ぜひお会いしたい」

という返事のメールが来たので、すぐに面会に赴《おもむ》くことになった。

一月二十五日。理沙、春日と共に、恵輔は東京を訪れた。

東京駅から中央線に乗り換え、三鷹駅で市内を走るみたかシティバスに乗車する。赤い車体の低床バスに揺られること十分あまり。午後一時過ぎに、恵輔たちは東京央心大学・三鷹《みたか》キャンパスに到着した。

敷地の広さはサッカー場くらいだろうか。高さ二メートルほどのフェンスの向こうに、オフィスビルのような近代的な建物が三棟、背の高さを競うように並んでいる。

守衛所で来意を告げると、真ん中の二号館に向かうように言われた。そこに医学系の研究室が入っているという。

来訪者用のＩＣカードを受け取り、茶色と白のタイルがランダムに敷き詰められた歩道を、三人で歩いていく。関東地方は数日前に大雪に見舞われており、都民の生活に多大な影響を与えた雪は歩道の脇にまだ残っていた。溶けて泥と混じり合い、黒い氷塊と化している。

「なかなか立派なキャンパスですね」

枯れた芝生を眺めながら恵輔は言った。今は何も植えられていないが、花壇らしきスペースもある。春になればさぞかし華やぐことだろう。

「ここには二年前に移転してきたみたい。それまでは文京区にあったらしいよ」と理沙が説明を加えた。「ちなみに榎井先生は、京都大学の出身なんだって」

「あそこはｉＰＳ細胞発祥の地ですからね。期待できそうです」

二人で話しながら歩いている途中で、後ろからの足音がふいに消えた。

振り返ると、春日が腹部を押さえてうつむいている。

「どうされましたか」

駆け寄り、恵輔はその場に屈んだ。

「は、腹が急に痛くなってきて」

春日が顔をしかめる。額には汗がにじんでいた。

「それはいけませんね。どこかでトイレを借りましょう」

「い、いや、そういう痛みじゃない気がします。も、申し訳ないですけど、二人だけで行ってください」

「そうはいきませんよ！　救急車を呼びますね」

理沙がスマートフォンを取り出すと、春日は「お、大げさすぎます」と慌ててそれを止めた。

「い、いつもこうなんです。しょ、初対面の人と会うのが、ものすごく苦手で……せ、精神的なものだと思うんですが、じ、自分ではなんともできなくて。あ、あそこで休んでますから」

春日は呼吸を荒らげながら、道路を挟んだ反対側にあるベンチを指差した。

「……休めば大丈夫なんですか」

「た、たぶん。……も、もっと早く言えばよかったんですが」

「分かりました」恵輔は仕方なく腰を上げた。榎井との約束の時刻が迫っている。「綾川さん。すみませんが、春日さんに付いていてもらえますか。万が一ということもありますので。榎井先生には僕一人で会ってきます」

分かった、と理沙が険しい表情で頷く。

「では、お願いします」

二人をその場に残し、恵輔は二号館へと急いだ。

来訪者用のカードで入口のセキュリティを解除して入館し、五階に上がる。榎井の部屋はエレベーターを降りてすぐのところにあった。

ドアをノックし、返事を待って中に入る。二十帖はありそうな広い部屋の奥に事務机があり、榎井がノートパソコンの画面を眺めていた。

「初めまして。旭日製薬の水田と申します」

「ああ、どうも」と榎井が立ち上がる。ホームページの写真と同じ服装をしていたが、実際に見るとより若々しく、活動的な印象を受けた。

「本日はよろしくお願いいたします」

まずは名刺を交換する。榎井の名刺は透明なプラスチックでできていた。

「お三方でいらっしゃると聞いていましたが」

「連絡できずに申し訳ありません。諸事情で、私一人になりました」

「そうですか。では、そちらにどうぞ」

榎井が笑顔で、入口近くに置かれたソファーに手のひらを向けた。ローテーブルを挟んで二台のソファーが置かれている。

「失礼いたします」

向き合う形でソファーに腰を下ろす。榎井は膝の上で手を組み合わせ、穏やかな笑みを浮かべていた。

「お手紙、ありがとうございました。ああいうものをいただくのは非常に珍しくて、ちょっとした感動すら覚えましたよ。不思議ですよね。数十年前はそれが当たり前だったというのに」

「恐縮です」と恵輔は頭を下げた。自分の文章は大したことはない。理沙の文字の美しさが功を奏したのだ。

「私は合理主義者を標榜《ひょうぼう》していましたて」と言って、榎井は中指で眼鏡の位置を直した。「手紙というのは、書くのにもやり取りにも時間のかかる、前時代的で非効率的な伝達手段ですが、ファーストコンタクトを取る場合には、逆に最も合理的な選択肢になるんでしょうね。現にこうして、私はあなたに好意を抱いたわけですから。これは新しい発見でした」

「ありがとうございます」

「研究を始めるまでの経緯は手紙で拝読しました。だから、繰り返し説明していただく必要はありません。仕事の話をしましょう。私は、最初にあれこれ雑談するのは嫌いなんです。本題を議論する時間が足りなくなったら、本末転倒もいいところですからね。先に話すべきことを話し合い、それからゆっくりお茶でも楽しむというのが正しいやり方だと思うんです」

「ええ」と恵輔は頷き、スターマンとメモ帳をスタンバイした。相手の流儀に合わせることに異論はない。「では、さっそく本題に入りたいと思います。iPS細胞から脊髄運動神経を作製した技術について、ノウハウを教えていただくことはできますでしょうか」

「いいですね、ストレートな質問だ」榎井は口の端を持ち上げた。「では、私も正直にお答えしましょう。『条件付きでイエス』が、私どもの回答です」

「条件とはどういったものでしょうか」

「我々の講座との共同研究です。脊髄運動神経の作製に関して、得られた知見を共有するという形でいかがでしょうか。そちらでご負担いただくのは、研究に必要な消耗品費、備品費、補助員等協力者の謝金、情報収集に関わる旅費、交通費などになります。ざっとした試算ですが、半年間で三百万円ほどになるかと思います」

そういった提案が出ることは予測していたが、具体的な金額にまで話が及ぶとは思っていなかった。その金額が高いのか安いのか、恵輔にはとっさに判断ができなかった。

「いかがでしょうか?」と榎井がにこやかに訊く。しかし、その目は狼のように鋭い。嘘やごまかしがあれば、即座に見抜かれるだろう、と恵輔は直感した。

「秘密保持契約は結んでいただけるのでしょうか」

「もちろん。旭日製薬さんにとっては、それが一番重要なポイントでしょうからね。成果の特許化を含め、御社の意向を最大限に反映させていただきます」

「形式についてですが、互いに研究員を交換し合うような形もあります」

「私のところではそれはやっていませんね。実験スペースに余裕がないのが理由です。必要があれば検討はしますが」

「分かりました」と恵輔は榎井の視線を受け止めながら言った。「いったん持ち帰らせていただけますか」

「ええ、構いませんよ。どの道、この場で契約書を交わすつもりはありません。そんな勢い任せの判断を信用するのは、あまりに非合理的ですから」

榎井は席を立つと、部屋の隅にある戸棚から二組のカップとソーサーを取り出した。

「コーヒーでいいですか？　専門店で買ったいい豆があるんですよ」

「あ、いえ、お構いなく」

「ビジネスの話は終わりました。急いで帰阪する必要がないのでしたら、ぜひのんびりしていってください。製薬業界のことをいろいろ聞いてみたいですね」

「……気を遣っていただいているのに大変申し訳ないのですが、別件がありまして。慌ただしくなってしまうことをお許しください」

恵輔は深々とお辞儀をした。誘いを断ることへの罪悪感はあったが、気になることが他にあるのを隠すのが誠実な対応だとは思えなかった。

「それは残念です。では、せめてこれだけでも」榎井が、チャック付きポリ袋に入れたコーヒーバッグを差し出した。「私がブレンドしたものです。試してみてください」

それを受け取り、恵輔は丁重に面会の礼を述べて部屋をあとにした。

面会の手応えはあったが、その達成感を伝える相手はそばにはいない。

春日の体調はどうなのだろう。恵輔は急いで建物を出て、春日を休ませているベンチに向かった。

「……あれ？」

恵輔は歩道の途中で足を止めた。ベンチには、理沙が一人で座っているだけだった。どこにも春日の姿はない。

恵輔に気づき、理沙が顔を上げる。

「もう終わったの？」

「ええ、大事なことだけ確認して、さっと切り上げました。持ち帰って検討しなければならないことはありますが、感触は悪くはありませんでした」

恵輔はベンチに近づき、辺りを見回した。白衣姿の学生たちが数人、売店の方に歩いていくのが見えるだけだった。

「春日さんなら、もういないよ」と、理沙がぽつりと言った。

「え、いないって……どういうことですか」

「喉が渇いたってあの人が言うから、自販機を探して飲み物を買ってきたの。で、ここに戻ってみたら、こんなメモがベンチに挟んであってさ」

理沙が未開封のミネラルウォーターをもてあそびながら、小さな紙片を差し出した。春日の名刺だ。余白に、〈ご迷惑になるので先に帰ります。お役に立てなかったので、出張費は申請しません〉と走り書きされていた。

「大阪に戻ったんですか？　一人で？」

「そういうことみたい」と理沙が肩をすくめる。

上司に無断で、あまつさえ同僚に嘘をついてまで出張先から帰宅するなどという話は、一度も聞いたことがなかった。

恵輔はベンチに腰を下ろし、「……参ったな」と力なくため息を落とした。春日のあまりの身勝手さに呆れるばかりで、怒りさえ湧いてこなかった。

12

日帰りでの東京出張を終えた翌日。恵輔は、昨年までのホームグラウンドである本館を訪れた。省エネと運動を兼ねて、階段で三階まで上がる。スーツ姿の社員とすれ違いながら廊下を進み、研究管理部の事務室にやってきた。

研究管理部はその名の通り、旭日製薬の研究活動を管理する役目を担っている。予算管理と契約書の作成・保管が業務の二本柱で、十人程度の小さな部署でありながら、研究活動の鍵となる業務を一手に引き受けている。理沙曰く、「一筋縄じゃいかない人ばっかり」とのこと。折衝《せっしょう》能力に長けたベテランが集まっているらしい。

ネクタイの結び目を締め直し、深呼吸をしてから部屋に入る。

研究管理部のメンバーは、全員が事務机に向かって黙々と仕事をしていた。恵輔に注意を払おうという素振りもない。

恵輔は入口近くのカウンターに向かい、「すみません、平木《ひらき》さんはいらっしゃいますでしょうか」と室内に向かって呼び掛けた。

すると、奥の席にいた小太りの男が立ち上がり、のそのそと恵輔のところにやってきた。年齢は三十代後半くらいだろうか。妙に肌つやがいいので、歳が分かりにくい。冬だというのに、半袖のワイシャツを着ている。

「平木ですけど、えっと、何の御用ですか」

「共同研究に関する申請についての事前相談です」

「と言われても、そういうの、いっぱいあるんで……」

平木が人差し指でこめかみを掻く。

「今朝、メールでアポを取った件です」

「何時くらいですか？」

「九時半頃にお送りしました。午後一時に伺うとお伝えしたはずですが……」

「ああ、東央大の」と平木が指を鳴らす。思い出すだけでこれほど時間がかかるとは思えない。正直、侮られていると思ったが、恵輔は「そうです」と頷いておいた。彼は共同研究の申請受付係だ。いたずらに苦情をぶつけて機嫌を損ねるとまずい。

平木と共に、事務室の隣にある会議室に入る。四人程度で使う、小さな部屋だ。椅子が悲鳴を上げるのにも構わず、勢いよく平木が席に着く。「失礼します」と言ってから、恵輔は向かいに座った。

「では、改めて共同研究の方針を説明させていただき――」

「あ、いらないです。メールに説明文をつけてくれてたでしょ。あの内容、もう思い出しましたから」

平木は顔にたかるハエを追い払うように手を振った。

恵輔は込み上げてきた不快感を呑み下し、「そうですか。それで、いかがでしょうか」と尋ねた。

「承認は難しいでしょうね、今のままだと」と平木はあっさり答えた。「ご存じかどうか分かりませんけど、最近多いんですよ、この手の予算申請が。もうすぐ年度末でしょ。予算消化のためにも、駆け込みで共研をスタートさせたいんでしょうね」

「我々は予算の都合で申請しているわけではありません」

「そんなことは知ってますよ。例のテーマ提案で採択された、特別枠でしょ？　でも、二次選考の結果が出てからもう結構経ってますよね？　なんで去年のうちに相談に来なかったんですか」

「今年に入ってから論文が出たんです。ほぼ最速で行動できていると思います」

「ああ、そうですか。じゃ、時期はいいとしましょう。問題は内容ですよね。本当に共研の必要があります？　なんていうか、楽をしようとしているように見えちゃうんですよね。もう少し腰を据えてじっくり自前で培養方法を検討してみたらどうですか」

「自分たちの事情で恐縮ですが、半年以内に成果を出す必要があるんです。お金で時間が買えるのですから、この投資には意味があると思います」

「意味がある……ねえ。でも、相談に来られた方は、皆さん大抵そうおっしゃるんですよね」

平木はつまらなそうにもみあげを引っ張りながら言う。

「そこをなんとか、お願いできませんか」

理沙を連れて来なかったのは正解だな、と思いながら、恵輔は頭を下げた。彼女ならそろそろ堪忍袋の緒が切れる頃だろう。

「まあ、こうして相談を受けた以上は、検討はしますすよ。ただ、すぐに答えは出ませんよ。時期も悪いですし、内容についても吟味が必要だと思いますので」

「……検討には、どの程度時間がかかるのでしょうか」

「そうですねえ。二ヵ月くらいは待ってもらうことになるでしょうねえ。あ、もちろん承認の保証はできませんからね。審査するのは僕じゃないんで」

「それはさすがに……」恵輔は眉根を寄せた。「もっと早くなりませんか」

「あのねえ、水田さん。あなた、元は総務部の人じゃないですか。だったら、手続きには順番ってものがあることくらい分かるでしょ？　ちゃんと順番待ちの列に並んでもらわないと。じゃ、そういうことで」

平木は一方的に通告して席を立ち、「暑い暑い」と呟きながら部屋を出て行った。


肩を落として研究本部棟の事務室に戻ると、タイミングよくチームのメンバーが全員揃っていた。

「相談したいことがあるので、いまお時間いいですか」

「俺もですか？」と、元山が自分の顔を指差す。恵輔は「ぜひ、意見を聞かせてください」と力強く頷いてみせた。

事務室の中央には、ディスカッションしやすいように、小型の丸テーブルを置いてある。それぞれが自分の椅子を動かして、テーブルの周りに移動する。

その間に、榎井からもらったコーヒーバッグを開けて、理沙が全員分のコーヒーを淹《い》れた。たちまち、辺りに濃厚なアロマが満ちる。まるで、直前に室内で豆を煎《い》ったかのような、芳《こう》ばしい香りだった。

「東央大の榎井先生との共同研究の件で、研究管理部に事前相談に行ってきました」

コーヒーを一口飲んでから、恵輔は切り出した。

「どうだったの？」

「検討はするが、二ヵ月はかかると。また、承認されない可能性もある、という話でした」

「なんとなく、そんな風に言われそうな気はしてたよ」理沙は呆れ顔だ。「あの人たち、小さい研究チームには冷たいんだよね。大人数のテーマが優先で、人数が少ないほど後回しにされるんだ」

「はーあ、どうしようもないっすね」と、元山が首を振る。「あいつら、科学のことなんて分かんないんでしょ。だから、人数の多寡でしかテーマの良し悪しを判断できないんだ」

「け、研究本部出身の人もいますが、しょ、少数派ですから」

春日は誰とも目を合わせないようにしながら、独り言のように言う。出張でのトラブルを気にしているのか、いつも以上に視線が泳いでいる。

「その人選が気に入らないんすよね。研究者自身が研究費の使い道を決める方が絶対効率的なのに、知財とか事務からばっかり人を取ってるでしょ、あそこ。そんなやり方してるから、ウチはいつまで経っても中堅クラスから抜け出せないんでしょうね。っていうか、もう弱小製薬企業って言った方が正確っぽいっすけど」

「元山くんの気持ちは分かるし、ウチが問題点を抱えてることは確かだけど、会社の悪口で盛り上がってる場合じゃないでしょ」と理沙が釘を刺す。「共研が認められない場合の対応を考えておかないと。春日さん、どうですか？」

「え、あ、そうですね、手当たり次第に条件検討を続けるか。あるいは、ヒトではなく、マウスのiPS細胞を使って、脊髄運動神経を作るという手もあります。そちらはより詳細な実験データがすでに論文報告されているので」と春日は早口に言った。研究に関する話になると、彼の語り口は滑らかになる。

「それ、やる意味あります？」と元山が渋い表情を浮かべる。「ラルフ病って、ヒト特有の疾患じゃないんすか」

「い、一応、神経毒を投与した際に、似たような症状を示すモデル動物は報告されてます。その毒の効果を打ち消すような物質を探せば、あるいは……」

「人工的に病気を再現してやるってことっすか。それを半年以内にやったとして、お偉方は『テーマ継続の価値アリ』と判断してくれますか？　俺は微妙だと思いますけどね。本部長に押し切られて採択したものの、ホントはあの人たち、テーマを潰したくて仕方ないんでしょ？　難癖つけてきますよ、絶対」

言い方には癖があるものの、元山の主張は真っ当なものだった。マウスと呼ばれる、体長七センチほどのネズミで効く物質が、ヒトではまったく効かないというケースは創薬研究ではよくあることだ。毒物で人工的に病気の状態を再現した実験系ともなれば、そのリスクはさらに高まるだろう。

「じゃあ、元山くんはどうすべきだと考えてるわけ？」

理沙の視線を受け止め、「次善の策なんてそもそも必要ないんすよ」と元山は言った。「やりましょうよ、共同研究」

「ですが、研究管理部は難色を示しています」

「何言ってんすか、水田さん。そんなの、所詮は組織の判断でしょ。上から圧力を掛けて、無理やり承知させればいいんすよ」

「なら、やりようはありますよ。上から圧力を掛けて、無理やり承知させればいいんすよ」

上、という言葉から連想される人物は一人しかいなかった。

「池戸本部長の協力を仰ぐ……ということですか」

「高々、数百万円の契約でしょ。あの人が言えば、あっさり承認されますよ」

確かに現実的な策だ。上司の判断に納得できない場合は、さらに上にいる人間に訴えた方がずっと効率的なこともある。しかし……。

「……元山さんの意見は理解できます。ただ、それは最後の切り札です。安易に頼れば、池戸さんを失望させるかもしれません。それは、部長たちの反対を押し切って僕たちのテーマを採択してくれた、その恩義に反する行為だと思うんです」

恵輔は自分の想いを率直に言葉にした。あがくすべがあるうちは、自分たちだけでなんとかしたい。そう感じている自分がいた。

「真面目すぎません？」

眉をひそめる元山を、理沙が「リーダーの意見でしょ」と軽く睨む。

「……分かりましたよ。んじゃ、攻め方を変えますか。あれこれうるさい連中を黙らせる、一番効果的な方法を使いましょう。全員でやれば、一日二日で終わると思いますから、手伝ってください」

そう言って、元山が椅子に座ったまま自分の席に戻ろうとする。

「あの」と恵輔は彼を呼び止めた。「手を貸してくれるんですか」

元山は首だけで振り返り、「しょうがないっしょ」と肩をすくめた。「俺はね、理屈に合わない非科学的なやり方が大っ嫌いなんすよ」

いつも通りの投げやりな口調だったが、元山は真剣な表情をしていた。ひょっとすると、研究管理部の判断に一番不満を感じているのは彼なのかもしれない。

恵輔はスターマンを持つ指先に力を入れた。

「分かりました。では、その方法を教えてもらえますか」


翌日、午後四時。恵輔は元山と共に、研究管理部の平木の元を訪ねた。

「またですか」

平木はうんざり顔を隠そうともしない。今日はアポイントメントを取っていないし、資料も事前に送っていない。平木の反論のチャンスを封じるためだ。

「忙しいんだけどな」を繰り返す平木を「すぐ終わりますから」と半ば強引に連れ出し、三人で会議室に向かった。

「で、今日は何の話ですか」

「共同研究のコストに関する試算を行いました」

「コスト？」

「自社だけで研究を行った場合と、共同研究を行った場合の差です。まず、人件費ですが、これに関しては数字上の差はありません。しかし、共同研究中に得られた知見をそのまま得ることができますので、実質的には大学の研究員を雇っているのと同じです。つまり、共同研究の方が圧倒的に得です」

「いや、それはそうですけど、その代わりにこっちが得た知見を向こうに取られるじゃないですか」

「それに関しては、ほぼリスクはありません。ラルフ病の創薬研究が終わるまで、共同研究で得た知見を公の場で発表しないと約束してもらいますので。研究が順調なら特許で守れますし、不調で打ち切られれば、その知見は自社にとっては無意味なものになります。公開しても問題ありません」と恵輔は返し、さらに説明を続ける。

「次に試薬費です。これに関しては大きな差が出ます。自社だけで進める場合、細胞の適切な培養条件を突き止めるために、培地や添加する物質の組み合わせを思いつく限り試すことになります。当然、試薬の購入費は膨大なものになるでしょう。共研で培養条件を教えてもらえれば、そのコストは最小限で済むことになります」

「そこは、もっと効率よく検討すればいいんじゃないですか」

「効率をよくする方法が分からない以上、片っ端から試すしかないんです！」と恵輔は強い口調で言った。相手を説得する時は、とにかく強気で——理沙からのアドバイスだ。

恵輔は畳み掛けるように次々と説明を繰り出していった。設備費、光熱費、廃棄物の量、研究速度、自社の知名度に対する影響……細かなものを含めると二十近く項目があったが、そのすべてにおいて、共研のコストが自社単独のそれより優れていた。

元山は満足げな表情で、恵輔と平木のやり取りを見守っていた。研究の専門家ではない相手を黙らせるには、圧倒的な量のデータで畳み掛けるのが一番確実だ、というのが元山の立てた作戦だった。

「——以上が試算の結果になります」

説明を終えた時、平木は明らかに憔悴していた。矢継ぎ早に頭に詰め込まれるデータを処理するのに疲れてしまったのだろう。

「……とりあえず、方向性は分かりました。あとで資料をくださいそれを読んでから検討します」

「その言葉、やめませんか。『検討』って」と元山が冷めた口調で言った。「いわゆるビッグワードってやつですよね。曖昧で、人によって解釈が全然違う表現。それ、何も言ってないのに等しいんですよ、ビジネスの現場では。研修で習いませんでしたか？」

「いや、そんな、ただの慣用表現じゃないですか」平木が額の汗をハンカチで拭った。「ちゃんと上司と話をして、承認すべきかどうか判断しますよ」

「そんなの当然でしょ。じゃなくて、そっちがどうするのか、もっと明確にしてくださいって言ってるんです。せめて、返答期限くらいは明言しましょうよ。仕事にはタイムリミットがあるってこと、知ってますよね？　いつまでに返事をいただけるんです？」

「今すぐには答えられません。他の案件との兼ね合いもありますので」

「あ、そっすか。それならそれでも構わないですけど、さっき水田さんからお伝えしたコスト、時間と共に変化していきますから。判断が遅れれば遅れるほど、コスト差によるメリットは小さくなると思ってください。あなたの仕事の進め方次第で、多方面に大きな影響が出るってこと、よーく覚えておいてくださいよ。もちろん、そういった経緯は、あとでまとめて部長たちに報告しますから」

元山はつまらなそうに喋っていたが、その力の抜け具合が、「こちらは当たり前のことを話しているんだぞ」というアピールになっている。そしてその姿勢は、平木にプレッシャーを掛ける役目を果たしていた。

「……分かりましたよ。じゃ、明日の定時までに返答します。午前中に部長たちが集まる会議がありますから、そこで議題にします。それで構いませんか」

「それで結構です」と恵輔は頷いてみせた。「よろしくお願いいたします」

平木から電話があったのは、翌日の午後四時過ぎのことだった。

「……検討の結果、共同研究を承認することになりました。手続きに関するメールを送るので、それを見て対応してください」

平木は低い声でぼそぼそと言い、さっさと電話を切った。

自分の席にいた理沙が、「共研の件？」と駆け寄ってくる。「どうだった？」

「承認されました。手続きに少し時間が掛かりますが、来月の半ばには研究をスタートできると思います」

と、そこへ元山が姿を見せた。

「承認されましたよ」と伝えると、「そうっすか」と元山はわずかに眉を動かしただけだった。

「もう少し喜んだらどう？」と理沙が不満げに言う。

「研究が進んだわけじゃないっすから」視線を逸らし、元山が首筋を掻く。「理不尽な連中に常識を教えてやっただけです。はしゃぐようなことじゃないでしょ」

「ああ言えばこう言う、だね、まさしく」理沙がため息をつく。「で、相変わらず図書室通いを続けてるけど、こっちのテーマを手伝う気になった？」

「春日さんと綾川さんの頑張り次第じゃないっすか。前から言ってる通り、その時が来れば手を動かしますよ。自分なりに、全力で」

元山は机の上の板チョコをかじっただけで、すぐに事務室を出て行こうとする。

「元山さん」と恵輔は彼を呼び止めた。「ありがとうございました。おかげで、最初の難所を乗り越えられそうです」

「感謝はいらないっすよ。俺は俺のやりたいようにやっただけなんで。もしダメになってても、責任を取る気は一切なかったですからね。たまたま成功しただけで、最悪、研究管理部長がブチ切れて、テーマ打ち切りになってたかもしんないんすから」

「それでも、元山さんの貢献は大きかったです。助かりました。元山さんが本来のフィールドである化学合成で力を発揮できるように、迅速に研究を進めますので」

元山は恵輔を指差し、「それもビッグワードっすね」と口元を歪めた。「迅速に、じゃ分からないんで、期限を言ってもらえますか」

「ちょっと、なんなの、その尊大な言い方は。リーダーに接する態度ってものが……」

文句をつけようとする理沙を遮って、「五ヵ月以内です」と恵輔は宣言した。

「このテーマに与えられた最初のタイムリミットまでに、薬剤の評価を行う段階まで到達してみせます」

「ってことは、テーマが打ち切られたら、俺の出番がないまま終わるわけっすね」

「最悪の場合、そうなります」

「了解です。んじゃ、とりあえず今まで通りにやらせてもらいます。市販されてない物質が必要になったら作りますから、遠慮なく声を掛けてください。じゃ」

元山はひらひらと手を振りながら事務室を出て行った。

「……協力したかと思えば、また自己中に逆戻り？　ホント、気まぐれだね。帰属意識ってものが全然感じられないよ」

呆れ顔で呟く理沙に、「最初から、そういうものを持つつもりがないのかもしれません」と恵輔は言った。

「自分さえよければ、チームのことなんてどうでもいいってこと？」

「というより、合理性が一番大事なんじゃないでしょうか。榎井先生と同じです。元山さんは、自分が設定したポリシーに従って仕事をしているんです。いざとなれば実力をフルに発揮してくれますよ、きっと」

「どうだか分かんないよ」と理沙は肩をすくめた。「ともかく、彼をこき使うためには、評価系をなんとかしないとね」

「そうですね。榎井先生とのやり取りは僕がすべて引き受けます。春日さんと綾川さんは実験に集中してください。頑張りましょう」

「了解。頑張ろうね」

創薬研究が動き始めようとしている。喜ぶのはまだ早いと分かっていても、恵輔は気持ちの昂りを抑えられなかった。

誰かと共に、手を取り合って困難な課題に挑む。その第一歩を踏み出せた。それは、将棋に打ち込んでいた頃には決して感じることのできなかった楽しさだった。

これが、研究の醍醐味《だいごみ》ってやつか——。

初めての感覚を噛み締めながら、恵輔は共同研究申請書類の準備に取り掛かった。

13

二月二十六日、金曜日。午後五時を過ぎたところで、恵輔は論文を読む手を止め、事務室を出た。

研究本部棟は全館空調だが、化学系実験室で常に換気を行っている影響で、廊下には隙間風のような、冷たい空気の流れができている。そのせいで、薄着で歩いていると首元が寒い。

小走りに階段で一つ下のフロアに降り、生物系実験室の様子を確認しに行く。

生物系実験室の広さは十帖ほど。部屋の両サイドに、クリーンベンチと呼ばれる、無菌操作用の箱状の作業台が二台設置されているのが特徴だ。

春日は、部屋の中央の実験台のところにいた。こちらに背を向けて顕微鏡を覗き込んでいる。外からドア越しに「春日さん」と声を掛けるが、彼が振り向く気配はない。観察に集中しきっているようだ。

邪魔はしない方がいいと判断し、そっと引き返そうとしたところで、ちょうど理沙がやってきた。手にした発泡スチロールの箱には、細かく砕いた氷が盛られている。実験に使うために、別のフロアの製氷機から取ってきたのだろう。

「どうしたの、水田くん」

「いえ、実験の進捗はどうかなと思いまして」

恵輔は生物系実験室を振り返りながら言った。諸々の事務手続きを終え、榎井との共同研究がスタートしてから、今日で二週間になる。

「週初めのミーティングで報告した状態から変わってないよ」理沙は首を振った。「細胞培養はできるけど、脊髄運動神経に分化せずに、別の組織になっちゃう」

「そうですか……」と、恵輔は吐息を落とした。

榎井から教わった方法を忠実になぞっているが、iPS細胞からの分化にはまだ一度も成功していなかった。原因は、細胞を提供した患者の違いにあると思われる。恵輔たちはラルフ病患者の細胞を、榎井たちは別の希少疾患患者の細胞を用いている。脊髄運動神経を作るというゴールは同じでも、スタート地点が違うとうまくいかなくなる。生物実験の難しいところだ。

「春日さんは何か改善案をお持ちなんでしょうか。熱心に顕微鏡を覗いているようですが……」

「『今はとにかく細胞の声を聞くしかない』って言ってたよ」

「細胞の声？　培養していると音が出るんですか？」

「そんなわけないでしょ、虫じゃないんだから。些細な変化を見逃さないようにする、っていう意味だと思う」

ふむふむ、と頷きつつ、恵輔は今の話をメモした。

「わずかな変化を見極めることによって、正しい分化の方向へと導く……みたいな感じでしょうか」

「私も専門じゃないから分からないけど、たぶんね。細胞の絵を描くぐらいだから、微妙な違いも見分けられるんでしょ。春日さんには、名誉挽回を目指して頑張ってもらわないと」

東京出張での春日の失態を、理沙はまだ許してはいないようだ。

「あまりプレッシャーを掛けたくはないですが……」

「大丈夫。直接は何も言ってないから。自由にやってもらうのがいいと思う。私の方でもいろいろ試してみるよ。使う細胞が違うとはいえ、榎井先生が見つけた培養条件からそんなに大きく外れてるとは思えないんだよね。必要なのは、ちょっとした工夫だよ、きっと」

理沙は自分を励ますように明るく言って、実験室へと戻っていった。

創薬研究が始まって、もうすぐ二ヵ月が経とうとしている。スタートは比較的順調だったが、ここに来て明らかにペースダウンしていた。

最初は思いつくアイディアが多く、それらを順に試していくことに時間を使う。それは種まきのような作業で、単調であっても、芽が出るのではという希望はある。

試したことがどれも期待外れに終わると、また新たに種まきをしなければならない。しかし、アイディアの数には限りがある。どうしても新たな実験は減り、前にやったことをもう一回試してみる、ということが増える。そこには閉塞感が生まれる。課題を解決できないのでは、という不安も感じるようになる。残り四ヵ月。時間はまだあると分かっていても、やはり焦りはあった。

廊下を歩きながら、クールにならねば、と恵輔は自分に言い聞かせた。チームリーダーとして、現状と今後を見据え、的確な判断を下していかねばならない。

「水田くん」

ふいに肩を叩かれ、体がびくりと震えた。思わず、手にしていたスターマンを落としてしまう。振り返ると、すぐ後ろに理沙が立っていた。彼女は「ごめん、驚かせて」と笑って、屈んでスターマンを拾った。「あれ？　これ、ずいぶん古いね」

「あ、はい。中学の頃からずっと使ってるので」

そういえば、とふと思い出す。スターマンは祖父の和雄にもらった小遣いで買ったのだった。

「将棋もええけど、勉強もちゃんとな。将来どうなるか分からんし」と言って五千円札を握らされたのだ。他にも文房具を買った気がするが、よく覚えていない。このスターマンが手元にあること自体、ちょっとした奇跡なのかもしれない。

「ふーん。物持ちがいいね」

スターマンを右手で弄《もてあそ》びながら、「――あのさ」と理沙は恵輔の顔に視線を据えた。「水田くん、疲れてるよね？」

「僕がですか？」

「うん。最近、昼は麺類しか食べてないじゃない。うどんとかそばとか。食欲がないんでしょ？」

指摘されて、初めて恵輔はそのことに気づいた。同じチームになってからも、昼は理沙を含む同期たちと食べている。毎日毎日似たようなメニューばかり選ぶのを見ていたら、「どこかおかしいんじゃ？」と疑いたくなるのは当然だろう。

「確かに、あっさりした温かいものばかりになってます。このところ、胃の具合が悪くて。油っこいものを食べるともたれるんです」と恵輔は正直に言った。

「リーダーの仕事がしんどいの？」

「……そうですね。影響がないとは言えないと思います」

「あちこちと連絡を取り合ったり、実験の進捗を管理したり……大変そうだもんね。たまにはしっかり休んだ方がいいよ。今週末は仕事のことはいったん忘れて、ちゃんとリフレッシュしてきなよ」

「ありがとうございます。焦っちゃいけないな、と自分でも思っていたところなんです。お言葉に甘えて、休ませてもらいます」

「別に甘えじゃなくて、当然の権利だと思うけど。完全週休二日制だよ、ウチの会社」

理沙は苦笑しながら恵輔にスターマンを返すと、「ユニバーサル《U》・スタジオ《S》・ジャパン《J》にでも行ってきたら。わりと近いんだし」とアドバイスをして、また実験室に戻っていった。

リフレッシュ。その言葉を聞いてすぐに思い浮かんだのは、ジェットコースターの始まりにも似た、急な坂を上っていく光景だった。遊園地も悪くないが、行きたいと強く感じる場所は一ヵ所だけだ。

目を閉じ、駅から楽悠苑までの道程を想像する。それだけのことで、湯気の立っているスープを飲んだあとのように、胸の中が温かくなる感じがした。


翌土曜日。恵輔は久しぶりに楽悠苑を訪ねた。年初以来なので、およそ二ヵ月ぶりになる。

部屋に入ると、和雄はいつものように電動ベッドのリクライニングを少し起こし、枕に頭を載せてぼんやりと壁を見ていた。

「おじいちゃん。こんにちは」

声を掛けると、「おう、岡本《おかもと》か」と和雄がこちらに顔を向けた。「どや、仕事の方は。焦げ付きやら出してへんやろな」

「……焦げ付き？」

「そうや。前に何遍も言うたやろ。情に流されるのはあかん。融資は大胆かつ慎重に、やで」

どうやら、和雄が銀行にいた頃の部下の誰かと勘違いしているらしい。恵輔が孫だということも分からないのだ。この前会った時より、確実に病状が悪化している。恵輔は到着早々、物悲しい気分になった。

こういうネガティブな変化にも、慣れていかねばならない。恵輔は落胆が顔に出ないように注意を払いながら、「体の具合はいかがですか」と尋ねた。

「相変わらず、やな。なかなか足が治らん。昔やったら、こんなんどうっちゅうことなかったんやけどな。歳のせいやろうな」

和雄はそう言って、忌々《いまいま》しげに足を撫でた。怪我ではなく、根本的に筋力が衰えているのだが、そのことが分からないのだろう。リハビリをやっている様子もないので、それ以上体調について尋ねることはしなかった。

「将棋でもやるか。歌の会が始まるまでに一局はできるやろ」

歌の会というのは、千夏の定例コンサートのことだ。恵輔も、それを楽しみにやってきていた。彼女の歌声を聞けば、仕事の疲れもたちまち癒される。

「分かりました。やりましょう」

いつも使っているポータブルの将棋盤に駒を並べ、和雄の先手で始める。

違和感に気づいたのは、二十手ほど指した時だった。和雄が銀を右に動かしたのだ。自陣にいる王の隣に寄せ、恵輔に手番を回そうとする。

「あの、おじいちゃん。銀と金を間違えていませんか」と恵輔は指摘した。銀は左右と後ろには動けない。

「ん？　ああ、せやな。すまんすまん」

銀を元の位置に戻し、和雄は代わりに王を左に移動させた。

恵輔はそのまま勝負を続行したが、何手も進まないうちに、再び和雄が銀を右に動かした。そこで恵輔は気づいた。うっかりミスではなく、和雄は駒の動かし方を忘れかけているのだ。

和雄の将棋歴は七十年以上。水泳や自転車の運転と同じように、将棋の基本的なルールは体に染みついているはずだ。これまで守られてきた脳のその領域にまで、認知症の魔手が伸びている。その事実は、名前を呼び間違えられたり、職場の部下と間違われたりしたことより、ずっとショッキングだった。

「どうした、岡本。お前の番やで」

次の手を指すように催促されたが、もうそんな気分ではなかった。

「そろそろ歌の会が始まりますし、ここで終わりましょうか」と恵輔は提案した。

「いや、途中でやめるのはおかしいやろ」

「まあまあ、早めに会場に行かないと、いい場所が取れませんから」

不服そうな和雄を言いくるめ、駒を片付けていると、「――水田さん。ちょっとお邪魔しますね」と廊下から女性の声が聞こえた。

顔を見なくても、声の主が誰だか瞬時に分かった。慌てて立ち上がると、カーテンが開き、隙間から千夏が顔を覗かせた。

千夏は恵輔を見て、「いらしてたんですか」と微笑んだ。「ミニサボテンは元気ですか？」

「あ、はい。びっくりするくらい変化がないです」

「じゃあ、元気ってことですね」

「ええ、そうだと思います」と恵輔はうわの空で答えた。千夏の顔を見たいが、不審がられるのではと思うと、なかなか視線を定めることができない。恵輔はひとまず彼女の顎の辺りを見ることにした。

「そろそろコンサートの時間ですね。頑張ってください」

そう励ますと、笑みを形作っていた彼女の唇が真一文字に結ばれた。あれ、と思って視線を上げる。千夏は悲しげな瞳を恵輔に向けていた。

「……今、入所者の皆さんにお知らせして回っているのですが、今日のレクリエーションは中止にさせてもらいました」と千夏は絞り出すように言った。

「なんや、なんかあったんか」と、ベッドの上から和雄が訊く。

千夏は「体調が悪くなってしまいました。ごめんなさい」と頭を下げた。

「その割には元気そうやけどな」

「手が、うまく動かないんです……」千夏が、左手で右手首を強く握った。華奢な指が、白い肌に食い込んでいた。「カラオケにしようかと思ったんですが、演奏を楽しみにしている方も多いので、今日はやめることにしました」

「さよか。まあ、しゃあないわな」和雄はそう言ってベッドのリクライニングを平らにした。

「次の時に頑張りや。楽しみにしとるわ」

はい、と芯の通った声で返事をして、千夏が部屋を出て行く。

千夏を追って廊下に出ると、恵輔は彼女を呼び止めた。

「あの、大丈夫なんですか。手が動かないって……」

「分かりません。つい一時間前に、突然調子が悪くなって……。右手の握力がかなり弱くなってます。しばらく様子を見て、握力が戻らないようなら病院に行くつもりですけど……もしかすると、ずっとこのままかもしれません。だんだん悪くなる病気なので」

理沙は膝の上に載せた自分の手を見つめた。

「……リハビリのつもりで始めたギター、少しずつ上達してきてたんです。最初は絶対無理だと思ってたコードも弾けるようになったし、失敗しながらでも最後まで演奏できる曲も増えてきました。……でも、こうなっちゃうと」

「千夏さん……」

苗字ではなく、彼女の名を口にしてしまったことに気づいて慌てたが、千夏は特に気にしていないようだった。

「私、自分が病気になって初めて、ここに入所してる人たちの気持ちが分かったんです。リハビリをしましょうって皆さんには言いますけど、病気が決して治ることがないって実感しちゃうと、なかなか前向きにはなれないですね」

千夏は笑おうとしていたが、その目が潤《うる》んでいるように恵輔には見えた。

少しでも元気づけたい。今この瞬間だけでも、彼女に安心してもらいたい。あの素晴らしい笑顔を、もう一度見たい――。

溢れ出す思いに流されるように、「希望はあります」と恵輔は口走っていた。「製薬企業から、細胞を採取したいという依頼があったのを覚えていらっしゃいますか」

「ええ、確か、旭日製薬さん……だったと思います。研究の参考にしたいからと……」

「僕はその会社の社員です。今、ラルフ病の治療薬研究が進んでいます」

「そうなんですか。もしかしたらそうかな、と期待してたんですけど」と千夏がはにかむ。「素直に嬉しいです。立派な会社にお勤めなんですね、水田さんは」

「まあ、はい」と恵輔は曖昧に頷いた。自分がその研究のリーダーなのだ、と明かすつもりはなかった。千夏に感謝を強要するような真似はしない。昨年の秋にそう恵輔は決意した。テーマが採択され、実際に研究がスタートしても、その想いは変わっていない。千夏とは、あくまで対等な立場で接していたかった。

「もし、私の細胞や血液が研究に役立つようならいつでも言ってください。いくらでも使ってもらって構いませんから」

「ありがとうございます。……担当部署の者にそう伝えておきます」

恵輔は頬の筋肉を無理やり動かすように笑い、隣の部屋へと向かう千夏を見送った。

和雄のところに戻ろうと部屋のカーテンに手を掛けたところで、「ちょっと」と袖《そで》を引かれた。肩幅の広い、中年の女性がすぐ後ろに立っていた。原だった。彼女と会話を交わすのは、千夏のことを尋ねて以来だった。

「さっき、あなたの会社で病気の研究が始まったって言ってたけど」

「ええ。チームを組んで行う、正式なプロジェクトです」

「チームって、どのくらいの人数？」

「四人ですね」と恵輔はありのままを答えた。

「それは多いの？　少ないの？」

「分類するなら、少ない方になるとは思います。しかし、規模の大小で語れるものでもありませんので……」

「でも、会社の命運を懸けるような研究ではないんでしょ。失敗すれば、あっさり手を引いちゃうんじゃないの」

「それは……ないとは言えませんが」

　原はエプロンの裾を握り、ため息をついた。

「……勤めている人にこんなことを言うのはよくないかもしれないけど、製薬企業を信頼するのは危険なことだとあたしは思ってる」

「それは、裏で汚いことをしているというイメージがあるからですか？」

「そうじゃないの。あたしが言いたいのは、製薬企業はあくまで会社なんだってこと。旭日製薬は株式会社でしょ。株価が気になるだろうし、企業のイメージをよくするために、やる気のない研究を大っぴらに宣伝することもあるんじゃないの？」

「宣伝はしませんが、多少なりとも成果が出れば、プレスリリースや論文の形で発表はします」

と恵輔は答えた。「……実際にはそれが、価値の低いものであっても」

　製薬企業に限ったことではないが、研究に関して発信されるポジティブなニュースは、実質的には「すでに終わったもの」であるケースも多い。本当に大事なものは、商業化するまではなるべく隠そうとする。表に出てくるのは、他社に知られても構わない情報だけだ。

「製薬企業にそういう一面があるってことを、普通の人は知らないと思うの」

「確かに、そうかもしれません。……ひょっとして、原さんの周りに、製薬企業にお勤めの方がいらっしゃるんですか」

「そういう人はいないわ。ただ、他の人より、製薬企業のやり方に詳しいってだけ」

そう言って、原は足元に視線を落とした。

「あたしの息子は、若年性の特殊な白血病だった。何万人に一人の難病で、生きて二十歳を迎えることはできない……そういう病気。もちろん、治療薬はないわ。ウチの子の場合、骨髄移植のドナーも見つからなくて、ただその場しのぎの対症療法を続けるだけだった……でも、ある時、その病気の薬を開発しているってニュースが出たの」

原はそこで、国内三位の売上を誇る大手製薬企業の名を挙げた。

「社会貢献のために希少疾患の治療薬を研究してて、もうすぐ臨床試験が始まるって話だった。あたしも夫も息子も喜んだ。病気が治って普通の生活が送れるようになるかもしれないって思ったわ。でも、そのニュースが出てから一年が過ぎても、臨床試験が進んでるって話は聞こえてこなかったの。だから、その会社に電話をして聞いたのよ。どうなってるんですかって。そうしたら、『鋭意検討中です』って言われてね。よかった、研究は進んでるんだ、って安心できた」

それから半年後に研究は中止されたわ——と原は淡々と言った。

「その会社が三ヵ月ごとに出してる、株主向けの決算報告書に、小さな字で書いてあったの。たぶん、あたしが電話をした時には、もう研究は止まってたんでしょうね」

恵輔は唾を飲み込んだ。その先がどうなったかは予想できたが、聞かないわけにはいかない雰囲気だった。

「他の会社が研究に乗り出すことはなかったんですか」

「ええ。結局、どこの製薬企業も作らずじまい……。でも、もういいの。薬ができたところで、お墓に供えるくらいしか使い道はないから」

原はわずかに声を震わせながら答えた。

「それは……ご愁傷様でした」

「別に、同情してもらいたくてこんな話をしたわけじゃないわ。千夏ちゃんを励ますのはいいけど、お願いだから、無責任に期待させるようなことは言わないで。千夏ちゃんは我慢強いから、人前では辛いところを見せない。でも、希望があれば、どうしてもそれにすがろうとする気持ちが出てくる。それを支えに生きていこうとする。それがひどく脆《もろ》いものだとは知らずにね……。期待が大きければ大きいほど、それが叶わなかった時の落ち込みは激しくなるわ。もし支えが突然外されたら、彼女はもう、立ち上がれないかもしれない。それが怖いの」

恵輔は床に視線を落とした。原は千夏のことが心配でたまらないのだろう。自分とは少し違うベクトルで、彼女も千夏のことを想っているのだ。

「自分に、そういう視点が欠けていたことは確かです。しかし、希望を持つことのメリットもあると思うんです。明るい未来が待っていると信じられるから、今の苦しみを乗り越えられるのではないでしょうか」

「それを否定するつもりはないけど、部外者のあなたが言うべきことじゃないと思うわ。家族ならともかく」と原は眉間にしわを寄せた。

「……そうですね。それはおっしゃる通りです。ただ、僕は自分の発言に責任を持つつもりです。

励ますためだけに嘘をつくことはしません。信じてください」

「……分かってくれたなら、それでいいの。こっちこそごめんね、あれこれ言いたい放題言ってしまって。気丈に笑ってる千夏ちゃんを見ちゃうと、どうしてもね……」

「いえ、お気になさらず。自分を見直すいいきっかけになりました」

恵輔は原に頭を下げ、和雄の部屋に戻った。

千夏や原と話し込んでいるうちに、和雄は眠ってしまっていた。恵輔はパイプ椅子に座り、原に言われたことをメモ帳に書き留めた。

天井を見上げ、胸の中の空気をすべて吐き出す。

製薬企業の人間として、原の指摘は重く受け止めねばならない。そう感じていた。

治療の可能性が報じられれば、たとえそれが小さな記事であっても、患者やその家族は希望を持つ。果たして製薬企業はそこまで考えているのだろうか。おそらく、イエスと自信を持って言える人間は少ないだろう。

希望を与えることと、それに伴う責任。

恵輔は走り書きのメモを見つめながら、その言葉を心に深く刻みつけた。

14

月が変わり、さらには年度が変わり、テーマに与えられた研究期間が残り半分を切っても、ラルフ病治療薬研究は依然として停滞したままだった。

春日と理沙は毎日遅くまで細胞の観察を続けている。しかし、患者のiPS細胞が望みの脊髄運動神経に変化することはなかった。得られるのは、創薬に使えない、他の組織の細胞ばかりだった。

四月八日、午後八時。恵輔が帰り支度をしていると、理沙が事務室に戻ってきた。

「あれ、水田くん、まだいたんだ」

「はい。榎井先生からご紹介いただいた、イギリスの研究者とメールでやり取りをしていたら、遅くなってしまいました」

「ラルフ病の研究をしてる人だよね？　何か新情報はあった？」

「残念ながら、その方は治療法ではなく、疾患の原因遺伝子を探索する研究に力を入れているということでした。家族性のラルフ病については、いくつかの遺伝子変異を見つけているようですが……」

「家族性の患者さんは全体の二割だっけ。しかも、ヨーロッパでしか見つかってないんだよね」

「ええ。国内の患者さんは現在二十八名いらっしゃいますが、全員が非家族性です。ご本人以外に、親族の中に発症者がいるケースは皆無です」

「じゃ、遺伝子変異は創薬には役立たない、か」

「動物実験用のノックアウトマウスを作るのには使えますから、まったくの無駄というわけではないですけどね」

恵輔は春日の席に目を向けた。椅子の背には、芥子《からし》色の薄手のジャケットが引っ掛かっている。

「春日さんは実験室ですか」

「うん。私が出た時はまだいたよ」

「今日も遅くまで実験を続けるんでしょうか」

午後十時以降は深夜勤務扱いになるため、残って作業をする場合は、上司——この場合は恵輔——の許可が必要になる。

「ぎりぎり十時までは続けるんじゃない。ここのところ、毎日そのパターンみたいだし」

「そうですか。何かお手伝いができればいいんですが……」

「人手が増えても状況は変わらないと思うよ。二人で充分回ってる」

「でも、春日さんは忙しそうにしています」

「ずーっと顕微鏡を覗いてるからね。でも、あれって意味ない気がするんだよね。三時間おきくらいにチェックすれば、実験の成否は分かるし……。趣味みたいなものじゃないのかな。細胞マニア的な」

理沙が春日の机を指差した。例の細胞の絵はまだ飾ってある。貼ってから三ヵ月以上が過ぎ、少し色が褪《あ》せた気がする。

「例の、『細胞の声を聞く』ですか。そういう話を聞くと、むしろ大学の研究者が適任ではと思ってしまいますね」

「企業向きじゃないのは確かだろうね。でも、大学だからってうまくいくかどうかは微妙だと思う。偉くなろうとすれば、やっぱりプレゼン能力が問われるから。よほど強力なコネでもあれば別だけど、教授になるような人は喋りがうまいよ」理沙は淡々とそう言って、自分のバッグを手に取った。「水田くん、晩御飯は？」

「まだです。帰りにコンビニにでも寄ろうかと思ってます」

「じゃ、たまには飲みに行かない？　堺駅の近くに、安くておいしい焼き鳥屋さんを見つけたんだ」

「予定は特に入っていないので、大丈夫です。あ、そうだ。せっかくですし、春日さんも誘いませんか。チームとしての親睦《しんぼく》を深めましょう」

「えー？　でも、元山くんはとっくの昔に帰っちゃってるけど。呼び出すの？」

「いえ、そこまでは。たぶん断られるでしょうし、残っている三人で行きましょう」

恵輔は、春日のおどおどとした様子が気になっていた。彼の態度には、未だに東京出張の一件を気にしているような遠慮が見て取れる。自由で活発な意見交換を行うためにも、不要な上下関係は取り除くべきだ。

「……分かったよ。水田くんが言うなら、私は異論ナシ」

言葉とは裏腹に、理沙は気乗りしない様子でそう言った。その態度こそが、春日との間に壁があることを示しているのだ、と恵輔は思った。壁を壊す役目を、自分が果たさねばならない。

「じゃあ、さっそく誘いに行きましょう」

事務室を出て、理沙と共に生物系実験室へと向かう。

午後七時以降、全館空調が止まると同時に、廊下やホールの明かりは人感センサーに切り替わる。非常灯の緑の光のみが照らす暗い廊下は、数歩進むたびに白い光に塗り替えられていく。その様子に、真冬のオホーツク海をゆく砕氷船を恵輔は思い浮かべた。

階段を下り、廊下の角を曲がる。明かりがついているのは、一部屋だけだ。このフロアに残っているのは春日だけのようだ。

アルミの軽いドアを開けて、生物系実験室に入る。ところが、室内は無人だった。

「あれ、いませんね。トイレにでも行ってるんでしょうか」

「みたいだね。ここで待ってればそのうち……うわっ！」何気なく中央の実験台に近づいたところで、理沙が声を上げて飛び退《しさ》った。「み、水田くん……」

彼女は目を大きく見開き、部屋の奥、実験台の陰を指差している。

そちらを覗き込もうとしたところで、人の足が目に飛び込んできた。

床に、春日が倒れていた。左手を頭の下に敷き、入口側に背を向ける形で横倒しになっている。

「春日さん！」

慌てて駆け寄り、肩を摑む。春日が目を開いたところで、彼の体の下に段ボールが敷いてあることに恵輔は気づいた。

「春日さん、大丈夫ですか」

「え、あ、ああ、はい……」

春日はぼんやりした様子で体を起こし、床に置いてあった眼鏡を掛けた。

「体調不良ですか？」

「い、いえ、ちょっと寝ていただけです」と、春日がかすれた声で答える。

「実験室で？」

理沙の鋭い声に、春日の表情が一変した。立ち上がろうとしたが、手を突いた段ボールが滑り、春日は無様にまた床に寝転がった。

「あ、あの、これは……その、ですね」

「理由は言わなくて大丈夫です。裁量労働制で残業代は出ないわけですし、別にどういう過ごし方をしても構わないと思います」

理沙はぴしゃりと言って、恵輔たちに背を向けて部屋を出て行ってしまった。

「立てますか?」

恵輔は春日に手を差し出した。春日は頷いたが、その手は握らずに、実験台の端を摑んで自力で立ち上がった。

「ご、ご迷惑を、お、お掛けしました」

「お疲れのようですし、早めに切り上げて帰った方がいいですよ」

「き、切りのいいところまでやったら、か、帰ります」

春日はそう言ってまた顕微鏡の前に座った。

その痩せた背中からは、とにかく自分の殻に籠りたいという意思がはっきりと感じられた。彼にとっては、顕微鏡の前が一番落ち着ける場所なのだろう。

お疲れ様でした、と言って、恵輔は春日を実験室に残したまま部屋を出た。

理沙は、エレベーターの前で腕組みをしながら立っていた。

「待っていてくれたんですか」

「ご飯に行こうって誘ったのは私だから。でも、びっくりしたよ、本当に。急病で倒れたのかと思った」

「僕も驚きました。何もなくてよかったです」

ただ、こうなってしまうと三人で食事に行くのはもう無理だ。理沙は明らかに憤慨している。

仕事場である実験室で寝るという行為が許せないのだろう。春日との関係を修復するつもりだったのに、余計に悪化させてしまった。

胃の痛みを覚え、恵輔は服の上からそっと腹を撫でた。いろいろとうまく行かないことが重なりすぎている。

「……せっかくですし、予定通り食事をして帰りましょうか」

「そうだね。せっかくだからね」と理沙は笑顔で頷いた。

理沙に連れられて入った焼き鳥屋は、金曜の夜ということもあり、大いに賑わっていた。カウンターではネクタイを緩めたサラリーマンたちが日本酒を飲み交わし、座敷では大学生と思《おぼ》しき集団が競うようにビールを飲んでいる。

運よく空いた二人掛けの席があったので、そこに向かい合って座った。

「うるさい店でしょ。でも、味は確かだから」

突き出しの枝豆を一つ口に入れ、「よく来るんですか。こういうところへは」と恵輔は尋ねた。

「それほどでもないよ。ここはまだ三回目。薬物動態部って、わりとイベントに熱心で、飲み会が多いんだよ。新年会、忘年会、お花見、それから、新人歓迎会や送別会も欠かさずやってた。二次会もあるしで、あちこちの居酒屋に行ったよ。だから、自然と詳しくなったの。水田くんは？　前のグループはどうだったの」

「総務部はいつも決まった店で飲み会をやってました。課長の塩屋さんの行きつけの居酒屋ですね。幼馴染みが経営しているとかで、かなり安くしてもらってたみたいです。僕は二次会は参加しなかったので、『いい店』には疎《うと》いです」

「ふーん」と理沙がグラスビールを三分の一ほど飲む。「友達とか、親しい人とかと食事に行くことは？」

「それもないですね。同期会くらいです」

「水田くん、こっちの出身でしょ？　昔の友達とか多そうだけど」

「いえ、いろいろありまして。中学、高校の友人とはもう、全然連絡を取ってないですね」と恵輔はごまかした。将棋にのめり込んでいたせいで友人を作れなかったことを明かすのは避けた。場の空気を重くするだけだ。

「そうなんだ。……前から気になってたけど、休みの日は何してるの？」

「最近はテーマ関連の資料を読んでます」

「じゃあ、その前は？」

「その前ですか？」恵輔は首を傾げた。「本を読んだり、ゲームをしたり、ＤＶＤを借りて映画を見たり……そんな感じですかね。正直、あまり覚えてないです」

「デートに行ったり、旅行をしたりとか」

理沙が笑いながらそんな質問を口にする。「そんな理想的な休日は一日もなかったです」と恵輔も笑ってみせた。「いつも一人です」

「寂しいねえ、それは」

「でも、今は充実してます」と、恵輔は迷いなく答えた。テーマのことを勉強し、その合間に千夏のことを想う。一人きりで過ごすことに変わりはないが、意味のある休日を過ごしたという実感があるだけで全然違う。必死に将棋に取り組んでいた頃の、なんとも言えない心地のいい疲労感を味わうことができる。

そんな話をしていると、頼んでいた焼き鳥の盛り合わせが運ばれてきた。

ねぎまをばらし、皿に出して箸で食べる。最初に感じたのは、微かな苦味を伴う香ばしさで、少し遅れてタレの旨さが口中に広がっていった。しっかりした弾力のある肉を噛むたびに、際限なく旨味がほとばしる。恵輔は夢中になって続けざまに三本を平らげた。残りの二本は、もう串から外すのが面倒で、そのまま食べた。

「どう、いい味してるでしょ」

「ええ、感動しました」恵輔は汚れた指をおしぼりで拭った。「これで一本百二十円というのは、良心的を通り越して無茶な値段のように思いますね」

「安いよね、本当に。でも、これだけ繁盛してたら大丈夫じゃない」

理沙が座敷に視線を向ける。六卓あるテーブルはすべて埋まっており、すし詰めになりながら若者たちが笑い合っている。中には、酔いつぶれて畳に横になっている者もいる。眼鏡を掛けたその男性は、座布団を枕と布団代わりにしながら、喧騒の中で幸せそうに眠っていた。

「若いなー、と思っちゃうね、ああいうのを見ると」理沙がしみじみと呟く。「数字の上だと、五、六歳しか違わないはずなのにね」

「綾川さんも昔はあんなことを？」

「いや、私は違うよ、もっと品がいい酔い方だよ」

「そうですか。それは失礼しました」そこでふと、恵輔は実験室で横になっていた春日の姿を思い出した。「春日さんは、休憩を挟みながら細胞を観察していたんでしょうか」

「ん？　さっきのこと？　そうみたいだね。私は気づかなかったから、一人の時にだけ横になってたんじゃないかな」

「疲れますか、実験は」

「普通に過ごしてれば、まあ大丈夫だけど、ずっと顕微鏡を覗き込んでたら疲れるよ。姿勢も不自然だし」

「それだけの苦労を背負ってまで、春日さんは細胞と向き合っていたんですね……」

「苦労とは感じてないかもね」と理沙はグラスに残ったビールを飲んだ。「この間読んでみたんだけど、春日さんが大学時代に出した論文って、どれも細胞の形態に関する報告だったよ。あの人は若い頃からずっと、細胞観察ばっかりやってきたんだと思う。とにかく、キャリアが長いよね。だから、もう生活の一部なんじゃない？」

「年季の入った職人……といったところですか」

「そうそう。寡黙で人付き合いが苦手な、昔気質の職人さんだね。『細胞の声を聞く』っていう独特の表現もそうだよね。普通の研究者にはたどり着けない、仙人みたいな境地にいるのかもね」

春日にとって、顕微鏡を覗くことは日課なのかもしれない。ある種の趣味と解釈することもできるだろう。しかし、それは業務の一環として行われていることだ。今、チームの中で一番努力をしているのは彼だ。そして、上司である自分には、その努力を正しく評価し、相手に伝える義務がある。好きでやっていることだからといって、放置していいはずがない。

恵輔は「すみません」と言って立ち上がった。「これから会社に戻ります」

「戻るって、なんで？　忘れ物でもしたの」

「ええ、気になることがあって」恵輔はテーブルの上の食器を見渡し、二千円を理沙に手渡した。「とりあえずこれで」

「いいよ、私ももう帰るから」と理沙は席を立った。「急ぐんなら先に出なよ。会計するから、月曜に清算ね」

よろしくお願いします、と一礼し、恵輔は荷物を持って店を出た。


タクシーを降り、恵輔は再び研究所の敷地に足を踏み入れた。敷地内に植えられた桜はもうかなり散り、道路脇の側溝を大量の桃色の花弁が埋めていた。

時刻は午後九時を回っている。恵輔は足を速め、ひと気のない歩道を駆け抜けた。

研究本部棟に入り、階段を駆け上がって生物系実験室にたどり着く。春日はまだ部屋にいて、一心不乱に顕微鏡を覗いていた。

「春日さん」

ドアを開け、声を掛ける。春日は振り返って眉をひそめた。

「ど、どうしたんですか」

「実験の話をしたくなって、戻ってきました」

走ったせいで少し乱れた呼吸を整え、恵輔は手近にあった椅子に腰を下ろした。

「細胞を見ていて、何か新たに気づいたことはありますか」

春日は戸惑いながら頷いた。

「ま、まだ、データとしてまとまってはいないんですが、それでもいいですか」

「ええ、聞かせてください」

「あ、あの、最近論文で読んだやり方で、ｉＰＳ細胞の分化を試しているんです。そ、そうしたら、分化誘導物質を入れてから四十八時間の段階で、ラルフ病の患者さんの脊髄運動神経細胞に見られる、特徴的な変形が起きていました」

初めて聞く話だった。だが、研究の素人である恵輔にも、春日の発見が大きな価値を生み出す可能性を秘めたものであることは分かった。

春日はただ、顕微鏡を見ていただけではなかった。目に見える微小な世界の変化を読み解き、一人で黙々と前に進んでいたのだ。新大陸を目指して航海に勤《いそ》しんだ、中世の冒険家たちのように。

スターマンを胸ポケットから抜き出して急いでメモを取り、「その現象を使って薬剤の評価をすることはできますか？」と恵輔は質問した。

「そ、そこのところを検討しないといけないと思っています。榎井先生の研究によると、脊髄運動神経の成熟には三十日近い日数がかかります。疾患のタイプが違うとはいえ、四十八時間は、あ、あまりに早すぎるのではないかと」

「安易に評価を始めるべきではないと？」

「そ、その方が安全でしょう。培養を続けると別の組織の細胞になってしまうという現象の原因は不明なままです。よく分からない状態の細胞を使って薬剤評価を行っても、効果のあった化合物が本当にいいものか判断できないですから」

「なるほど。確かに春日さんのおっしゃる通りですね。しっかり効くと自信を持って言える評価系を作らないと、本当の意味での創薬にはならないですよね」

春日はやはり、細胞のことをよく理解している。得られた成果にすぐに飛びつかず、じっと真《しん》贋《がん》を見極めようとする冷静さは、ベテラン研究者ならではだ。

恵輔は実験室の隅に立て掛けられた、段ボールの板に目を向けた。

「よく、実験室で仮眠を取られるんですか」

「あ、あの、あれは、歳のせいか、長い時間顕微鏡を覗いていると目がかすむようになってしまって……。寝ればましになるので……すみません」

「ああ、大丈夫です。責めてるわけじゃないんです。ただ、硬いところで寝るとあちこち痛くなるのではと思いまして。もしよろしければ、事務室の隅に仮眠スペースを作りますよ」

「い、いえ、そこまでしてもらうと申し訳ないです」と春日は手を振った。「これは、私が勝手にやっていることですから」

「それだけ、実験に対して真摯《しんし》に取り組んでいるということですよね。その熱意が研究を前に進める力になるのではないかと、僕は期待しています。仮眠で実験効率が上がるなら、ぜひ協力したいと思うんです」

「しかし、じ、事務室で寝るのはさすがに……。ほ、他のお二人の目もありますから」

「大丈夫です。僕の方から話しておきます。どうか僕たちに遠慮せず、春日さんのやりたいようにやってください」

春日は下がっていた眼鏡を正しい位置に戻し、何度か目を瞬《またた》かせた。

「……な、なぜそこまで親切にしてくれるんですか」

「最大のパフォーマンスを発揮できる環境を作りたいんです。元々、僕のわがままで始まったテーマですから。一般的に非常識と思われることでも、社則に反しないのであれば積極的に取り入れていこうと思います」

「そ、そんなに期待してもらっても……」春日が首を横に振る。「私なんて、た、大して役には立てないですよ」

「どうか、自分で可能性を狭めないでください。僕には実験技術の評価はできませんが、春日さんはすごい方だと思っています」

恵輔はスターマンを握る手に力を込めた。

「……春日さん。僕はかつて、プロ棋士を目指していたんですよ」

「え、そ、そうなんですか」と春日が目を丸くする。この話を家族以外の人間にするのは、これが初めてだった。

「その当時は、もちろん全力で将棋に取り組んでいました。でも、プロへの登竜門である奨励会にすら、僕は入ることができませんでした。……だから、こうして細胞と向き合っている春日さんを見ていると、悔しさを覚えるんです」

「く、悔しさ？」

「棋士になりたいという気持ちはもうありませんが、自分だけの強みを持っている人には憧れます。リーダーとしてラルフ病の研究に挑むことにやりがいはあります。でも、僕には実験はできません。細胞の形を見ても、小さな世界から発信されているメッセージを受け取ることはできないんですよ。だから、僕の中では、春日さんへの評価はとても高いです。どうか、自信を持ってください。自画自賛してください。きっと、それがいい方向に働きます。僕たちが越えるべき壁を突破する推進力になります」

恵輔は想いをぶつけるように、早口でそうまくしたてた。

春日が、恵輔の言葉を嚙み締めるように強くまぶたを閉じる。そして、彼はゆっくりと頭を下げた。

「あ、ありがとうございます。頑張ります」

「今まで通り、好きなだけ実験をして、自由に仮眠を取ってください。ただ、その代わりと言ってはなんですが、一つお願いがあります」と恵輔は人差し指を立てた。「東京での一件はもう水に流しましょう。僕も綾川さんも気にしていません」

「あ、あの時は本当に申し訳ないことを……」

春日が謝ろうとするのを、恵輔は「もう終わったことです」と止めた。「共同研究は無事に進んでいます。何の問題もないですし、責任を感じる必要もありません」

恵輔が笑ってみせると、春日は小さく頷きを返した。

少しはリーダーらしいことができただろうか。恵輔は自問自答しながら、春日とのディスカッションを再開した。

15

新たなラルフ病患者が現れた――その情報を恵輔がキャッチしたのは、大型連休が終わって一週間が過ぎた、五月十三日のことだった。

親交のある大学病院から連絡を受けた恵輔は、さっそく担当医師と面会のアポイントメントを取った。患者から同意を得て、細胞を採取するためだ。千夏を含め、すでに七人分の細胞を採取済みだが、サンプル数は多いに越したことはない。遺伝子の変異や特定のタンパク質の多寡など、患者に共通する特徴を分析するのに役立つ。

幸い、先方もすぐに会いたいと言ってくれたので、恵輔は翌日の土曜日に、ＪＲ天王寺《てんのうじ》駅から徒歩数分のところにある〈大阪医療大学附属病院〉へとやってきた。

あべのハルカスを中心とする、大阪府内でも指折りの繁華街にあるその病院は、タワーマンションによく似た外観をしていた。外壁は薄いベージュ色で、子供用の積み木のように角の部分が丸くなっている。下から見上げた感じだと、二十階以上はありそうだ。四階から上は、同じ構造の階層がひたすら続いている。この病院は積極的に難病患者を受け入れ、大学や製薬企業と協力してその治療を目指す、という方針で運営されている。相当数の患者が入院しているようだ。

正面玄関から中に入ると、三階まで吹き抜けになった広いロビーは来院者でごった返していた。ロビーのベンチに腰を下ろし、時刻を確認する。午前十一時の面会まではまだ二十分近くある。

論文のコピーを取り出そうとカバンに手を差し入れたところで、斜め前のベンチに見覚えのある後頭部を見つけた。左耳の真裏にある、豚の尻尾のような特徴的な癖毛。恵輔は立ち上がり、「元山さん？」と声を掛けた。

「あれ、こりゃどうも」元山は座ったまま振り返った。「っていうか、どうして水田さんがここに？」

「お伝えしてませんでしたね。昨日の夕方、新たなラルフ病患者が見つかったとの一報を受けまして。担当の医師に話を聞きに来たんです」

元山は足を組み替え、「ああ、そうなんすか」と、気乗りしない様子で言った。彼の視線は、受付カウンターの上の電光掲示板に向いている。

電光掲示板には、〈10：00～11：00　４Ｆ～８Ｆ〉と表示されていた。この病院では、面会時間が一時間までと決められている。今は四階から八階に入院している患者とだけ面会が可能であるようだ。

掲示板を見上げていると、「別に、俺の体調は問題ないっすよ」と先回りするように元山が言った。「面会待ちをしてるだけっすから」

「ご家族が入院されているんですか」

「ええ、母親が」

元山は恵輔と視線を合わせずに、ぼそりと答えた。

ここに入院している以上、単なる怪我ということはないだろう。おそらく、かなり重い病気なのだ。それを察し、恵輔は話題を切り替えた。

「最近は、勉強の方はどうですか」

「勉強？　何のことっすか？」

「毎日図書室で、かなりの時間論文を読んでますよね」

「わざわざチェックしてるんすか？」

「いいえ、『図書室に行くと言ってずっと戻ってこなかったのなら、そこでやるべきことをやっているのだろう』。そう見なしています。上司として」

元山は耳の中を指で掻きながら腰を上げると、恵輔の隣に座った。

「念のために確認しますけど、嫌みで聞いてるわけじゃないっすよね？」

「サボりを指摘する代わりに、『勉強』と揶揄してるんじゃないか、という意味ですか。そうではないです。元山さんは以前、理屈に合わない非科学的なやり方が大嫌いだ、と言っていましたよね」と恵輔はメモを見ながら言った。

「そんなことまでメモってるんすか？」

「癖なんです」と笑って、恵輔は続ける。「元山さんは理屈を重んじている。きっと、自分の行動にも合理性を持たせているはずだ——そういう風な解釈ができます。つまり、図書室に籠る以上は、何かを学ぼうとしているのではないかと思いまして」

「水田さんはピュアっすね。あそこが居眠りに最適な場所なだけかもしれないっすよ」

「図書室は結構、人の出入りがありますよ。司書さんもいますし、寝るならウチの事務室の方がいいでしょう」

春日のために、事務室内には、二枚のパーティションで区切られた仮眠スペースが設けられている。椅子を並べて作った簡易ベッドだ。

「あそこを使っていいのは春日さんだけでしょ。俺が横になってたら、綾川さんに大説教を喰《く》らいますよ、絶対」

「確かに」と恵輔は苦笑した。「でもやはり、図書室でただ時間を潰《つぶ》しているとは思いたくないですね。これはあくまで、元山さんに対する僕の印象から来る願望ですが」

「期待してもらうほどチームに貢献はしてないっすよ」

「共同研究の件で研究管理部とやり取りをする際に協力してくれました。あれは大きかったですよ」

元山は頭の後ろに手を回し、ベンチの背にもたれた。

「今にして思うと、余計なことをしたなーって感じっすけどね」

「何もしなくても予算が承認されたということですか?」

「いや、そうじゃないっす。……ぶっちゃけると、俺、早くこのテーマが終わればいいと思ってるんです。ラルフ病の治療薬研究をやるなって意味じゃないっすよ。単に、俺が興味を持てないってだけで」

「……そうでしたか」自然と頬が緩む。元山の本心が聞けたことが嬉しかった。「ひょっとして、他にやりたいことが?」

「……癌の研究です」元山はぽつりと言った。「俺、ここに来る前は糖尿病のチームにいたんすけど、癌研究に関わりたいって希望を出し続けたんです。でも、全然聞き入れてもらえなくて、それで上司に文句言ったり、会議をサボったり、好き放題やってたんですよ。もうどうでもいいやと思って。それで嫌われて、水田さんのところに飛ばされちゃったんです。厄介払いですよね、実質的には。あ、すんません、飛ばされたなんて言っちゃって」

「いえ、気にしないでください。条件付きで承認された、弱い立場のテーマなのは間違いない事実ですから」

「ウチ、癌になりやすい家系なんすよ」淡々と元山は言う。「爺さんは五十七で、親父は五十八で死にました。どっちも胃癌でした。他にも親戚連中に癌で死んだ人がゴロゴロいますよ。……

で、今度はお袋っすわ。お袋は親父の遠い親戚なんで、元山家の『忌むべき血』が流れてるんでしょうね。肝臓癌でここに入院してるんですよ」

「そうだったんですか……」

恵輔は自然と上方に目を向けていた。吹き抜けの天井の先にある病室で、彼女は息子が見舞いに来るのを待っているのだろう。

「遺伝性の癌はごくまれで、家系の中で癌が頻出するのは実は生活習慣のせいだ、って言いますけど、それって結局は遺伝してるようなもんすよね。生活習慣はその家独自のものなんだし」

そう言って、元山は口を尖らせる。

「お母様のために、癌研究をやりたいんですね」

そう尋ねると、元山は首を横に振った。

「癌の中では、膵臓《すいぞう》癌が一番怖いイメージがあったんすけど、肝臓癌ってやつも、かなりたちが悪いんすよ。自覚症状がほとんどなくて、発見が遅れがちになるせいだと思いますけど、五年生存率が三割くらいで、おまけに再発率も高いんです。だから、今から治療薬を作ろうとしても、あんまり意味はないっすね。薬が市場に出るには、急いだって十年は掛かりますから」

元山は「まあ、でも」と耳の後ろの癖毛に触れた。「薬を作ってやれる可能性があるうちは、異動の希望は出し続けますけど」

「その希望がかなった時のために、癌の勉強をしていたんですか」

「無駄になるかもしれないですけどね。水田さんのメモ癖と一緒っすよ。癌関連の論文チェックは大学院の頃から続けてる習慣なんで、やらないと落ち着かなくて」

ぽーんと軽い電子音がロビーに響き、〈面会交代まであと五分です〉のアナウンスが流れた。

「そろそろっすかね」元山がベンチから立ち上がり、伸びをした。「なんか、言えなかったことをぶちまけたんで、かなりすっきりしましたよ」

「もっと早く、腹を割って話をすべきでしたね」

「さすがにそれはためらいますって。『このテーマ早く終われ』ですよ、俺の希望は。チームの雰囲気、悪くしちゃいますよ」

「僕はチームのリーダーです。付き合いは短いですが、組織上は元山さんの上司なんです。上司には、部下の希望を聞き入れ、実現に向けて努力する義務があると思っています」

元山が怪訝な表情を浮かべる。

「……急にどうしたんすか？」

「元山さんを癌研究のチームに異動させられないか、池戸本部長に掛け合ってみます」

「いや、でも、そんなことしたら、ラルフ病の創薬を諦めたと思われるんじゃ」

「もちろん、合成化学部から別の方に来てもらうつもりです。ただ、今の研究ペースだと、化合物を作る仕事が始まるのはまだ先になります。一人欠けてもさほど問題はないと思います」

元山は眉間にしわを寄せ、座ったままの恵輔をまじまじと覗き込んだ。

「……本当に、いいんですか。俺、何もしてないのに」

「もちろん、外に出すことは残念です。しかし、ポジションが変わることで一〇〇パーセント、あるいはそれ以上の力が出せるのであれば、会社としてもそちらを優先すべきでしょう。誰もが現状よりメリットを享受できるようになるのなら、積極的に物事を変えていく——それこそが、理屈に合う判断だと思います」

「それ、俺の真似ですか」

「理系的なものの考え方を身につけようと、多少なりとも努力していますので」と、恵輔は笑ってみせた。

「すんません、気を遣ってもらって」

「任せてください……とまでは言い切れませんが、最善を尽くします」と恵輔は約束した。「お母様のための創薬を始められることを祈っています」

「……ありがとうございます。異動の件、よろしくお願いします」

元山は深く一礼してから、病棟に向かうエレベーターの方へと歩いていった。


週明け、月曜日。恵輔は出社してすぐ、池戸本部長に面会したい旨を伝えるメールを送信した。返信は思っていたよりはるかに早かった。二分後に池戸から送られてきたメールには、〈午前九時から十分程度であれば時間を取れる〉とあった。

時計を見ると、すでに八時五十分になっている。恵輔は事務室を出て、池戸の執務室がある六階へと上がった。

急ぐ必要はないが、つい早足になってしまう。せかせかと廊下を進んでいくと、池戸の執務室の前に人影があった。薬理研究部の部長、今橋だ。ちょうど部屋から出てきたところらしい。

彼がこちらに気づき、眉をわずかに動かした。恵輔は足を揃えて、「おはようございます」と挨拶をした。

「ああ、おはよう。池戸さんに呼ばれたのは君か」

「はい。お時間をいただきまして」

「ついさっき、私と話している最中に池戸さんに電話があった。少し長引くかもしれない。それを伝えるように頼まれた」と今橋がドアの方を見ながら言った。

「そうですか。戻るのも何なので、しばらくここで待ってみます」

「ま、好きにすればいい。ところで——」今橋は恵輔に視線を向けた。「研究は進んでいるのか」

「目に見える成果はまだですが、少しずつ前進しているという実感はあります」

「君は素人だから知らないだろうが、研究の進捗について尋ねると、そういう返答をする輩《やから》は多い。そして、そういうテーマは大抵、何の結果も出せずに終わる」

「……そうならないように、真摯に研究と向き合います」

「小耳に挟んだんだが、共同研究の件で研究管理部と揉めたらしいな。コストについて偉そうにあれこれ語ったそうじゃないか」

「データを提示し、それに基づいて提案させていただきました」と、細かい実情を伏せて、シンプルに返答する。

「忠告しておくが、共同研究をやっているかどうかは、最初に設定したリミットに影響しないぞ。六月いっぱいまでだから、あとひと月半か。それまでに何も結果が出なければ、当初の約束通り、テーマは打ち切りにする。延長はない」

今橋は裁判官のように、厳粛にそう告げた。恵輔は今橋の視線を受け止め、「分かっています。こちらもそのつもりでやっています」と答えた。

選考委員への報告は、六月末に行うことになっている。「一度だけ実験がうまく行きました」では、成果にはならない。相手を納得させるプレゼンを行うには、再現性のあるデータを集めて報告する必要がある。そう考えると、遅くとも六月上旬には、薬物の効果を評価できるシステムを確立したい。もう時間の猶予はほとんどない。

「険しい顔をしているな」と今橋が口の端を歪める。嬉しそうだ。「成果を欲しがるあまり、データを捏造する——なんて真似だけはやめた方がいい。その場しのぎの延命工作はいずれバレる。不正行為の悪質度によっては、懲戒解雇になる可能性もある」

「肝に銘じます」

恵輔が神妙に頷いたところでドアが開き、池戸が顔を覗かせた。

「声が聞こえると思ったら、こんなところで立ち話か。電話は終わったから入ってくれ」

「失礼しました。では、私はこれで」

今橋は一礼して立ち去った。

「何か言われたのか？」と池戸に訊かれたが、「研究の一般的な心構えを教えていただきました」とだけ恵輔は答えた。

「そうか。話があるんだったな。聞こうか」

池戸の執務室に足を踏み入れるのは、選考結果を告げられた昨年の十一月以来だ。あの時の緊張が蘇り、胃がじわりと痛くなる。恵輔はスターマンの星の部分に触れながら、ソファーに腰を下ろした。

「で、どういった用件だね」

「はい。化学合成担当である元山さんから、癌研究部門への異動の希望が出ています。可能でしたら、我々のテーマの継続可否にかかわらず、早急にご対応いただけたらと思うのですが……」

「早急にと言われても困るな。確かに私には人事権があるが、すぐに右から左に動かせるわけじゃない。人事というのは、見えない糸でできた網のようなものだ。どこかに穴ができれば、いったん糸をほどいて、また作り直す必要がある。一人動かすだけで、そうだな、最低でも五人には影響が出るだろう。その調整だけでひと月は軽くかかる。……いや、ちょっと待ってくれ」喋っている途中で、池戸が手のひらを恵輔に向けた。「今、癌研究と言ったか?」

「はい。元山さんは、癌研究に並々ならぬ情熱を持っています。以前、選考の結果を伺った際に、『人生を懸けてでも成し遂げるという強い意志』が創薬には重要なのだとおっしゃっていました。その観点からも、非常に得難い人材になると思います」

「それは分かる。私としては、彼の異動を検討するにやぶさかではない。しかし、悪いがそれは無理な相談だ。慣例がどうとか、調整がどうとか、そういうレベルの話ではなく、根本的に無理なんだ」

根本的、という言葉の意味するところが理解できなかった。

「それはどういう意味でしょうか」

臆さずに尋ねると、池戸は腕時計に目を落とした。

「元山は出社しているか?」

「いえ、まだです」

「なら、今日の午後二時に彼を連れて、もう一度ここに来てくれ。状況を説明する。ああ、それと、インサイダー取引についてざっと理解しておいてくれ。研修資料が会社の掲示板にあるはずだ」

「承知しました。では、失礼いたします」

池戸の執務室を出て、恵輔は首を傾げた。なぜ、インサイダー取引なんて言葉が出てくるのか。理由は思いつかなかったが、メモ用紙を取り出し、面会時刻と併せて、〈インサイダー取引、資料チェック〉と書き残した。


同日、午後一時五十五分。恵輔は元山と共に、再び池戸の執務室を訪ねた。部屋の中から話し声がしている。また電話をしているようだ。少し廊下で待つことにした。

六階の窓からは、積み荷の揚げ降ろしに使うクレーンが、釣竿《つりざお》のように湾岸沿いに並んでいるのが見えた。数十メートルの高さがあるはずだが、ずっと遠くにあるので、精巧なミニチュアかと錯覚してしまう。

隣にいる元山は緊張しているのか、落ち着きなく踵《かかと》で床を叩いている。いつもマイペースな彼には珍しいことだ。

「池戸さんと直接話をしたことはありますか?」と恵輔は声を掛けた。

「いえ、こういうのは初めてっすね。年度始めの挨拶で見掛けたくらいで。そもそも、このフロアに来たこともなかったような気がします」

「本部長は、研究員のことを第一に考えてくれる方です。頭ごなしに異動を否定するようなことはありませんよ」

「でも、『根本的に無理』って言われたんすよね」

「ええ、そうなんですよね……」

遠くの空に目を向ける。やけに黒い雲が海上に浮かんでいるのが見えた。あれは和歌山の方だろうか。

「で、インサイダー取引のことを勉強しておけ、でしょ。……俺、何を言われるのかなんとなく想像つきますよ」

「本当ですか？　どういう内容になるんですか」

「俺が言うより、話を聞いた方が確実っすよ」元山は足を揺らすのを止め、窓に背中を向けた。「そろそろいいんじゃないっすか。声、聞こえなくなってますよ」

約束の時刻の三十秒前だった。恵輔は頷き、池戸の執務室のドアをノックした。

池戸はすでに、応接スペースの前にいた。「座ってくれ。そう長くはかからない」そう指示する声は硬く、口元に笑みはない。

恵輔は元山と並んでソファーに座った。いつものようにメモ帳とスターマンを取り出そうとしたところで、「悪いが、メモは取らないでくれ」と池戸が言った。「ここだけの話にしてもらいたい」

その言葉で、インサイダー取引について学ぶように言われた理由が分かった。池戸は、旭日製薬の株価に影響するような重要事項を明かそうとしているのだ。

「……よろしいんですか、そのようなことを話してしまっても」

恵輔は遠慮がちに尋ねた。

「隠したりごまかすよりはいいと判断した。変に勘繰られて、不正確な噂が広まると余計に面倒だからな」

「会社の研究方針の話ですね」

元山の言葉に、池戸は「察しがいいな」と頷いた。「君は癌研究部門への異動を希望しているとのことだが、それは無理だ。癌研究は年内いっぱいで打ち切られる。新たに人員を増やすことはない」

「打ち切りですか」予想通りだったらしく、元山は落ち着きを保っていた。「会社としての判断に異を唱えるつもりはありませんが、今はどの製薬企業も癌研究にかなりのリソースを割いています。あえてそこから撤退する理由を聞いてもよろしいでしょうか」

「その問い自体が答えになっている。競争の激化が最大の理由だ。抗癌剤は、たとえ患者が少ない希少な癌でも、薬価が高くなりやすいので利益を出せる。だから、世の中に知られているほとんどの癌に関して、複数の企業が開発に乗り出している。競争相手が多いわけだ。ウチの会社では、研究費の削減が喫緊の課題となっている。そこで、現在進めているプロジェクトを評価し直したところ、癌関連のものはどれも、他社の薬剤との差別化が困難だと判断された。中途半端に続けてもコストがかさむだけなので、いったんすべて白紙に戻す」

ただし、と池戸は続けて言った。

「競合相手のいない、勝ち目のある癌創薬であれば、採択のチャンスはある。興味があるのなら、今年の秋にテーマ提案すればいい」

「よく分かりました」元山は落ち着いた態度を保っていた。「異動の希望は取り消させていただきます。テーマが終わるまで、水田さんのところでやらせてください」

「ああ。残された時間はわずかだが、なんとか存続を勝ち取ってほしい。頑張ってくれ」

池戸はソファーから身を乗り出し、恵輔たちと握手を交わした。

「……大丈夫ですか？」

部屋を出てすぐ、恵輔は元山に話し掛けた。ショックを受けていないわけがないのに、元山の表情に落胆の色はない。恵輔はそのことに、逆に不安を感じていた。

「ええ、全然平気っすよ。予測してたって言ったじゃないっすか」

「しかし……」

「おっと、言葉には気をつけましょう、お互いに」と元山はストップを掛けた。

「そうでした。すみません」

周りには人の気配はないが、どこで誰が聞いているか分からない。癌研究というフレーズ自体、口にしない方が無難だろう。

「そういえば、テーマ選考会で、とんでもないことを口走ったらしいっすね」

廊下を歩きながら、元山が出し抜けにそう言った。「僕がですか？」と恵輔は自分の顔を指差した。

「このテーマが認められなかったら、どこかのベンチャーに転職するとかなんとか。違いますか？　最近、化学の同期から聞いたんすけど」

「違わないです。確かに、『ラルフ病に興味を示してくれたベンチャー企業に転職する』と言いました。予定外の質問にすっかり焦ってしまいまして、うっかりそんなことを口走ってしまいました」

「武勇伝ですよ、マジで」と元山は耳の後ろの癖毛を引っ張った。「その発想が抜けてたんすよ、俺には。なんで思いつかなかったんだろうって、自分の間抜けさに呆れましたね。可能性を狭めていたのは、他でもない俺自身だったんです」

「ひょっとして、元山さん……」

恵輔が続きを言う前に、元山が「そういうことっすね」と頷いた。

「テーマ提案で採択を狙うなんて回りくどいことをやる意味はないですよね。っていうか、旭日製薬にこだわる必要もないんですよ。やりたいことがやれるところを探すだけっす」

ここが無理なら、さっさと切り替えて他のところへ――その発想は、いかにも元山らしい合理性に基づいていた。

「そうですか。残念ですが、その選択を止める権利は僕にはありません。新しい会社で、ぜひ目標を追い続けてください」

到着したエレベーターに乗り込み、「先走りすぎですよ、水田さん」と元山は笑った。

「明日辞めるわけじゃないっすよ。だって、俺には何の実績もないんすよ？　面接で前職のことを訊かれた時、『これこれこういう特許を出しました。論文にも名前が入ってます』って堂々と言えないと、自分の行きたいところに入れる確率が上がらないでしょ。焦って転職しても仕方ないんで、じっくりやります。その間は、ラルフ病の薬を作る手伝いをさせてください。実績をしっかり積むために」

「僕は来月末でテーマを終わらせるつもりはありません。長い付き合いになるかもしれませんが、それでも構いませんか？」

エレベーターが三階に到着する。元山は頷き、「最初からそのつもりで話してますよ」と言ってかごを降りた。

「ありがとうございます。これからもよろしくお願いします」

「お礼を言われるようなことは何もしてないっすけどね。……あれ？　どうしたんだろ。あそこにいるの、春日さんですよね」

見ると、廊下の途中、男子トイレの入口付近で春日がしゃがみ込んでいた。壁に肩を押し当てながら、両手で口を押さえている。恵輔は慌てて彼に駆け寄った。

「春日さん、大丈夫ですか！」

「あ、ああ、はい、か、過呼吸を起こしてしまって……」

「事務室の方に戻りますか？」

「こ、こうしてれば、すぐに治まりますので……」

口を覆いながら、春日が涙目で答えた。治し方を分かっているのだろう、春日は落ち着いていた。

「どうしたの？　声が聞こえたけど」

事務室から理沙が飛び出してくる。恵輔が状況を説明している一分ほどの間に、春日は自力で立ち上がれるまでに回復していた。

「す、すみません、ご迷惑をお掛けして……ちょ、ちょっと興奮しすぎたみたいで」

「重病じゃなくてよかったです。でも、無理は禁物です。仮眠スペースでゆっくり休んでください」

「あ、あの、それより先に、皆さんに知らせたいことがあって」春日が三人を見回した。「さ、細胞の声が、聞こえました」

「えっ」と恵輔たちの声がシンクロする。

「す、住処が狭すぎたんです。『息苦しい、ここじゃ体を伸ばせない。もっと広いところに行きたい……』。細胞たちは、そ、そんな風に言っていたんです」

「言ってる意味がよく分かりませんけど、それは、興奮して過呼吸になるほどの発見なんすか」と元山が尋ねる。

春日は唾を飲み込んで、「ちょ、長期培養で脊髄運動神経ができなかった理由が、分かったんです」と答えた。「解決の鍵は、細胞の密度でした。え、榎井先生が見つけた条件より、さ、細胞の数を半分ほどに減らして培養したら、脊髄運動神経に分化した細胞が得られました」

「それは、ラルフ病の特徴を反映したものなんですか」

理沙の質問に、春日は迷いなく「はい」と頷いた。

「つまり、薬剤の効果を評価できるようになった……ということですか？」

「も、もう少し検討は必要ですが、ほぼ大丈夫だと思います」

「水田くん！」と、理沙が笑顔で手を挙げる。

恵輔は「ええと」と首を傾げた。「質問があるなら、ご自由にどうぞ」

「違うよ、何言ってるの、ハイタッチだよ、ハイタッチ」

「ああ、そういうことですか」

恵輔は「どうも」と頭を下げつつ、頭より高いところで理沙と手を合わせた。

「いよいよ、俺の出番も来そうですね」

元山が腕組みをしながら呟く。口元には不敵な笑みが浮かんでいる。

「そうだよ、ずっと好き勝手してたんだから、がっつり働いてよ」

「もらってる給料以上の仕事はしませんよ」と元山は肩をすくめた。「でも、使える時間は全部こっちのテーマに使います。もう、図書室通いは終わりっす」

「あ、あの、立ち話もなんですし、データを見ながら座って話しませんか」

「いいっすね。この間、榎井先生から送ってもらったコーヒーがあったでしょ。エクアドルかどっかの。あれを淹れましょうよ」

春日と元山が、並んで事務室へと歩き出す。少し遅れて、理沙がそのあとに続く。

三人の後ろ姿は、どこかよく似ている気がした。同じ方向を見ている仲間、という感じがして、恵輔は自然と微笑んでいた。

恵輔は彼らの後ろを歩きながら、千夏のことを考えた。

眩しい笑顔と、心に響く歌声。どんな時でも、彼女の姿は簡単に思い出せる。胸の中が、じんわりと温かくなる。

自分は千夏から、幸せを一方的に受け取っている、と恵輔は考えている。そのことを申し訳なく思う気持ちさえあった。早く恩返しをしたいとずっと思っていた。

創薬はまだ、長く続く階段の一段目を踏み越えようとしているにすぎない。それでも、今なら少しだけ誇らしい気持ちで、千夏と向き合えるような気がした。

16

「――このような結末を伝えることになったのは、非常に残念だ」

池戸は机の上で手を組み合わせ、顔をしかめた。

ブラインドの隙間から差し込む初夏の日差しが、恵輔と池戸を隔てる境界線のように、灰色のカーペットに伸びている。

「選考委員による協議の結果、君のテーマは六月末をもって打ち切ることになった」

「どうしてですか!?　結果は出しました！」

「人員と予算をつぎ込む価値はない――選考委員はそう判断した。それがすべてだ」

池戸は無慈悲に宣言すると、立ち上がって恵輔に背を向けた。

「君には期待していたんだがな……」

恵輔は「そんな……」と呟き、後ろに控えているメンバーを振り返った。

元山は視線を逸らし、応接スペースの方を見ていた。春日はうつむき、マネキンのように微動だにしない。理沙は憐れむような目を恵輔に向けている。視線が合うと、彼女は静かに首を横に振った。仕方ないよ、という心の声が聞こえた。

恵輔は池戸の執務机に手を突き、「お願いします！」と叫んだ。「あと半年……いえ、三ヵ月で構いません。もう少しだけ検討の時間をいただけませんか！」

池戸は背を向けたまま、「延長はない。諦めなさい」と突き放すように通告した。

これまでの努力が水泡に帰したことを悟り、恵輔は天井を仰いだ。

胃がひどく痛む。まるで胃液が沸騰《ふっとう》しているかのようだ。

蛍光灯が明滅している。目が眩み、意識が遠ざかる。その光がどんどん強くなり、やがて目の前が真っ白になり――。

恵輔は目を開いた。

薄暗い天井と、窓に引かれた遮光カーテン。

ベッドから体を起こし、恵輔は頭を振った。

ゆっくりと室内を見回す。各種辞書と大学入試の参考書が並べられた本棚。Tシャツやジーンズが掛けられたハンガーラック。小学生時代に買ったため、成長してからはずっと使いづらい思いをしていた学習机。

そこは、高校卒業までを過ごした自分の部屋だった。

何度か瞬きを繰り返すうち、休みを利用して、久しぶりに実家に帰っていたことを恵輔は思い出した。

枕元に置いてあったスマートフォンが鳴り始めた。目覚ましのアラームを止め、恵輔は腹部に手を当てた。リアルに感じられた激痛はすっかり消えていたが、寝間着代わりのTシャツは汗で湿っていた。

着替えようとベッドを降りたところでよろめき、恵輔は本棚に手を突いた。そのはずみで、上段から数学の参考書が落ちてきた。

黄色い表紙が懐かしい。拾い上げ、適当に開いてみる。

大きく破れたページや、シャープペンシルの先を何度も突き刺したページがある。本の角が歪んでいるのは、壁に投げつけたせいだ。参考書のあちこちに、問題が解けないことに苛立ってストレスをぶつけた証拠がはっきりと残っていた。

将棋をやめたあとも、自分の中の暴力的な衝動は失われずに残っていたようだ。大学に受かろうと必死になっていたのか、それとも将棋を忘れようともがいていたのか。どちらだったかは、もう覚えていない。

恥ずべき過去の名残りのような本を棚に戻し、Tシャツを新しいものに替えてから、恵輔はベッドに腰を下ろした。

それにしても、ひどい夢を見てしまった。現実とは正反対の内容なのに、それに一切疑問を抱くことなく、夢の中の自分は慌てふためいていた。滑稽《こっけい》すぎて、自己嫌悪を覚えてしまうほどだ。

スマートフォンの画面に今日の日付を表示させる。二〇一六年七月十九日、火曜日。テーマ選考委員会による協議の結果を告げられてから、もう三週間になる。

春日が「細胞の声」を聞き取り、適切な細胞培養条件を見出したことにより、ラルフ病の特徴である、脊髄運動神経の変性をシャーレの中で再現できるようになった。この成果が評価され、恵輔たちはテーマの正式採択を勝ち取った。残りの研究期間は一年半。少なくともその間は、研究にだけ集中することができる。

テーマに課せられていた縛りは外れたが、榎井との打ち合わせや学会出張、大阪医療大学附属病院の医師との面会などがあり、恵輔はなかなか楽悠苑に足を運ぶ時間を取れずにいた。

海の日を含むこの三連休にようやく都合が付き、恵輔は数ヵ月ぶりに和雄の元を訪ねた。また和雄に名前を間違えられ、ルール破りの駒の動きに戸惑いながら将棋を指し、そして、久しぶりに千夏の歌声を楽しんだ。

千夏の病状は、ひとまず安定はしていた。良くなることはないが、悪くなることもなく、楽悠苑での事務仕事を続けられている。右手の握力の問題で、ギターは相変わらず弾けないという。レクリエーションでは、弾き語りは諦め、普通にカラオケで歌を披露していた。

レクリエーションのあと、少し、千夏と話をする時間も持てた。恵輔は自分が関わっていることは伏せ、旭日製薬での創薬研究が続いていることだけを伝えた。

「薬がすぐにできるとは言えませんが」と前置きした上で、「研究に携わる人たちは、懸命に検討を続けています」と恵輔は言った。

「すごく心強いです」と千夏は微笑んだ。「誰かが自分たちの後ろにいて、背中を支えてくれている——そんな気持ちになれます。ありきたりのことしか言えませんけど、研究員の皆さんに、『応援しています』とお伝えください」

込み上げてきた昂りを抑え、「分かりました」と恵輔は頷いた。

努力が報われた——自分に向けられた言葉ではないと分かっていても、そんな風に感じてしまう自分がいた。

二日前の感動を嚙み締めていると、ドアの外から「恵輔?」と自分を呼ぶ母親の声が聞こえた。「まだ寝てて大丈夫なの?」

「あ、いま行きます」

ぼんやりと思い出に浸っている間に、家を出る時間が近づいていた。実家から職場までは一時間半近く掛かる。

　恵輔はベッドから腰を上げ、慌てて身支度に取り掛かった。

　母親の作った朝食をのんびり食べるつもりだったが、とてもそんな余裕はなく、恵輔は挨拶もそこそこに家を飛び出した。

　裁量労働制なので、決まった勤務時間があるわけではないが、総務部時代の習慣に従い、「午前八時四十五分までに事務室に顔を出す」というルールを自分に課している。最寄りのＪＲの駅から快速に乗り、大阪駅で環状線の内回りに乗り換える。関西随一の遅延頻発路線である阪和線が乗り入れている影響で環状線も遅延しやすいのだが、トラブルもなく新今宮《しんいまみや》駅までやってきた。ここで南海本線に乗り換えだ。

　ＪＲのホームと南海本線のホームはやや距離がある。恵輔は人の間を縫うように急いで階段を上り、改札を抜けた。和歌山・関西空港方面行きの電車は三番線から出る。線路をくぐる形になるため、いったん階段を下り、またホームに上らなければならない。

　階段を下り始めたところで、ホームに電車が入ってくる音が聞こえた。急げばまだ間に合うかもしれない。

　スピードを上げようと思ったその時、革靴の底が階段の角を舐《な》めた。

　踏み出した右足が滑り、バランスが崩れる。恵輔はとっさに手すりを摑んだが、勢いを止められず、何段か階段を滑り落ちた。

　尻をついただけなので怪我はなかったが、周囲の目が痛い。恵輔はズボンの埃《ほこり》を払って素早く立ち上がった。

危うく、通勤途上災害を起こしてしまうところだった。恵輔はゆっくり階段を下り、立ち止まって深呼吸をした。

間に合わなくても構わないじゃないか、所詮は自分の決めたルールにすぎない。そう言い聞かせていると、「あの」と背中を指でつつかれた。

振り向くと、自分と同年代のスーツ姿の男性が申し訳なさそうな顔で立っていた。

「シャーペンを落とされましたよ」

彼が差し出した手のひらには、綺麗に二つに折れたスターマンが載っていた。

「目の前に転がり落ちてきて、よけきれずに踏んでしまって……すみません」

「いえ、こちらこそ」と恵輔は折れたスターマンを受け取った。「拾っていただき、ありがとうございます」

頭を下げながら男性が去っていく。

恵輔は無残な姿に変わってしまったスターマンを見つめた。

慌てるとろくなことがない。そんな当たり前のことを学ぶために、長年使い続けてきた道具を犠牲にしてしまった。

恵輔はため息をつき、スターマンを丁寧に胸ポケットに仕舞った。

午前九時十五分。恵輔が事務室に入ると、「おはよう」とコーヒーカップ片手に理沙が声を掛けてきた。「今日はいつもより遅めだね」

「ええ。実家の方に泊まっていたので、来るのに時間がかかりました」

「そうなんだ。遅れたからって、そんなに落ち込まなくてもいいのに」

「落ち込んでいるように見えますか？」と恵輔は頬に手を当てた。

「うん。仲のいい友達が転校することを知った小学生みたいな感じ」

「……ご明察です」と恵輔は吐息を落とした。「ちょっと、すみません。試したいことがあるので……」

恵輔は自席にカバンを置き、共用キャビネットの、事務用品を入れてある引き出しを開けた。クリップやスティックのり、ボールペンなどが雑然と詰め込まれている。

中身を確認していると、「何か探してるの？」と理沙に訊かれた。

「瞬間接着剤はないかなと思いまして」

「それなら持ってるよ。チェーンが切れた時の応急処置用に」理沙はそう言って、自分の首元のネックレスを指差した。「自作したやつだから脆いんだよね」

「ＤＩＹですね。接着剤、お借りしてもいいですか」

「もちろん。何に使うの？」

「これです」恵輔は折れたスターマンを理沙に見せた。「来る途中に壊れてしまいまして」

「ありゃ、見事に真っ二つだね。それでショックを受けてたんだ」

「十年以上使っているものですから」

「そっか。うーん、直せなくはなさそうだけど……そろそろ限界じゃない？　本体に細かい傷が入ってるし、全体的に色褪せてる気がする」

「……一応、直せるか試してみます」

接着剤を使う前に、二つに折れた本体を接合させてみる。回しながらぴたりと合う位置を探すが、どうもうまくいかない。切断面をよく見てみると、微妙に形状がずれている。

「……これはどうも厳しそうですね。壊れた時に小さな破片が散って、合わなくなってしまったみたいです……」

スターマンを使い始めて十数年。将棋に熱中していた頃。奨励会入りの夢を諦めた日。千夏と初めて会った時。創薬研究に挑むことを決めたその瞬間。いつもスターマンは恵輔と共にあった。

恵輔は哀悼《あいとう》を捧げるようにうつむき、長く息を吐き出した。

「修復不可能か……残念だね。せっかくずっと使ってきたのに」

「……そうです、まさしく『相棒』です。棒の形をしているだけに」

「そういうしょうもない冗談、水田くんには似合わないと思うな、私」と理沙が顔をしかめた。

「閃いたジョークを口にしろ、と以前上司にアドバイスされたんですが……」

「そういうのは、時と場所と相手を選ばないとね」

「なるほど。参考にします」

いつものようにメモ帳を取り出したが、スターマンは壊れてしまっている。仕方なく、引き出しにあったボールペンでメモを取った。

「わざわざ書くようなことじゃないけど。あ、ちなみにそのシャーペン、もう捨てる?」

「そうですね。取っておいても仕方ないですし」

「じゃあさ、その金具だけもらえないかな。星が付いてる部分」

「これですか?」と、机に置いてあった金属製のクリップをつまみ上げる。

「そう。実は前から、なんかいいなと思ってたんだ、それ。ネックレスのチャームに作り替えるよ」

「それは光栄です。生まれ変われるなら、それに越したことはないです」

恵輔は快諾し、理沙にクリップ部分を手渡した。

「ありがとう」

理沙は小さな金具を右手で優しく握り、ふわりと微笑んだ。

Phase 2

1

「――よし、できた」

綾川理沙は完成したネックレスを顔の高さに掲げた。

金色のチェーンに通した星型のチャームが、蛍光灯の明かりを受けてきらりと光る。大切に使っていたのだろう。恵輔からもらったシャープペンシルの金具はまったく錆《さ》びていなかった。

理沙はさっそくネックレスをつけて、鏡の前に移動した。手作り感はあるが、出来は悪くない。派手ではない、ワンポイントのさりげないアクセサリー。これなら、会社で身につけていても問題はないだろう。

指先で触れると、小さな星は恥ずかしがるように小さく揺れた。なんとなく、恵輔が照れている様子に見えて、理沙は一人はにかんだ。

時計を見ると、すでに午前一時が近い。熱中しすぎてしまったようだ。明日も朝から実験がある。早く寝なければならない。

手製のネックレスを鏡台の引き出しに入れ、理沙はベッドに潜り込んだ。

明かりを消して目を閉じ、右肩を下にして枕に頭を載せる位置を調整する。そうして一番眠りやすい姿勢を整えると、自然と今日の会社での出来事が浮かんでくる。

ラルフ病の治療薬研究は、ようやく軌道に乗り始めた。病気を再現した脊髄運動神経細胞を使うことで、薬物の候補となる物質を探せるようになった。

恵輔は相変わらず忙しそうだ。研究が進み始めると、リーダーは常にその先を考えて行動しなければならなくなる。研究者の数は充分か？　研究予算は足りているか？　薬剤の動物評価のスケジュールをどうするか？　薬剤の特許をいつ出願するか？　臨床試験に向けた体制は整っているか？　などなど、準備すべきことはいくらでもある。

テーマ発足以来、恵輔はずっと働きづめの毎日を送っている。少なくとも、有給休暇は一度も取っていない。テーマが始まる前と比べると明らかに痩せ、時々胃痛に苦しんでいるようだ。

彼の体調を気遣うような相手はいないのだろうか？

理沙は最近、寝る前によくそのことを考える。

恵輔が、昼食に手作り弁当を持参したことはない。いつも食堂だ。夜も、遅くなる時は会社の敷地内にある売店で買った総菜パンを食べている。要するに、恵輔は十中八九、一人で生活しているのだ。

この状況で、自分はどうすべきだろう？

理沙は繰り返し自問自答する。このもやもやした想いを恵輔にぶつけることは、果たして正解なのだろうか。仕事に悪影響を及ぼしはしないだろうか。迷惑がられるのではないだろうか。

理沙は居心地の悪さを覚え、寝返りを打った。

この思考パターンはよくない、ということは分かっていた。答えの出ない問いについて考えているうちに、眠れなくなることが何度もあった。

しかし、すでに手遅れだった。考えてはいけないと思うと、余計に気になってくる。それ以外のことが思いつかなくなってしまう。

もし、客観的に自分に言葉を掛けるなら、きっとこう言うだろう。「中学生じゃあるまいし、何やってんの」と。

理沙は腕の間に顔を埋め、「……あー、もう」と呟いた。


翌朝。理沙は日傘の下であくびを繰り返しながら、駅から会社へと続く道を歩いていた。

七月も下旬に差し掛かり、太陽はいよいよ本気を出し始めている。高い建物の少ない埋め立て地に日陰らしい日陰はなく、日傘を差さないと、白熱電球を直接押し当てられるような強烈な日差しに肌を晒すことになる。

それにしても、体がだるい。寝不足の影響は明らかだった。アスファルトから立ち上ってくる熱気と相まって、頭が朦朧《もうろう》としてくる。これが何日も続けば、あっという間に体力を消耗してしまうだろう。早く良質な睡眠を取り戻さないと、八月を迎える前に夏バテしかねない。

理沙は込み上げてくるあくびを押し戻し、足をひたすら前に出し続けた。旭日製薬の敷地を足早に進み、冷房の効いた研究本部棟に入ったところで、ようやく一息つくことができた。

事務室に行く前に、背中の汗をなんとかしたい。地下の更衣室で着替えようと歩き出した時、階上から恵輔が降りてきた。

「おはようございます、綾川さん」

「あ、うん、おはよう」と理沙は笑顔を作った。「どこ行くの？」

「追加予算の件で、ちょっと研究管理部の方に」

理沙はそこで、恵輔の胸ポケットに新しいシャープペンシルが刺さっていることに気づいた。社内の常備品で、プラスチックの本体にクリップが付いているだけの、シンプルな形をしている。

「新しいシャーペン、使い始めたんだ」

「そうなんです。やっぱりすぐ近くにないと落ち着かなくて」

「そんなにしょっちゅうメモすることある？」

「いやあ、昔からの癖ですね。忘れたくないと思ったら、つい書き残してしまうんです」

「そっか。じゃあ、その新しいシャーペンも、十年以上使うことになるんだろうね」

「そうですね。壊さないように気をつけます」

では、と軽く一礼し、恵輔が廊下を去っていく。

理沙は首からさげた星をつまみ、吐息を落とした。

シャープペンシルの話をしたのに、恵輔がネックレスに気づいた様子はなかった。さほど期待していなかったが、いざこうしてスルーされると寂しいものがあった。いっそのこと、「こんな風になったよ」と見せた方がよかったかもしれない。

理沙は最前のやり取りを後悔しつつ、女子更衣室に入った。洗面台のところで、背中まで髪を伸ばした女性が手を洗っている。同期の田岡《たおか》だ。彼女は理沙と同じく修士卒で、先進科学部に所属している。

「おはよ」

声を掛けると、「ああ、うん、おはよう」と彼女は指の股《また》を洗いながら応えた。田岡は潔癖症の気があり、特に手洗いは入念にやるのを習慣にしているようだ。

田岡は医療用のハンドソープを大量に手につけながら、「今度の同期会、どうするの?」と訊いた。

「来週の金曜だっけ」理沙たちの同期は仲が良く、二、三ヵ月に一度は集まって飲み会をやっている。「パスすると思う。細胞の世話があるから」

「ふーん、今回もなんだ」田岡は鏡越しにこちらと目を合わせた。「忙しいんだね、今のテーマ」

「少人数だから、できることは何でもやらなきゃいけなくてね」

「でも、楽しそうな顔してるよ。なんていうか、生き生きしてる」

「そう……かな。自覚はないけど」と理沙は頰に手を当てた。「水田くんに引っ張られてる面もあるかな」

「あー、すごいよね、水田くん。淡々と総務の仕事をこなしてるイメージだったから、テーマ提案に応募するって聞いた時は『どうしちゃったの?』って感じだったけど、なんだかんだで順調に来てるじゃない。意外と、リーダーとしての才能があったのかもね」

「気遣いはできるし、熱意もあるから」

ネックレスには気づかないけど、と理沙は心の中で付け加えた。

「水田くんも忙しそうだし、同期会は二人揃ってパスっぽいね」

「たぶん、そうなるね。また落ち着いたら顔を出すよ」

「いいよ、無理しなくて。理沙のテーマがうまく行けばウチの売り上げも上がって、私たちの給料にも反映されるから。どんどん成果を出してよ」

「まだ何年も先だよ」と理沙は苦笑した。希少疾患の臨床試験は規模が小さいため、通常よりは早く終わることが多いが、それでもまだ数年はかかるだろう。

「それは分かってるけどさ。……ウチ、そろそろ危ないんじゃないかって気がしてるんだよね」

ようやく手を洗い終え、田岡が振り返った。その表情は思いがけなく真剣だ。

「癌領域からの撤退って、急に発表されたじゃない。社長はプレスリリースでは『選択と集中』って言ってたけどさ、要するに手広くやるだけの予算が取れないってことでしょ。もう十年以上新薬を出せてないし、今ある薬はもうすぐ特許が切れて売り上げがガタ落ちになるし、中堅っていうポジションで細々とやってたけど、いよいよやばそうな匂いがしてるよ」

「……それは、私も全然感じないわけじゃないけどね。でも、そればっかり気にしてても仕方ないから」

「水田くんは、不安じゃないのかな」田岡がぽつりと言った。「どうしてあんなに熱意をもって研究に挑めるんだろう。やる気の源を知りたいよ。理沙は知ってる?」

「彼のお祖父さんが入ってる老人ホームに、ラルフ病の人がいるんだって」

「それで薬を作る気になったの？　なんていうか、突拍子もない発想だね」

「そうかな。水田くんは真面目だから、放っておけないと思ったんじゃない」

「まあ、そう言われたら、水田くんならあり得るかなって気がしてくるけど」

田岡は納得したようだったが、理沙は逆に違和感を覚えた。恵輔はどちらかといえば裏方気質の、物静かな人間だ。彼の秘めた熱意を呼び覚ますような出来事が、その患者との間に起きたということだろうか？

彼に直接訊いてみたかったが、プライベートに立ち入りすぎている気もする。その話題が出るまで保留にした方がいいだろう。

「機会があったら、確かめてみるよ」

理沙はそう言って、自分のロッカーを開けた。

2

その日の午後、研究の進捗を確認するミーティングが開かれた。いつものように事務室に四人で集まり、丸テーブルを囲むように椅子を動かす。

「では、春日さん。これまでの薬剤評価の状況を報告していただけますか」

春日は立ち上がり、プロジェクターで白い壁に映写した資料を指差しながら、解説を始めた。

「で、では、今日までに得られた結果をまとめて紹介いたします。か、活性の強さは、薬剤を加えない場合と比べ、どれだけ神経細胞の変性を防げたかで表しています。げ、現状だと、一日に十回の実験が可能です」

旭日製薬には、五十万点からなる、薬剤候補物質のストックがある。ライブラリと呼ばれるこの物質群を用いて薬剤探索を行うのが基本的な創薬手法なのだが、理沙たちはそれとは別の、市販薬剤ライブラリを使うことにした。これは、すでに承認・販売されている医薬品の中から、作用や構造が異なる千点を選んだものだ。多くは試薬会社から購入したが、入手に時間のかかるものは元山が合成した。

市販薬剤はヒトでの安全性が担保されているので、もしラルフ病に効果があるものが見つかれば、すぐに臨床試験を開始できるというメリットがある。もちろん、これらの物質は他社の特許によって保護されているが、特許明細書に記載された効能の中にラルフ病が含まれていなければ、新たな用途について特許を取ることが可能だ。このやり方は、既知の薬剤の隠された効能を見出すことから、ドラッグ・リポジショニングと呼ばれている。

春日の発表はまだ続いている。理沙は実験を手伝っているので、評価結果をひと通り把握している。効率化のために千点の薬剤を十点ずつ混ぜ、十日かけて全サンプルの評価を行ったが、期待した効能を持つものは一つもなかった。

「け、結果は以上になります」

春日が説明を終えた。恵輔も元山も険しい表情で腕組みをしている。

「これですんなり当たりを出せたらよかったんだけどね。まあ、仕方ないよね」沈んでしまった雰囲気を変えようと、理沙はあえて明るい調子で言った。「次の方針を考えようよ」

「どうしますかねー」元山が腕組みしたまま天井を見上げる。「市販の薬剤は効かないんでしょ。だからって自社ライブラリを全部試してたら何年もかかっちゃうしな」

「僕たちに残された研究期間は一年半です。それまでに臨床試験を始める準備を整えるとすると、遅くとも今から一年以内には、強い効果を持つ物質を見つけておく必要があります」恵輔が手元のメモ帳を見ながら言う。「残りの期間を考慮すると、初期の薬物探索に使えるのはせいぜい半年……二百日弱です。十点ずつ混ぜて評価を行って一日百点ですから、期間内に効果を確認できる化合物は二万点しかありません」

「五十万の中の二万……二十五分の一か。うーん、化合物の構造で分類して、各グループを代表するようなものを選ぶ……って感じっすかね」

「それでいいんでしょうか」

元山の案に、恵輔は納得していないようだ。メモを取る表情が硬いままだ。

「どの辺が気に入らないっすか」

「今の意見をけなすつもりはまるでないのですが、もう少し熟慮してもいいのではないかと思うんです。ここで決める方針は、このテーマの未来を決めるものですから」

「た、確かに」と春日が同意する。「い、今までの旭日製薬の創薬は、い、行き当たりばったりが多かったような気がするんです。と、とりあえずの方針を決めて、それが失敗したら、また一回の会議であっさり別の方針を採用して……そ、それで結局、時間ばかりが空費されて、いつの間にかテーマが消えていくんです」

「お、春日さん、珍しく辛辣《しんらつ》っすね」

「い、いえ、その……こ、この場限りの話ということでお願いします」

春日は猫背になって、人差し指を自分の口に当てた。

「正しい意見だと思いますよ」元山は嬉しそうだ。「まだ入社四年目の俺でさえ、そういうやり方を何回か見ましたし。水田さんの言う通り、じっくり腰を据えて方針を考えますか」

そこでちょっとした閃きがあった。「前に同期から聞いたんだけど」と理沙は切り出した。確か、田岡と廊下で立ち話をした時に出た話題だったはずだ。「先進科学部で、薬剤のターゲット解析をやってるんだって」

「それはどういう研究なのですか」

恵輔がシャープペンシルを構え直した。理沙は心持ち彼の方に顔を向けながら話を続ける。

「市販薬物って、今までにいろんなところで研究が行われてて、ヒトの体の中でどういう風に効いてるかが分かってるでしょ。高血圧なら、『血管の平滑筋《へいかつきん》にあるカルシウムチャネルの機能を阻害する』とか、糖尿病だったら、『インスリンの分泌を強めるホルモンを壊れにくくする』とか、そういう感じ。作用メカニズム、っていうんだけどね。先進科学部では、その文献データを集めて、薬効の予測システムを作ってるらしいんだ。それを使えば、文献にない物質でも、任意の作用メカニズムに対する薬効をコンピューターで予測できるみたい」

「それはつまり、ある物質が特定の作用メカニズムを示すかどうか事前に分かる、ということですか」

そう、と理沙は大きく首を縦に振った。

「話が複雑になるから、ゆっくり言うよ。私たちが今回評価した千点の市販薬剤は、ラルフ病に効かなかったよね。ということは、それらの薬剤が引き起こす作用は、ラルフ病の症状を改善する方向に働かない、ってことになる。ここまではいい？」

三人が同時に頷く。

「今、私たちは五十万の化合物を持ってる。それらについて、どんな薬効があるかを、計算で予測できる。すると、『ラルフ病に効かなかった薬剤に似た作用メカニズムを持つ物質』と、そうじゃないものに分かれるよね。二つのグループを比較したら、後者の方が期待できるんじゃないかな」

「……いや、それはどうっすかね」元山が首を捻《ひね》る。「『ラルフ病に無効な作用メカニズムを持つ物質が、ラルフ病に効かない』とは言い切れないじゃないっすか。二つ以上のメカニズムを持っているかもしれないでしょ」

「それはもちろんそうだよ」と理沙は言った。「だから、期待値の問題。いらない作用メカニズムを持ってたら、副作用に繫がるでしょ。少なくともそこは回避できるよ」

「ど、毒性が少ないことはいいことです。投与量を増やすことができます」

春日は理沙の意見に賛成のようだ。「どう、水田くん？」と理沙は恵輔の方に視線を向けた。

「今の話を一〇〇パーセント理解できたか、というと怪しいですが、検討してみる価値はあるように思いました。先進科学部の担当者の方に相談してみます」

「じゃあ、私が窓口になるよ。言い出しっぺだし、聞きかじった知識はあるから、多少は理解が早いと思う」

メンバーから反対意見は出ず、当面の方針は決まった。

理沙はさっそく田岡にメールを出し、自分たちの考えを伝えた。するとすぐに返信があった。

薬効予測システムの開発担当は、自分ではなく栗林なので、彼と話をしてくれということだった。

栗林も理沙の同僚なので、気軽に頼みごとができる。メールで栗林に打診すると、「相談ならいつでも歓迎だ」と返事があった。急ぐに越したことはないので、すぐに向かうと伝え、理沙は先進科学部の事務室がある五階へと上がった。

廊下の角を曲がったところで、向こうから栗林がやってくるのが見えた。相変わらず姿勢がいい。Tシャツとジーンズというありふれた格好なのに、リノリウムの廊下ではなく、ファッションショーのランウェイを歩いているように見えてしまう。

「よう、本当に早いな」栗林は手を上げ、すぐ脇の部屋のドアノブに手を掛けた。「ここで話をしようか」

頷き、六人用の小さめの会議室に二人で入る。

向かい合わせに座るなり、「田岡から聞いたよ。今度の同期会、欠席するんだってな」と言われた。

「うん。ちょっと時間が取れそうになくって」

「少人数のテーマだから仕方ないんだろうな」

「提案テーマの宿命だよ。それで、薬効予測のことだけど――」

「その話の前に」栗林はテーブルに片肘をついた。「訊きたいことがあるんだ」

「何？　研究の進み具合？」

栗林は首を振り、切れ長の目で理沙を見つめた。

「なんで綾川は、水田のチームに加わろうとしたんだ？」

「え？　うーん、なんでって言われても分からないよ。人事異動の事情なんて。私が上司から煙たがられてたってことじゃない。あちこちの会議で空気を読まずに発言するから、薬物動態の部長の『追放したい社員リスト』に名前が載ったのかも」

嘘の答えを口にすると、「それはないな」と栗林は即座に否定した。

「この間、たまたま学会で綾川のところの部長さんと話す機会があったんだ。その時、綾川のことを褒めてたぞ。『得難《えがた》い人材だったのに』って、残念そうにしてたよ。あの人が自分から綾川を遠ざけるとは考えにくい。となれば――」身を引き、栗林は自分の顎を撫でた。「本人からの希望があったことになる」

さらりと流すつもりだったが、矛盾を指摘されてしまった。理沙はため息をつき、「面白そうだったから、興味を惹かれてね」と答えた。

「興味を惹かれたのは、テーマか？　それとも……水田か？」

「それはもちろん、テーマでしょ」

「……本当か？」と栗林が表情を曇らせた。

「なんでそんな怖い顔するの。嘘なんかつく理由がないでしょ」

「ついさっき、嘘を口にしたじゃないか」

「それは、この話題に興味がなかったからだよ」

「照れ臭いからごまかしている、という可能性もある」

「はあ？　どういう意味、それ」

「実は水田と付き合ってるんじゃないのか」

「……なんでそういう話になるのかな。私、薬効予測システムについて相談したいって伝えたよね？」

「綾川と二人で話せる機会はなかなかないからな。昼飯の時は誰か同期がいるし、同期の飲み会になると、綾川は俺を避けようとするしな」

「別に避けてるつもりはないけど」と理沙は視線を逸らした。

「警戒はしてるだろ。そういうの、隠そうとしても伝わるもんだぜ。……あの時のこと、まだ気にしてるのか」

「あの時って？」

「分かっててとぼけるのは無しにしてくれよ。去年の同期会で彼氏がいるのか訊いた時、ものすごく嫌そうな顔をしただろ。あれからだよな、綾川が俺を避け始めたのは」

その夜の記憶が、思い出すまでもなくぱっと蘇る。

あれは、去年の八月の終わり、夕方に激しいにわか雨が降った日だった。恵輔がテーマ提案すると言い出す少し前のことだ。

飲み会がお開きになり、二次会の店を探して、何人かずつに分かれて街を歩いている時、栗林にいきなり彼氏の有無を訊かれた。そういう相手はいなかったし、見栄を張る必要もなかったので、その時は冷静に「いない」と伝えたつもりだったが、栗林の目には不快そうに映ったらしい。

「……あのことを気にしてないって言うと、まあ、嘘になるかな。栗林くんとそういう話するの、違和感があるから」

「そうか……。嫌がってるところ悪いけど、確認だけさせてくれ。あの時と今と、状況は変わってないのか？」

恋愛の話題を持ち出した以上、収穫なしには引き下がれない。栗林の強引さは健在のようだ。ごまかそうとすればするほど長引くので、「変わってないよ」と正直に答えた。

そうか、と栗林が息を吐き出す。その分かりやすい態度が、意図的な好意のアピールに見えて、理沙は少し憂鬱《ゆううつ》になった。

「ねえ。先進科学部の別の誰かを紹介してもらえない？　今みたいな話されたら、栗林くんに頼みづらくなるから」

「俺に頼めばいいだろ」

「私は純粋にサイエンスの話がしたいの。自分たちのアイディアの本当の価値を知りたいわけ。私に気を遣って、本音を隠されたら困る」

「そこに関しては、信用してほしい。薬効予測の話だったな。聞かせてくれよ」

理沙は「じゃあ、手短に」と言って、薬剤探索の効率化に関する自分たちの考えを説明した。

「――って感じなんだけど、どうかな」

「悪くはないが、中途半端だな。効かなかった作用メカニズムを排除するのなら、思いきって薬効予測システムに賭《か》ける方がいい」

「具体的には？」

「ウチで開発した予測システムでは、約二千種類のタンパク質に対する、任意の化合物の効果を予測できる。それを使って、市販試薬と社内ライブラリの両方を計算する。それぞれのタンパク質について、効く場合は1、効かない場合は0で結果が出る。つまり、一つの化合物につき、二千桁のビット列ができる」

頭の中に、1と0からなる数字の羅列が思い浮かぶ。その映像は、ドラマや映画で時々目にする電脳世界のイメージそのものだった。

「そこまでは分かった。それで？」

「この1と0のパターンは、活性プロファイルと呼ばれる、その化合物固有の特徴だ。まあ、DNAみたいなものだな。形状が似ているもの同士は、似たような活性プロファイルを持つ。ラルフ病に効く化合物を探すのなら、効かなかった市販薬に似たプロファイルのものは外せばいい」

「なるほどね。一つの一つのタンパク質じゃなくて、全部ひっくるめて比較するんだ」

「そういうことだな。当たりが見つかる保証はないが、期待値の低いものは減らせるはずだ」

「うん。だいたい理解できたと思う。チームに持ち帰って検討してみるよ。ちなみに、それってどのくらい時間がかかるの？」

「あらゆるテーマに使えるから、自社ライブラリについてはもう計算は終わってる。新たに計算するのは、綾川たちが使った市販薬剤だけでいい。千点程度なら、明日の朝には結果が出てるだろう。こっちでプロファイルの比較まで終わらせて、よさそうな化合物の絞り込みを行っておくよ。……ああ、これは別に大した仕事じゃないからな。計算をするのはウチのスパコンであって、俺はただデータを処理するだけだから」

「だから、恩を売るつもりはない、ってことね。了解。ありがとう。すごく助かるよ。やっぱり持つべきものは同期だね」

理沙は礼を言って席を立ち、会議室を出ようとした。

「そんな、逃げるように出て行かなくてもいいだろ」と栗林が苦笑する。

「早くメンバーに伝えたいと思っただけ。他意はないよ」

「ならいいんだけどな。……ああ、最後にもう一つだけいいか。また恋愛の話で悪いんだが、水田には交際相手はいるのか？　何か知らないいか」

「知らないよ。いないいんじゃない？　休みの日も研究に夢中みたいだから。じゃあね」

理沙は意識的にさばさばと答えて会議室を出た。意図が伝わったらしく、栗林もさすがに追ってはこなかった。

足早に廊下を進みながら、「なんなの、もう」と理沙は呟いた。飲み会ならまだしも、仕事中に恋愛の話を持ち出されると、研究より恋愛の方が大事だと主張されているみたいで、ひどくうんざりする。

恋愛なんて、ろくなものじゃない。大学四年の時、長く交際していた彼氏に浮気され、関係者全員が心に深い傷を負うような別れ方をして以来、理沙はそう考えるようになっていた。

恋愛、恋愛、恋愛……世間は、恋人の存在を無条件に肯定しようとする。それはおそらく、子孫を残そうという人間に備わった本能から来るものだろう。だが、種ではなく個人という視点で考えれば、恋愛にこだわらなくても生きていくことはできる。その方が、平穏な人生を歩める可能性は高い。だから、理沙は社会人になる時に、恋愛に流されるような生き方はしない、と固く誓ったのだった。

それなのに――。

理沙は階段の途中で足を止め、ネックレスの先の星に触れた。

一体、彼のどこに自分は魅力を感じたのだろう？

改めて考えてみても、恋に落ちた「劇的な瞬間」のようなものを挙げることはできなかった。恵輔に興味を持ったきっかけは覚えている。この人はなぜ、なんでもかんでもメモを取っているのか。そしてなぜ、痛々しいほど冷静で丁寧な振る舞いを心掛けているのか。その、悲しき機械めいたキャラクターが生み出された理由を知りたいと、理沙は入社当時から思っていた。作られた人格の裏側にある、本当の姿を見たいと感じていた。

最初は、シンプルな好奇心にすぎなかった。それなのに、恵輔への関心はいつの間にか恋心に転化してしまっていた。自分が恵輔に惹かれていることに気づいた時には、もう引き返せない場所にたどり着いていた。恋愛の恐ろしいところだ。

今はまだ、理性が勝っている。少なくとも仕事中は、恵輔のことを一人の同僚として見ているつもりだ。だが、それがいつまで保てるのか。正直なところ、自信がなかった。日常のふとした拍子に、うっかり想いを漏らしてしまうかもしれない——そんなことはありえないと、はっきり否定できない自分がもどかしかった。

3

栗林の対応は迅速だった。相談をした翌日の午後には、自社ライブラリ五十万点から選別した、市販薬剤と異なる活性プロファイルを持つ一万五千点の化合物リストが送られてきた。チームの中では、そのリストに基づいて薬剤探索を行うことが決まっていたので、さっそくライブラリを管理している部署に連絡し、溶液化されたサンプルを保管庫から出庫してもらった。

ラルフ病に対する薬効評価は、市販薬剤の時と同様、十点ずつランダムに混ぜて試験を行う。効いたものがあれば、その十点を別々に評価し直し、真に効果を発揮している物質を特定することになる。

実験回数は合計で千五百回。一日十回が限界なので、休みなく実験をしても、薬剤の評価を終えるまでに五ヵ月かかる計算だ。そこで何も見つからなければ、ラルフ病治療薬研究は暗礁に乗り上げることになる。祈るような気持ちで、理沙は春日と共に実験をスタートさせた。

細胞の培養と薬剤の評価をひたすら繰り返す日々は、あっという間に流れていった。夏が過ぎ、秋の訪れを実感する間もなく、理沙たちは実験に集中し続けた。

薬剤の評価試験が始まって三ヵ月半が経った、十一月十日、午前八時。理沙が実験室に入った時、春日は机で突っ伏して居眠りをしていた。事務室の簡易ベッドで横になると寝すぎてしまうということで、最近、春日はまた実験室で寝るようになっていた。

ゴミ箱に目を向けると、昨日、午後十時に帰宅した時より、廃棄された実験用のプラスチックごみが増えていた。春日は早朝に会社に来て、一人で作業をしていたようだ。

理沙は白衣を羽織り、冷凍庫の扉を開けた。マイナス四〇度で保管された、一万五千点のサンプル。理沙たちはすでに、そのうちの七割ほどの評価を終えていた。しかし、今のところ、効果のあったものは一つも見つかっていない。

試薬の調達や細胞の管理など、元山が作業の一部を肩代わりしてくれているおかげで、実験効

212

率は低下せずに来ている。予定通り、あとひと月ちょっとで薬効評価試験が終わるだろう。問題は、それまでに薬の「種」を見つけることができるかどうかだ。

不安は日に日に増しているが、心配をしても状況が好転するわけではない。とにかく今は、決められたスケジュール通りに実験を進めるだけだ。

実験に必要な試薬を取り出し、理沙は自分の割り当て分の作業を始めた。

二十分ほどが経過した時、理沙の後ろにある蛍光測定装置から、ぴっと短いアラームが聞こえた。春日が自動で走らせていた分析作業が終わったようだ。

見ると、春日はまだ同じ姿勢で眠っている。理沙は彼を起こす前に、装置のモニターをチェックした。細胞の蛍光強度が、グラフとして表示されている。グラフの縦軸は、サンプル中の細胞のサイズと比例する。薬剤を加えていない対照サンプルと比較して数値が大きくなっていれば、脊髄運動神経細胞の変性が抑制されている——すなわち、望む薬効があるということになる。

もう何千回も見た、「薬効なし」を示すグラフがずらりと並ぶ中に、一つだけ形の違うものがあった。

「え？　これって……」

画面を拡大し、もう一度グラフを確認する。見間違いではなかった。今回評価したサンプルの中の一つが、確かにラルフ病患者由来の神経細胞の変性を抑制している。

理沙はすぐに春日を起こした。肩を揺すられ、弾かれるように春日は立ち上がると、「す、すみません！」と頭を下げた。連日の長時間作業に伴う睡眠不足のせいで、彼の目は赤くなっていた。

「謝らなくていいんでデータを見てください。効いたっぽいやつがありましたよ！」

春日にそう伝え、理沙は実験室を飛び出した。

事務室には恵輔がいた。

「おはようございます。どうしたんですか、そんなに慌てて」

「いいから来て!」

理沙は会議用の資料を作っていた恵輔を立ち上がらせ、強引に実験室へ連れて行った。

蛍光測定装置のモニターを見ていた春日に声を掛け、恵輔と場所を交代する。実験結果を見るなり、「これは」と恵輔が目を見張った。

「ついに当たりが出ましたね!」

興奮気味に言い、恵輔がグラフをメモしようとした。「データはあとでみんなに送付するから」と、理沙は笑いながらそれを止めた。

「失礼しました。この感動を書き残しておこうと思いまして」

「気持ちは分かるよ。でも、連れてきてこんなことを言うのもなんだけど、まだ偽陽性の可能性もあるからね」

実験に使う細胞はなるべく均質なものを準備しているが、評価用サンプル中の微量の異物の影響が、試験結果に影響を及ぼすことはある。特に、今回は十点の物質を混ぜて評価を行っている。それらを個別に評価して真のヒットを特定した上で、再試験を何度か繰り返し、同じ結果が再現されることを確認しなければならない。

その場で簡単な打ち合わせを行い、理沙がヒット確認作業を、春日がライブラリ選別品の試験を継続することになった。

翌日に行った再試験の結果、効果が見られた混合物の中のある物質が、単独でも効果を示すことが分かった。ただの化学物質が、ラルフ病の治療効果を秘めた、基点物質となったのだ。

結果が出てすぐ、今後の進め方を協議するために、理沙たちは事務室に集まった。

「分かっていることをまとめてきました」

恵輔が生き生きとした表情で、作成したばかりの資料をメンバーに配付する。そこには、今回見つかった有望化合物のデータが記載されていた。

「KJ─156437……。昔の、高血圧治療剤のテーマの化合物なんだね」

「言いにくいので、チーム内では437（ヨンサンナナ）と呼称しましょう」と恵輔が提案する。

「呼称って、軍隊じゃないんすから」元山が呆れ顔で笑う。「でも、これはなかなか筋がいいっすよ。活性はまだ弱いけど、合成が簡単だし。特許も大丈夫なんでしょ？」

「そうなんです！」恵輔が拳を強く握り締めた。「調べた限りでは、特許の取得は問題なさそうでした。これで、堂々と自社単独で研究を進めることができます」

「た、他社の特許に抵触したら、ラ、ライセンス料を払わなきゃいけないですからね」と春日が頷く。

「綾川さん。薬物動態のプロとして、構造式を見た感じの印象はどうですか」

恵輔の問いに、「明らかにダメ、って感じではないけど、ちゃんと調べてみないと分からないね」と理沙は答えた。

薬物動態は、生体内での薬物の挙動に関する概念だ。経口で投与された薬剤が胃や腸管でどの程度吸収されるのか、吸収後、肝臓でどのくらい代謝されるのか、血中に移行した物質がいつま

215　Phase 2

で効果を持続できるのか。それらの数値によって、薬剤の投与量や服用間隔を決定することになる。すぐに効果が切れるからといって、一日に何十回も服用できるはずもない。一日三回以内の服用で済むような、安定して効き続けるものを選ぶことが望ましい。

構造式と呼ばれる、その物質の「形」を見れば、ある程度は薬物動態の予測ができる。こういう形のものは薬剤として不適切だった、という知見があるからだ。ただ、さすがに今の段階では、完璧に性質を言い当てるのは難しい。

「し、調べてみますか。た、確か、その系統の化合物の薬物動態評価が行われているはずですよ」

当時を知る唯一のメンバーである春日のアドバイスに基づき、社内のデータベースから古い月例報告会の資料を探し出す。

「あ、あったあった。どれどれ……」そこには、437を含む、同系統の化合物数点の薬物動態データが載っていた。「うーん、安全性は高そうだけど、血中での安定性がイマイチかなあ……」

「そのままでは、ヒトに投与できない……ということですね」

理沙の出した評価を聞き、残念そうに恵輔が呟く。

「そうだね。437の構造を変えて、より効果が強くて、長く効いて、しかも安全なものを創り出さないと薬にはならないよ」

「いよいよ、俺の出番ってわけっすね」と元山が腕まくりをした。「ずっと雑用ばかりしてましたけど、化学者の本領を発揮するのはこれからっすよ。ガンガン作って、ガンガン評価していきましょう」

「じゃあ、私も自分の本職の方で頑張ろうかな」負けじと理沙も腕まくりをしてみせた。「作ったものを、どんどん薬物動態評価していくからね」

「え、で、でも、そちらは専門の担当者がいるのでは……」

春日の指摘に、「初期の試験はもちろんそっちでやってもらいます。完全にシステム化されてますからね。私は、その先を見て動くってことです」と理沙は答えた。

代謝安定性や水への溶解性など、基礎的な試験項目は処理するサンプル数が多いので、それ専門の研究員がいる。その試験をクリアした化合物については、ラットと呼ばれる手の平サイズのネズミを使って体内での動態を検討する。動物の調達や設備の確保などに手間が掛かるので、スムーズに動態評価を行うには、なるべく前倒しで進めていくことが不可欠になる。

「んじゃ、三人できっちり分担して仕事をしていきますか」

元山が打ち合わせを締めくくるように言い、「のんびりしてられないな」と立ち上がった。「さっそく合成に取り掛かります」

元山が部屋を出て行くと、「じゃ、じゃあ私も」と春日が腰を上げた。「ま、まだいくつか、評価が終わっていないライブラリ化合物がありますので、そ、そちらも並行して進めておきます」

春日が実験室に向かい、事務室には理沙と恵輔が残された。

「一気に活気づいてきたね」

思わず口元がほころぶ。チームを勢いづかせる新たな進展に、理沙もワクワクしていた。課題をクリアし、研究が前に進む時のこの感じ。創薬研究に関わっていてよかったと思う、数少ない瞬間だ。

「そうですね。最初に立てた戦略がうまくいってよかったです」

そう言って微笑む恵輔の表情は、どこかいつもと違う。目の焦点が定まっていないというか、心ここにあらずといった不自然さを感じる。

「ねえ、水田くん。どうかしたの？　ぼんやりしてるけど」

「え、いえ、そんなことはないです」

恵輔がぱっと立ち上がり、自分の席に戻っていく。そこで理沙は、テーブルにメモ帳とシャープペンシルが残されていることに気づいた。

「水田くん、これ」

「あ、しまったな。すみません、うっかりしてました」

恵輔が、慌てた様子でそれらを取り上げる。何かが変だ。いつも必ず身につけているものを置き忘れる。些細なことだが初めて見るそのミスに、理沙は不穏な気配を感じ取った。

そして、その違和感の正体を、理沙はすぐに知ることになった。


十二月五日の朝。理沙は首に巻き付けたマフラーを手で押さえながら、研究本部棟に向かって歩いていた。

冬の初めのこの時期、旭日製薬の敷地がある埋立地に、激しい北風が吹く。日によっては、最大瞬間風速が毎秒二〇メートル近くになることもあり、体感温度は氷点下レベルまで下がる。

体温と肌の潤いを同時に奪い去っていく風に辟易しつつ、理沙は研究本部棟の中に逃げ込んだ。夏といい冬といい、この土地は通勤する人間にとって過酷すぎる。

一階の女子トイレで乱れた髪を直してから、事務室がある三階に上がる。

廊下を歩いていると、向こうから恵輔がやってくるのが見えた。その姿に、理沙は眉をひそめた。実験をしないはずの恵輔が、なぜか白衣を着ている。

「水田くん、何その格好」

「あ、綾川さん。おはようございます。実はですね、自分だけ事務作業ばかりというのもどうかと思いまして、元山さんの実験の手伝いをしようかなと」

「ええ？　やめときなよ、危ないよ」

「危険な作業はしません。使用後のガラス器具の洗浄や、分取装置《ぶんしゅそうち》を使った自動精製くらいです。少しでも実験の効率を上げたいんです」

恵輔の目は真剣そのものだ。少なくとも、新品の白衣を準備する程度には本気らしい。

「気持ちは分かるけど……」

「皆さんが頑張っているのに、僕だけ事務室でぼんやりしているわけにはいきませんから」と主張する恵輔の鼻息は荒い。

ああ、これか、と理沙は気づく。この間、四人で４３７の研究の進め方を話し合った時に見せた、恵輔の奇妙な振る舞い。恵輔はあの時、自分に何ができるかを考えていたのだろう。

「そんな風に焦ることはないと思うよ。リーダーって、自分の席でどーんと構えてるものじゃない？　私たちが出したデータを見て、進め方をしっかり判断していってくれたらそれでいいんだよ」

「しかし、チームは四人だけなんです。ただ待っているだけというのは……」

恵輔が白衣の裾を固く握り締める。

その悔しそうな表情を見た時、小さく胸が震えた。

ひょっとしたら、恵輔は自分たちに嫉妬しているのではないか。ふと、理沙はそう直感した。創薬研究に直接関わり、自分の手で成果を挙げていることを、うらやましいと感じているのではないだろうか。

リーダーとしては明らかに不適切なその感情を、理沙は可愛いと思った。恵輔の、ロボットじみた律儀な振る舞いの向こうにある本心が、初めて見えた。そのことを、嬉しいと感じてしまった。

「うーん、どうしようかな……」

理沙は恵輔から目を逸らし、頭を掻いた。

それ以上何も言えずにいるところに、ちょうど元山が出勤してきた。彼は白衣姿の恵輔を見て、「なんで白衣なんか着てるんすか」と怪訝な顔をした。

「いえ、実はですね……」

恵輔は元山にさっきと同じ説明をした。すると元山は「必要ないっす」と首を横に振った。

「合成の労働力、自主的に確保してるんで」

「……どういうこと?」

「合成委託会社に頼むんですよ。サンプル合成の一部をそっちにやらせます。っていうか、水田さんには伝えてありますよね?」

「はい、把握しています。それでもなお、自分にできることがあるのではないかと」

「……しょうがないな。他のメンバーには黙っておくつもりだったんすけどね」と呟き、元山が寝癖の付いた髪を引っ張った。「実は、裏技を使う準備もしてるんすよ。事務室で待っててください。黒幕を連れてくるんで」

元山は意味深な言葉を残し、階段の方へと走って行ってしまった。

「何でしょうね、黒幕というのは」

「さあ？　とにかく、事務室に行こうか。あと、白衣はとりあえず脱いで」

いつものスーツ姿に戻った恵輔と共に事務室に向かう。

春日は実験室に行っていて不在だった。二人きりの気まずい沈黙に耐えること数分。事務室に入ってきた元山の後ろには、角刈りの中年男性の姿があった。ベテラン研究員の高松だ。その顔を見ると、昨年、恵輔と共に開いた説明会で質問攻めにあったことが思い出された。

「どうして高松さんが？」と、恵輔が不思議そうに尋ねる。

「元山が、闇実験の話をしてくれっていうもんだからな」

「闇……？　あの、高松さん、違法行為に手を染めるのはちょっと……」

心配そうに眉間にしわを寄せる恵輔を見て、「安心しろ、そういうんじゃない。ただのスラングだ」と高松は笑った。「暇な時に、４３７の周辺誘導体合成を手伝うってことだよ」

「そんなことをしてもいいんですか？」

理沙の問い掛けに、高松は「研究員は裁量労働制だからな」と頷いた。「自分のテーマできっちり成果を出してりゃ、空き時間をどう使おうと勝手だろ。試薬は元山に買ってもらえば、予算の問題も起きないしな」

「もしご協力いただけるのであれば、もちろん非常にありがたいです。ただ、高松さんには何のメリットもないような気がするのですが……」

「メリットならなくはないぞ。特許が出た時に名前が載るだろう。薬剤の開発者の一員になれば、報奨金を受け取る権利が得られる」

「しかし、報奨金は薬剤の売り上げの五万分の一と決まっています。それを関係者全員で分けますから、仮に五百億円売れても、入ってくるお金はせいぜい年に数万円にしかなりませんよ」

「まあ、そうだな。だから、報奨金は副産物だ。どちらかと言えば、空いた時間を有効活用したい、って方が強いな」高松はそこで声を潜めた。「なんとなく察してると思うが、ウチの会社の先行きは暗い。今後、売り上げは確実に右肩下がりになる。そうなれば、人員整理の話も出てくるだろう。M&Aによる起死回生を狙うってパターンもありうる。合併相手が海外の製薬企業なら、この研究所を閉鎖するって可能性だってなくはない」

理沙は唾を飲み込んだ。高松の言うようなことが、実際に国内の製薬企業で起きている。事業の効率化は、経営陣にとって重要な課題の一つだ。会社を生き残らせるために、非情な選択をすることもある。

「そういう悲惨な未来を回避するためには、とにかくいい薬を作るしかない。俺はあんたらの出している成果を見て、患者の福音となる、新しい薬を生み出すポテンシャルがあると思った」

「このテーマを、面白いと思っていただけたんですか?」

「ああ、面白いね。手を貸す価値はある」

「ありがとうございます」

恵輔が差し出した手を、高松が力強く握った。

「実験を手伝うかどうかで揉めてたらしいが、合成のことは、本職の人間に任せておけばいい。あんたは、モノが出てきたあとの準備をしておいてくれ。迅速に特許出願を行い、臨床試験に向けた関係部署との打ち合わせを進める。そっちに力を注ぐんだ」

「分かりました。よろしくお願いいたします」

「あ、高松さん。まだ伝えてなかったんすけど、化合物合成は俺の知り合いにも頼んでますんで」

「そうなのか？　なんだよ、報奨金の取り分が減るじゃないか」

「みんな、自分のテーマがいまいちうまく行ってないみたいで、気晴らしに合成を手伝うって言ってくれてますよ。んじゃ、俺は実験がありますんで」

元山が荷物を置き、実験用の作業着を羽織って事務室を出て行く。

「やる気充分だな、あいつ。じゃあ、俺も自分のところに戻るか。何か進捗があったらデータを送ってくれよ。作るものの参考にしたいからな」

「了解です。経験豊富な高松さんの作る化合物をお待ちしています」と恵輔が自然な笑顔で応じる。

「おだてるな、おだてるな」

まんざらでもなさそうに笑い、高松が部屋を出ようとした。

ドアノブを摑んだところで、「――そういえば」と彼は足を止めた。

「水田。例の子とはあれからどうなったんだ」

「例の子とおっしゃいますと……」

「ほら、老人ホームで働いてる女の子だよ。ラルフ病の患者の」

あっ、と呟いたかと思うと、恵輔の顔がペンキを塗ったように赤くなった。その反応を見た瞬間、理沙の頭の中に警報音が鳴り響き始めた。

恵輔は理沙を気にしながら、「あの、高松さん、それは内密にという約束では……」と小声でたしなめた。

「そうだったか？　悪い悪い。聞いたのが一年以上前だからな。じゃ、今のはナシってことで頼む。詳しいことはまた今度な」

おざなりに手を合わせ、高松は事務室をあとにした。

恵輔は胸に手を当て、深呼吸を繰り返している。よほど動揺したのか、まだ顔が赤い。

訊くべきか訊かざるべきか。迷ったのは一瞬だった。逃げれば後悔するだけだ。

「水田くん。今の高松さんの言ってたこと、どういう意味か訊いていい？」

「えっと、その……」

恵輔は目を逸らし、胸ポケットのシャープペンシルに触れた。

「言いたくなければいいんだけど」

「いえ、別に隠すようなことではないんです。ただ、どうにも照れ臭くて」

恵輔が苦笑しながら自分の椅子に座る。

「老人ホームで働いている女性がどうとか、って聞こえたけど」

湖に張った薄い氷を踏むように、理沙は慎重に先を促した。

「滝宮千夏さん、という方のことです。僕より年下なのですが……ラルフ病を患っているせいで、車椅子生活を余儀なくされています」

恵輔は机に飾っているミニサボテンを見つめながら、千夏との出会いを語った。

彼女の歌がいかに素晴らしいかを説明する時、恵輔は何度もはにかんでいた。彼が千夏にどれだけの想いを寄せているかが、心に沁み込むように伝わってきて、理沙は息苦しさを覚えた。

恵輔は昨年の九月に千夏と知り合っていた。そのことを知り、理沙は自分が大きな勘違いをしていたことに気づいた。

あれは確か、社員食堂での会話だった。恵輔は、「祖父が入所した老人ホームに難病を患っている女性がいる」と言っていた。それを聞いて、理沙はその女性も高齢者なのだと勘違いしてしまった。患者の細胞を扱う機会はあったが、個人情報は伏せられている。そのせいで、細胞を提供した若い女性を、恵輔の言う「老人ホームの難病の女性」と結びつけることができなかった。

勘違いが訂正されると同時に、自分の中で引っ掛かっていた疑問も氷解した。

なぜ、恵輔は、親族でもない赤の他人のために創薬に挑もうと決めたのか。

千夏が特別な相手だから。好きな人のために、何かしてあげたいから――。理由はこの上なくシンプルだったのだ。

恵輔の話が一段落したところで、「ありがとう。貴重な話をしてくれて」と理沙は笑ってみせた。「そういう事情なら、とてもじゃないけどのんびりはしてられないよね。早く、滝宮さんに薬を届けてあげないと」

「そうですね。一日でも早く、という気持ちはあります」

照れたような恵輔の笑顔を見続けるのは、苦痛以外の何物でもなかった。理沙は「ごめん、私もそろそろ実験を始めなきゃ」と席を立つと、まだ千夏のことを話したそうな恵輔を置いて事務室を出た。

滝宮千夏。恵輔の話が本当なら、彼女は歌がうまく、気配りができて、同僚からも慕われている、素晴らしい人格者だということになる。

果たして、本当にそうなのだろうか。理沙は疑念を持っていた。出会いのインパクトが大きかったがために、恵輔は彼女のことを美化しすぎているのではないだろうか。

恵輔は千夏のために創薬研究に全力を傾けている。朝早くから夜遅くまで、平日も休日もなく、薬を創り出すことを常に考えている。

千夏はそれだけの熱意を注ぐに足る相手なのか。それを確かめたいという想いが、理沙の心の中で膨らみ始めていた。

理沙は足を止め、Tシャツの下に隠しているネックレスに触れた。

千夏に会おう、と思った。

自分が嫉妬していることには気づいていた。気づいていようがいまいが、その気持ちを抑えられないことも、理沙は知っていた。

大学時代、理沙は彼氏の浮気相手の自宅を突き止め、二人が会っている現場に乗り込んだ。修羅場になろうとも、そうしなければ自分が納得できないことを理解していたから、理沙は覚悟の上で突入を決行した。

愚かな真似だと分かっていても、恋愛が絡むと、どうしても自分を制御することができなくなる。それが自分の本質なのだ。

理沙は誰もいない廊下の真ん中で、ぽつりと呟いた。

「……やっぱ、ろくなもんじゃないや」

こそこそと嗅ぎ回るような真似は嫌だったので、理沙は恵輔に頼んで、楽悠苑への訪問に同行させてもらうことにした。

4

二〇一六年もいよいよ押し迫った十二月二十三日、金曜日。理沙は恵輔と共に楽悠苑を訪ねた。

ちょうどクリスマスのイベントが開かれており、玄関を入ってすぐのところには、高さ一メートルほどの、電飾やオーナメントで派手に飾られたクリスマスツリーが置かれていた。受付の来訪者名簿には、ずらりと人の名前が並んでいる。

「イベントがあるので、今日は多いですね」と恵輔が呟く。その口ぶりからは、何度もここに足を運んでいることが窺われた。

「祝日だしね。滝宮さんは歌を披露するのかな？」

壁に貼られた手書きのポスターを見て、「予定には入っています」と恵輔が嬉しそうに言う。

「ぜひ綾川さんにも聞いていてほしいです」

「もちろん聞くよ。そのために来たようなものだからね」

理沙は嘘をついた。歌からは人格は分からない。

イベントは午後二時からで、まだ一時間ほど時間があった。恵輔は祖父と面会するという。

「ぜひ顔を見て行ってください」と頼まれたので、理沙も挨拶だけはしておくことにした。

「祖父の名前は和雄といいます。足がうまく動かせませんが、健康は健康です。ただ、認知症が進んでいまして、僕なんかは会うたびに毎回違う名前で呼ばれます」と恵輔は苦笑した。

「じゃあ、私が会社の同僚だって伝えても分かってもらえないんじゃない？」

「そうかもしれません。でも、会話が成り立たないことはないですから」

和雄の状態について話しているうちに、彼の部屋に着いていた。

カーテンを開けて中に入ると、痩せた老人がベッドの上で絵本を読んでいた。

「こんにちは、おじいちゃん。調子はどうですか」

恵輔が呼び掛けると、和雄は「おお、慎司《しんじ》か」と言って絵本を閉じた。恵輔と慎司。一文字たりとも合っていないが、恵輔は特に気にすることもなく、「体の具合はいいみたいですね」とパイプ椅子に腰を下ろした。

「まあ、ぼちぼちやな。で、そっちのべっぴんさんは誰や？」

「同じ会社で働いている、綾川理沙さんです」

「初めまして。綾川です」と会釈すると、「慎司の嫁さんか？」と訊かれた。

「いえ、違いますが……」と否定したが、「慎司のことをよろしく頼んます」と言われてしまう。思い込みを訂正する能力が落ちているのは明らかだったが、恵輔は気にしていないようだった。慣れているのだ。

「……水田くん。私、お邪魔だと思うから」

「あ、そうですか。ではまたあとで」

ねじれたやり取りに居心地の悪さを感じ、理沙は恵輔に断って部屋を出た。

気を取り直し、本来の目的である千夏との面会に挑む。「ラルフ病患者と交流したい」という名目で、彼女とぜひ話をしたいと事前に伝えてあった。

施設職員に声を掛け、面談室へと向かう。中は十帖ほどの広さで、二人掛けの革のソファーが二台、向かい合わせに置かれていた。部屋の奥の窓からは、建物の裏手にある庭が見える。葉が落ち、幹と枝だけになった、細くて低い木が並んでいた。まるで死を待つだけの痩せ衰えた老人だな、と不謹慎なことを考えてしまう。

ソファーに掛けてしばらく待っていると、ドアがノックされる音がした。理沙は立ち上がり、ドアを開けた。

「あ、すみません。ありがとうございます」

廊下にいた車椅子の女性が、理沙を見て微笑んだ。

澄んだ瞳に見つめられたその瞬間、理沙は彼女に好感を抱いていた。化粧は薄く、どちらかと言えば童顔で、子供っぽい印象がある。だからこそ、ありのままの純粋な美しさがストレートに伝わってくる。

「滝宮さんでいらっしゃいますか？　旭日製薬の綾川と申します」

「初めまして。滝宮千夏です」と千夏が会釈をした。

理沙はドアを押さえ、千夏が入れるようにした。千夏はソファーのところまで車椅子を進めると、ソファーの肘掛けに手を伸ばした。そこに座るつもりらしい。

「そのままで結構ですよ」

「いえ、大丈夫です。細かい動きはできませんけど、筋力はまだ落ちてませんから」

千夏はそう言うと、ソファーの肘掛けと座面に手を置き、器用に体を反転させてソファーに座った。

「すみません、気が利かなくて……」

「いいんです。なるべく体を使うように心掛けているんです。そうすれば、病状の進行がゆっくりになるらしいので」

千夏はにっこり笑い、「どうぞ」と向かいのソファーを理沙に勧めた。

「綾川さんは、ラルフ病治療薬の研究をなさっているんですか？」

「はい。チームの一員として、生物系の実験に従事しています」

「そうなんですね。まずは、ありがとうございますと言わせてください」

千夏は膝に手を置き、深々と頭を下げた。

「いえ、そんな。まだお礼を言われるほどのことはしていませんから」

千夏は顔を上げ、「こういうことを訊いていいのか分からないのですが」とわずかに眉をひそめた。「研究は、順調に進んでいるのでしょうか」

「水田くんから聞いてませんか？」

「ええ。お会いするたびにそれとなく尋ねるのですが、担当者ではないので分からないそうなので……」

千夏の言葉の意味が理解できず、理沙は首を傾げた。

「担当者じゃないって、どういうことですか？」

「水田さんは事務のお仕事をされているんですよね。なので、具体的な進み具合はご存じないんじゃないでしょうか」

「事務……ですか。でも、今は……」

同じチームでリーダーをやっていますけど、と言おうとして、理沙は口を噤《つぐ》んだ。

何かがおかしい。

ひと呼吸置いてから、理沙は「……水田くんとは、よく話をされるんですか」と尋ねた。

「時々ですね。水田さんがお祖父さんのお見舞いに来た時に話すくらいで。水田さん、すごくお祖父さん想いなんです。お孫さんで熱心に足を運んでくださる方はとても少ないんですよ」

「……そうなんですか」

恵輔は、自分がラルフ病の創薬に携わっていることを千夏に伏せている。

理沙はそう結論付けた。理由も想像はつく。恵輔はきっと、患者とそれを治そうとする側という区分を作りたくなかったのだろう。フラットな関係のまま、あくまで一人の男性として、千夏と親しくなりたいと思っているのだ。

問題は千夏の方だ。彼女に、恵輔を受け入れる意思があるのかどうか。それを確かめねばならない。

話題をどうやってそちらに持っていくかを考えながら、理沙はラルフ病の研究が比較的順調に進んでいることを千夏に伝えた。

まだ弱いながらも効果のある物質が見つかったことを知り、千夏は「すごいです」と手のひらを合わせた。「心強いです。そのニュースを、他の患者さんにも伝えてあげたいくらいです」

「あ、いえ、それは……」

「分かっています。企業秘密なんですよね」

「……それもそうなんですが、正直なところ、薬になるかどうかはまだ分かりません。ごめんなさい。期待感を持たせるような説明ばかりをしておいて」

「いえ、いいんです。この間、同僚に言われたんです。『難しい病気の薬を作るのは、そううまく行くものじゃない。製薬企業を信じすぎると裏切られるから、一喜一憂するな』と……」

理沙は何も言えなかった。製薬企業は成果をアピールするために、臨床試験に入った薬剤は、積極的に決算報告書に載せる。しかし、臨床試験を中断する際は、資料の隅に小さな字で記載するだけだ。「うまくいくかもしれない」というニュースはいくらでも溢れているが、本当にうまくいくものはごく一部にすぎない。

「でも！」と千夏は明るく言った。「期待することは、病状を悪化させないために役立つと思うんです。それに、たとえ失敗に終わったとしても、『誰かが創薬にチャレンジした』という事実は残ります。それは、『また誰かが薬を創ろうとするかもしれない』という期待に繋がりますよね。希望が途切れない限り、私たち患者は明日を信じて生きていけると思うんです」

「そう言ってもらえると、私たち創薬研究者も救われます。もちろん、途中で終わらないように最大限の努力はしますけど」

「お互いに、病気と気長に付き合っていきたいですね。病は気からと言いますし」

千夏が微笑んだ時、ドアがノックされる音がした。

「失礼します」

ドアが開き、施設職員のユニフォームを着た若い男性が顔を覗かせた。年齢は千夏と同じくらいだろう。引き締まった体つきと、精悍な顔だち。快活というのだろうか、その明るい表情からは、溢れんばかりの生命力が感じ取れた。

「どうしたの?」

「そろそろレクリエーションが始まる時間だよ」

千夏の浮かべた笑みに、男性が笑顔で応える。二人は親愛に満ちた視線を交わし合っていた。その仕草の端々に、同じ職場で働いているだけでは到底培い得ない、強い絆が見て取れた。

心拍数が上がる。理沙は服の上からネックレスを押さえつつ、「あの、そちらの方は……」と二人を交互に見比べた。

「旭日製薬の方ですね。滝宮がいつも大変お世話になっております」

男性は礼儀正しく一礼し、千夏に目で合図をした。

千夏は恥ずかしそうにはにかみながら、「こちらは長尾《ながお》さんです。楽悠苑の職員で、その……私の婚約者なんです」と彼のことを紹介した。

「婚約者……」予想通りの返答に、頬が熱くなる。「もう、お付き合いされて長いんですか」

「そうですね。私が病気になる前からですから……もうすぐ四年になりますね。でも、婚約したのはつい最近なんです」

「ずっと別々に住んでいたんですが、ようやく頭金が貯まったので、ローンで家を買いまして。二人で暮らす前に、けじめのつもりで婚約しました」と、長尾は誇らしげに言った。

千夏と長尾は同じ時期に楽悠苑で働き始め、すぐに惹かれ合って恋仲になったという。

「とてもお似合いですよ」と理沙は言った。お世辞ではなく、本当にそう思った。世界中を探し回っても、彼らは今の相手以上のパートナーを見つけることはできないだろうという気がした。

「じゃあ、すみませんけど、私はそろそろ行きますね」

千夏は長尾に見守られながら、一人で車椅子に戻った。自力で車椅子を漕いで部屋を出ようとする千夏を、「あの」と理沙は呼び止めた。

「長尾さんのこと、水田くんにも紹介されましたか?」

「いえ、まだです。水田さんにもお世話になっていますから、そのうち彼から挨拶をしてもらおうと思っています」

千夏は朗らかにそう答えて、長尾と共に部屋を出て行った。

それを見送り、理沙はソファーに掛けたまま、深く息を吐き出した。


午後四時過ぎにクリスマス特別レクリエーションが終わり、理沙と恵輔は楽悠苑をあとにした。帰りは行きと同じく路線バスだ。二人で並んで、うっかりしたら転んでしまいそうな、急な坂を下りていく。

理沙は足元に気を遣いながら、恵輔の横顔を窺った。彼は楽しそうに鼻歌を歌っていた。千夏がレクリエーションで披露した、マライア・キャリーの『恋人たちのクリスマス』だ。

理沙の視線に気づき、「あ、すみません、うるさかったですか」と恵輔が歌うのをやめた。

「ううん。ずいぶん機嫌がいいなと思って」

「いやあ、やっぱり歌って素晴らしいなと思いました」と恵輔が笑う。「人の心に訴え掛ける何かがありますね。こう、体がぽかぽかするというか、痺れたようになるというか……感動が具体的な生理現象として表れているような気がします」

「……歌にそういう力があることは否定しないけどね」

歌い手が千夏さんだから、それだけ影響されてるんだよ――。

その言葉を呑み込んで、理沙は視線を正面に戻した。バス停へと向かう者は他にはおらず、辺りは静まり返っている。

確かに千夏の歌はよかった。伸びやかで澄んだ歌声は、素人にしておくのが惜しいくらいのレベルだと感じた。

ただ、理沙はどうしても彼女の歌に集中することができなかった。

千夏には婚約者がいる。そのことを恵輔に伝えるべきか、理沙は迷っていた。

わざわざ言わなくとも、何度か楽悠苑に足を運んでいれば、いずれ千夏の方から報告があるだろう。遠くない未来に恵輔がその事実を知るのは確実だ。

問題は、恵輔が受けるショックの大きさだ。他人から聞くのと、本人たちから直接伝えられるのと、どちらが精神的なダメージが小さくて済むか。理沙はその点について答えを出せずにいた。

考え事をしていたので、黙っている時間が長くなった。坂を下り、バス停が見えてきたところで、「なんだか疲れているみたいですね」と恵輔に言われてしまった。

「……うん。最近、遠出することがなかったから、ちょっとね。まあ、この程度の距離で遠出っていうのも変だけどさ」と理沙はごまかした。

「タクシーを呼びましょうか」

「いいよ、もったいないよ。バスで帰ろう」

バスが来るまではまだ少し時間があった。理沙は恵輔と並んでベンチに腰を下ろした。

日中は暖かかったが、夕方が近づくにつれて急に気温が下がってきていた。まるで、恋人たちが自然と互いに触れ合うように誰かが仕向けているかのようだ。

「滝宮さんって、素敵な人だね」

理沙は向かいの民家の二階を眺めながら呟いた。ベランダから吊り下げられたサンタクロースの形の電飾が、点灯の時を静かに待っていた。

「そうですね。病気で苦労をしているはずなのに、それを感じさせない明るさがあります。きっと、心がとても強い人なんでしょうね」

理沙は左隣に顔を向けた。恵輔は坂の上を見ていた。斜面の木々のせいで楽悠苑の建物はここからは望めない。それでも、恵輔の瞳はきらきらと輝いていた。

「……水田くんは、彼女のために薬を創りたくて、頑張ってるんだね」

「え、いや、まあ、病気に苦しんでいる皆さんのために、ですが」

恵輔ははじかれたようにこちらを向き、早口にそう言った。

「は？　なんで今更慌てるの」自然と、口調が刺々しいものになってしまう。「去年のテーマ提案の時に、自分で言ってたじゃない。彼女と出会って、自分にできることをやりたいと思ったって。その気持ちは今も変わってないんでしょ」

二度ほど瞬きをしてから、恵輔は顔を正面に戻した。

「確かに、そういう想いが、僕の根底にはあると思います。……すみません。綾川さんやチームの皆さんを、こんな個人的なことに巻き込んでしまって」

「大丈夫。動機がなんであれ、水田くんが精一杯頑張ってるってことは分かってる。それに、私たちも研究を楽しんでる。だから、自分の思った通りにやればいいよ。頼りにしてるからさ」

「ありがとうございます」

恵輔が力強く言った時、近づいてくるバスが見えた。

「来たね」

理沙はベンチから立ち上がった。迷いはもう、吹っ切れていた。恵輔には何も言わない。理沙はそう決めた。

千夏への想いが叶わぬものであることを恵輔は知るだろう。そのショックは、ラルフ病の治療薬研究に悪影響を及ぼす可能性もある。だからどうだというのか。そうなったら、そういう運命だったと割り切るだけだ。テーマを提案し、研究を始めたのは恵輔だ。ならば、恵輔にはそれを終わらせる自由もあるはずだ。たとえそれが、社会人としてあるまじき決断だったとしても、理沙はそれを支持するつもりだった。

「綾川さん?」

はっと顔を上げると、先にバスに乗った恵輔が、手摺りを持ったまま不思議そうに理沙を見ていた。

「あ、ごめん、ちょっと考え事してた」笑ってバスに乗り込み、理沙は恵輔の肩を軽く叩いた。

「研究、頑張ろうね」

「ええ。もうすぐ最初の一年が終わります。来年も全力で行きましょう」

恵輔は意欲に満ちた表情でそう言った。

いつか、この熱意は砕かれる運命にある。何も言えないもどかしさを噛み締めながら、「うん、全力でね」と理沙は頷いた。

5

二〇一七年が始まってしばらく経った、一月半ばのある土曜日。午前十時過ぎに、理沙は会社の最寄り駅である、石津川駅の改札を抜けた。今日は休日出勤だ。

今朝はこの冬一番の冷え込みらしい。よく目を凝らすと、時々白いものが舞っているのが分かる。初雪だ。

じっとしていたら顔や耳が凍りそうだ。理沙はマフラーに顎を埋め、憎らしい北風が吹く中、研究所への道を歩いていった。

やがて東門が見えてきた。門の前で、中年の女性が守衛の男性と話をしている。見たことのない顔だった。

社員証を見せて通り過ぎようとしたところで、「綾川さん。すみません」と守衛の男性に声を掛けられた。

「――はい?」

「研究本部の春日さんをご存じでしょうか」

「ええ、知ってます」

頷き、女性を見る。年齢は五十歳前後だろう。トートバッグを胸に抱え、心配そうにこちらを窺っている。薄い眉も細い目も下がり気味で、いかにも不安げな様子だ。

「荷物を渡してほしいとこの方に頼まれたんですが、内線電話で呼び出しても反応がないんです。平日なら自分で渡しに行くところですが、今日は一人なんで、ここを離れられなくて」

「そういうことなら、私が代わりに届けますよ」

「ありがとうございます」女性が安堵の笑みを浮かべた。「どうぞよろしくお願いいたします」

理沙は、彼女が差し出したトートバッグを受け取った。

「確かに承りました。……あの、失礼ですが、春日さんとはどういうご関係なのでしょうか？」

「妻です」恥ずかしそうに彼女が答えた。まるで少女のような初々しさがある。「弁当を渡そうと思っていたのですが、うっかり忘れてしまって」

春日が結婚していたことを、理沙は初めて知った。春日が指輪をしているところを見た記憶はない。実験の邪魔になるのが嫌で外しているのだろう。

「そうですか。わざわざご苦労様でした」

立ち去ろうとしたところで、今度は春日の妻に「あの」と呼び止められた。

「ひょっとして、春日と同じ、水田チームの綾川さんですか？」

「はい。そうですが」

「よかった。聞き間違いではなかったんですね」胸に手を当てて白い息を吐き出し、彼女は深々とお辞儀をした。「いつも春日がお世話になっております」

「いえ、こちらこそ」

「最近、春日は家でよく職場の話をするようになりまして。リーダーの水田さんや、合成を担当している元山さんのことも存じております。皆さんには本当によくしていただいているようで

「……」

「はあ、そうですか……」

会社では無駄口を利かずに黙々と実験をしている春日が、家ではチームのメンバーの話をしている。その光景がうまく想像できなかった。

「昔は会社のことなんて、何も言わなかったんですけどね。最近、仕事が楽しくて仕方ないみたいで」

「すみません。会社にいる時間がすごく長いですよね。チームが少人数なので、どうしても一人当たりの作業量が多くなってしまうんです。春日さんが頑張ってくれているおかげで、なんとかやっていけてます。申し訳ないです。研究のためにいろいろとご不便をお掛けして……」

「いえ、いいんです。とても久しぶりに、張り切ってるあの人を見られましたから。家で無駄にゴロゴロしてるより、ずっと有意義です」春日の妻は嬉しそうに言った。「口下手で付き合いにくいと思いますが、引き続きよろしくお願いしますね」

もう一度丁寧に頭を下げると、春日の妻は雪が舞う中を一人帰っていった。

理沙はトートバッグをなるべく揺らさないようにしながら、研究本部棟に入った。

事務室に向かうと、春日が自分の席でデータをまとめていた。

「おはようございます」

「あ、ああ、どうも」と春日が顎を突き出すように会釈する。

「さっき、東門のところで奥さんとお会いしましたよ。お弁当を届けに来たそうです」

トートバッグを差し出すと、春日は「弁当?」と首を捻った。「べ、弁当なら、もう持ってますが」

机の上には、確かに弁当箱が置いてある。トートバッグの中身を確認すると、机に載っているのと同じものが入っていた。

「……勘違いされたんでしょうか。あれ？　付箋が貼ってありますよ」

ピンク色の紙片には、〈夜の分〉と書いてあった。それを見せると、春日は「ど、どういう風の吹き回しだろうな」と頭を掻いた。

「遅くまで実験をされているので、栄養が足りているか心配になったんじゃないですか。春日さん、夜はいつもカップ麺ですよね」

「ま、まあ、それが手っ取り早いので」

照れ臭そうに笑いながら、春日は新しく届いた方の弁当箱を優しく撫でた。

「……すごいですよね、春日さんは」

「え？　な、何がですか」

「ずーっと実験してるじゃないですか、最近」

「あ、も、申し訳ないです。いつも遅くまで付き合わせてしまって」

「それは全然気にしてないです。春日さんの方が長く会社に残ってるわけですし、やればやるほど成果が出る時期ですから」

実験室ではしょっちゅう二人きりになるが、事務室でこうして会話を交わすのは珍しいことだった。言えなかったことを言うなら、今しかない。

「――いろいろすみませんでした！」

理沙は背筋を伸ばし、しっかりと誠意を込めて頭を下げた。

「え、ど……どうしたんですか」

「私、春日さんのことを、仕事のできない人だと思ってました。でも、それは間違いでした。春日さんがいてくれたおかげで、こうして研究が続いています。だから、思い違いを謝ろうと思って」

正直に想いを伝えると、春日は「べ、別に謝るようなことではないです」と首を横に振った。

「と、というか、私の方こそ謝らないと。い、いつぞやは、え、榎井先生に会わずに逃げてしまってすみませんでした。み、水田くんには、気にするなと言われたんですが、綾川さんには、ちゃ、ちゃんと謝罪してなかったので」

「あれは確かに、印象が悪かったです」と、理沙は明け透けに言った。

「わ、私はそういう、畏まった場が苦手なんです」春日は理沙を視界の外に追いやるように、視線を足元に固定している。「ひ、人とのコミュニケーションが全然ダメで、な、何度か講習を受けたんですが、な、直りませんでした。だ、だから、未だに八級なんです。ほ、本当に、それに関しては情けないと思っています」

「でも、細胞を扱うことに関しては素晴らしいスキルをお持ちじゃないですか。社内で……いや、製薬業界でナンバーワンですよ！　もっと自信を持ってください」

それはお世辞でもなんでもなかった。「細胞の声を聞く」。春日はただ顕微鏡を覗いているのではない。ミクロの世界とのコミュニケーションを取っているのだ。それと同じ芸当ができる人間が他にいるとは思えない。春日は間違いなく、「一級」の研究者だ。

「あ、ありがとうございます」

春日はちらりと理沙を見て、またすぐにうつむいた。

「……わ、私は、入社してすぐ、き、希少疾患のテーマに配属になったんです。若くして網膜に色素が沈着して、目が見えなくなる病気の創薬です」

「そんなテーマがあったんですね、ウチの会社に」

「に、二十年以上前のことですから、知らなくて当然でしょう」と春日が頷く。「そ、そのテーマは順調に進みました。ど、動物モデルで効果のあるものが見つかって、しょ、少人数のチームでしたけど、全員が、夢中で実験をしてました」

「今と状況が似てますね。それで、そのテーマはどうなったんですか」

「会社の方針で、きゅ、休止されました。市場性に疑問があるから、潜在的な患者の掘り起こしが進むまで、す、少し様子を見ようと……」

「……再開されましたか？」

「お、終わるという決断はされてないので、い、今も休止中です」と春日は寂しそうに言った。

「た、たぶん、もう私しか覚えていないでしょうが」

「いくら昔のこととはいえ、呆れますね」

「そ、それ以降、私はテーマをたらい回しにされてきました。テーマの方針決定に関わることもなく、べ、便利屋のようにあちこちで単調な仕事をやりました。さ、最初は不満もありました。でも、いつの間にか現状に慣れている自分がいて……。作業だけやっていればいいというのは、あ、ある意味ではとても楽です。ただ、い、言われたことをこなせばいいので」

ですが、と春日は骨ばった自分の手に視線を向けた。

「お、同じ文字を使っていても、『楽』と『楽しい』はイコールではないです。わ、私はある意味では死んでいたんです。だ、だから、逆に今が、す、すごく充実しているんです。じ、自分の中にまだこれだけの体力が残っていたことに、お、驚いています」

——昔は会社のことなんて、何も言わなかったんですけどね。

春日の妻の言葉が、ふと蘇る。「環境って大事ですよね」と理沙は言った。「薬理研究部の中でどういう判断がなされたのか分かりませんけど、結果的にはベストな人材がチームに来てくれたんだと思います」

春日が顔を上げ、何度か瞬きを繰り返した。眼鏡のレンズの向こうで、小さな目が潤んでいた。

「……そ、そう言ってもらえると、なんというか、報われた気がします」

「私も、伝えたかったことが言えてよかったです」

いくつかの偶然が重なったおかげで、ずっと気になっていたわだかまりを解消することができた。ひょっとすると、今日のこの時間は、春日の妻が仕組んだものなのかもしれない。ありえないと分かっていても、ついそんなことを考えてしまった。

「奥さんに感謝、ですね。よろしくお伝えください」

理沙はそう言って、春日の机の上に並ぶ二つの弁当箱を眺めた。

6

チームメンバーの努力、また、高松を始めとする研究員たちの協力もあり、薬剤探索は年明けから加速していった。

４３７を超える効果の化合物が増えていくに連れ、理沙の担当である、薬物動態関連の試験の頻度も増した。

ルーチンワークで行われている初期薬物動態評価をクリアした物質については、ラットを用いた動態試験を積極的に行うようにした。

薬剤投与、採血、排泄物《はいせつぶつ》の分析と、動態試験はそれなりに手が掛かる。週に二点の物質を評価するので精一杯だ。春日の実験の手伝いと並行してラットの世話をするのはかなりきつかったが、理沙は土日返上で会社に通い詰めた。

そんなハードな日常を送りつつ、理沙は恵輔の様子を注意深く見守っていた。一月が過ぎ、二月に入っても、恵輔は意欲的に会議や資料作りに励んでいた。まだ、千夏に婚約者がいることを知らされていないのだろう。

恵輔が真実を知る時は必ず来る。為すすべなく時限爆弾を見守るような心持ちで、理沙はめまぐるしい日々を過ごしていた。

二月十日。次に行う動態試験の試験計画書を作成していた理沙のところに、電話がかかってきた。

「綾川さん。すみません、花園《はなぞの》です。今、お時間よろしいでしょうか」と、相手は弱々しい口調で名乗った。花園は薬物動態部の研究員で、入社年度は理沙の一つ下だ。

「うん、大丈夫。どうしたの、電話なんて珍しいね」

「……そちらのテーマ、来週の動態試験の枠を取っていますよね」花園は咳払いを挟んで、聞き取りにくい、低い声で続ける。「申し訳ないのですが、その枠を譲ってもらえないでしょうか」

「それは無理」と理沙は即答した。「こっちにはこっちのスケジュールがあるから」

「もちろんそれは重々承知しています。ただ、こちらにものっぴきならない事情がありまして……」

「なにそれ、事情って。はっきり言ってよ」

「ええと……あの、じゃあ、直接会って話をさせてもらえませんか」

花園はいかにも気乗りしない様子でそう提案してきた。周りに人がいる状況では話せないのか、あるいは自分と交渉することを恐れているのか。おそらく両方だろう。分かった、と理沙は了解し、五分後に三階の会議室に来るように伝えた。

事務室を出て、小会議室に入る。しばらくすると、花園がやってきた。廊下を走ってきたらしく、息が少し乱れている。

かつては同じ部門にいたとはいえ、所属していたチームが違ったため、花園と顔を合わせるのはずいぶん久しぶりだった。まだ若いのに髪の薄さが目に付く。最後に会った時より、さらに生え際が後退しただろうか。広い額が、蛍光灯の光を受けて白く輝いていた。

「急に連絡をしてすみません」と謝りつつ、彼は椅子に座った。

「ホントにね。いきなりすぎて驚いたよ。で、電話で言ってた事情って何？」

花園は理沙の顔をちらちらと窺いながら、「今、僕はGPR40作動薬の研究チームにいます」と言った。

GPR40作動薬は、糖尿病の治療薬だ。新しい作用メカニズムの薬剤で、医薬品としての承認を受けたものはまだ一つもない。

「研究本部の掲示板には出てないんですが、今度、ＧＰＲ40作動薬が重点研究に選ばれることが内定しまして……」

その説明で、理沙は事情を理解した。旭日製薬では、特に高い市場性が見込めるテーマを「重点研究」に認定することがある。認定を受けると、そのテーマに研究員と予算がつぎ込まれるのだが、リソースには限りがあるため、他のテーマから人や金が剝ぎ取られることになる。

「話が見えたよ。そっちのテーマで動態試験をやりたいから、こっちの枠を譲ってくれって言うんだね」

「そういうことになります……」と申し訳なさそうに花園は言った。

「状況は分かったけど、私の答えはやっぱりノー。こっちは今、順調に成果が出てるところなの。化合物合成の方向性を決めるには動態試験のデータが必要で、その取得が遅れたら、想定スケジュールが後ろにずれ込むことになる。それは許容できない」

「おっしゃることは実にもっともです。僕も、無理筋を通そうとしていることは重々承知しています。ただ、それでもお願いせざるを得ない状況でして……」

薄々察してはいたが、やはりそういうことか。黒幕がいるのだ。

「この話、そもそも誰が言い出したの？」と理沙は切り込んだ。

「薬理の部長の今橋さんです。『重点研究になるんだから、試験のスピードも上げろ』と、薬物動態部の方に要求されまして。言っていることは正論で、化学も薬理も人を増やすという話ですし、とても断れそうになくて……」

花園は額に汗を滲ませながらそう説明した。

「いいよ、分かった。私が直接、今橋さんと話をするよ」

「……いいんですか？」

「いいも悪いも、そうするしかないでしょ」

ここで自分が拒否し続けても、板挟みになっている花園を苦しめるだけだ。言い出しっぺの人間と交渉しなければ、無駄に時間を使うだけになる。

花園と別れて事務室に戻った理沙は、今橋に面会を申し込むメールを送信してから、動態試験に関する状況を恵輔に説明した。

話を聞き、恵輔は「困りましたね」と表情を曇らせた。

「引き下がることはないよ。試験の枠は前から確保してたんだから。よこせって言う方がおかしいんだよ」

「それはそうなんですが、独立したチームとはいえ、僕たちも旭日製薬の一員ですからね……」

「会社としての判断が、道義を凌駕するってこと？　そういうケースがあるのは否定しないけど、抵抗はしなきゃダメだよ。こっちだって、データが必要なんだから。戦争だよ、戦争！」

理沙が拳を握り締めてみせると、恵輔は不安そうに眉根を寄せた。

「なんとなく、表情が生き生きしてきたように見えますが……」

「私はね、割り込みとか横取りとかが大嫌いなの」

血がたぎるこの感覚は久しぶりだ。恵輔のチームに配属されて以降、会議や社内発表会に参加する機会は減ったが、伊達に〝爆弾娘〟――我ながらひどいあだ名だと思う――と呼ばれていたわけではない。

「分かりました。では、僕も今橋さんとの話し合いに同席します」

「え？　いいよ、私だけで」

「テーマの進捗に関わる重大事ですから。綾川さんだけに責任を背負わせるわけにはいきません」

理沙は恵輔の顔をじっと見つめた。

「私じゃ頼りにならない？」

「いえ、むしろその逆です」と恵輔は首を振った。「今橋さんは影響力のある方です。議論が白熱し、うっかり相手を激怒させたら、見せしめ的に異動させられる恐れもあります。綾川さんはチームにとって欠かせない人材です。責任者として、綾川さんを守りたいんです」

守りたい。その言葉に、理沙は思ってもみないほど動揺した。研究に必要な戦力だから、という前置きがあったにもかかわらず、脳が都合のいい解釈をしてしまった。

理沙は恵輔から視線を逸らし、「……分かった、じゃあ二人で行こう」と言って、自分の席に戻った。

メールをチェックすると、今橋から返信が届いていた。〈今から一時間以内であれば、面会可能〉とのことだったので、〈すぐに伺います。水田くんも一緒です〉と返した。

今橋は、薬理部門の事務室や実験室が集中している四階にいる。理沙は恵輔と共に、彼の執務室に向かった。

今橋の部屋に来るのは初めてだった。ドアの上部にはめ込まれたすりガラスを通して、黒い影が見える。そのシルエットから、理沙は不気味な威圧感を感じた。

行くよ、と恵輔に小声で合図をしてから、理沙はノックをしてドアを開けた。

今橋は部屋の中央に堂々と立っていた。彼は表情を変えずに、「座ってくれ」と、打ち合わせ用の事務机に手のひらを向けた。

椅子が二脚ずつ、向かい合わせに置かれている。恵輔を先に座らせ、理沙はその隣に腰を下ろした。今橋が座ったのは理沙の正面の席だった。

「動態試験の件で話があるということだが」

今橋は机の上で手を組み、恵輔と理沙をゆっくりと見比べた。

「GPR40作動薬の薬物動態担当者から、私のところに連絡がありました」理沙は冷静に事実を述べるところから始めた。「こちらで確保している試験の枠を譲ってほしい、とのことでした。今橋さんの意向が強く働いていると伺いましたが、それは本当なのでしょうか」

「ああ、そうだ」今橋は悠然と頷いた。「重点研究に選ばれたからな」

「だからと言って、他のテーマを押しのけてまで試験を進めるのは横暴ではありませんか」

「GPR40作動薬を重点研究に選んだのは、私だけの考えではない。池戸本部長および、各部門の部長全員が賛同している。つまり、この研究にはそれだけの価値があり、会社として最優先で進めるべきだと、そう決定されたことになる。必要な試験を、必要なタイミングで実施するのは当然だ」

「本当に必要なんでしょうか」熱くなりかけている頭を鎮めようと、理沙は声を抑えて尋ねた。「時々、GPR40作動薬のチームの方と話す機会があるのですが、『表を埋める作業ばっかりだ』とこぼしているのを聞いたことが何度かあります」

今橋が微かに眉をひそめた。

「それはどういう趣旨の発言だ？」

「要は、作業量が多すぎるということです。ある条件をクリアして初めて次の試験を行うのではなく、結果にかかわらず手当たり次第にデータを集め、表に数字を書き込むことばかりに注力している……。そのことに疑問を覚えている人もいるようです」

「効率的ではないことは認める。先行して試験を進めた結果、取ったデータが無駄になるようなこともあっただろうが、やむを得ないことだ。すべては研究速度を上げるためだ。多少効率が悪くとも、リソースをつぎ込むことで時間短縮が狙えるならそちらを選ぶ。GPR40作動薬は、他社との研究競争の真っ最中なんだ。我が社は規模が小さく、予算や人員の面で大手に負けている。一極集中で全社を挙げて挑まねば、決して勝てない戦いをやっているんだ」

「それは僕たちも同じです。効率を犠牲にしてでも前に進まねばならないと思っています！」

黙って話を聞いていた恵輔が、意外なほど強い口調で議論に加わってきた。

「志の話をしているんじゃない。会社としての投資判断のことを私は言っている。いいか。我々のテーマは、会社の将来を決める重要なプロジェクトだ。開発に成功し、販売に漕ぎつければ、会社に何千億といった利益をもたらすポテンシャルがある。しかし、ぐずぐずしていたら、それを手にする機会は永遠に失われる。お前たちのような、小さなリターンしか期待できない研究に枠を与えている余裕はない。四の五の言わずに、動態試験を延期するんだ」

「利益がすべてなのですか」

恵輔はシャープペンシルを握り締め、今橋を見据えながら言った。

「それだけで何もかもが決まるとは言っていない。もちろん、社会的な貢献のためでもある。

我々が創薬に成功すれば、何百万人という糖尿病患者に新たな治療選択肢が生まれる。彼らのために、我々は必死に努力しているんだ」

「今橋さんには、その『彼ら』の顔が見えているんでしょうか」

恵輔が口にした問いに、「……何だと？」と今橋が怪訝な表情を浮かべる。「何が言いたい」

「患者さんが何に苦しみ、何を求めているのか、本当に理解しているのですか、とお尋ねしています」

恵輔は一切怯むことなく、堂々とそう言い放った。

一瞬たじろいだようにも見えたが、今橋はすぐさま、「理解しているに決まっているだろう」と言い返した。「だからこそ、この研究を進めているんじゃないか」

「GPR40作動薬に関して、今橋さんは先ほど、他社との研究競争の真っ最中だとおっしゃいました。それは裏を返せば、我々が研究を止めても、いずれ薬剤が世に出るということになります。一方、僕たちのテーマはそうではありません。僕たちがやらなければ、治療薬は生まれないんです。完成が遅れれば遅れるほど、失われていく命が増えるんです。もし、我々の存在意義が患者さんの幸福のためにあるのなら、むしろGPR40作動薬の研究を止めるべきではありませんか」

「詭弁《きべん》はやめろ！」今橋がテーブルに拳を打ち付けた。「我々はビジネスをやっている！治せる患者とそうじゃない患者を区別し、適切に治療法を提供することが使命だ！理想論ばかり語っても、社員に満足な給料は払えないんだぞ！」

「我が社には、理想を現実にする力があると思います。それを信じることが、きっと会社の未来にも繋がるのではないでしょうか」

「それは私も同じだ！　信じているからこそ、果敢に創薬に挑んでいるんじゃないか！」

「糖尿病の治療にはすでにいくつもの選択肢があります。そこにGPR40作動薬を加えることに、どれほどの意味があるのでしょうか」

　恵輔の意見に、今橋は唇を歪めて嘲りの笑みを浮かべた。

「それこそ素人の浅はかな考えだ。糖尿病は致死的な疾患ではないが、長期的に見れば、血糖コントロールによって、他の疾患の発症を抑え、患者の余命を延ばすことができる。命を救うという意味においても、こちらに分がある」

「しかしですね――」

　恵輔はさらに反論を試みようとする。今橋の挑発的な態度に熱くなっているのか、耳の先が真っ赤だ。

「ちょっと、水田くん」と理沙は待ったを掛けた。「創薬のあり方についての議論をしに来たんじゃないよ。来週の動態試験をどうするかを考えないと」

「それに関しては、最初から結論が出ている」今橋は腕を組み、椅子の背に体を預けた。「君たちを納得させるために担当者から話をさせたが、薬物動態部長は実施を了承している。そちらのテーマの動態試験は再来週に延期される」

「納得できません！」

　理沙は抵抗を試みたが、「話は終わりだ」と今橋は席を立った。「無駄なことはやめて、今できることをするんだな」

「それが動態試験なんですけど」

理沙の呟きを無視して今橋は自分の席に座り、仕事を再開した。

恵輔はゆっくりと立ち上がり、「生意気なことを言ってしまって申し訳ありませんでした」と今橋に頭を下げた。今橋は何の反応も見せずに、ノートパソコンのキーボードを淡々と叩いていた。

「行きましょうか」

恵輔に促されて腰を上げ、「失礼します」とだけ言って、理沙は部屋を出た。

廊下を歩きながら、「なんか、変な感じ」と理沙は口を尖らせた。「私が議論を吹っ掛ける前に、水田くんの方がヒートアップしちゃうんだもん」

体の中で、行き場のないエネルギーが渦巻いている感覚がある。不完全燃焼もいいところだ。

「……すみません。つい、黙っていられなくなって」

「それだけ、テーマへの思い入れが強いってことだよね。リーダーとして立派だったと思うよ」

千夏に薬を届けるためなら、今橋と戦うことも辞さない。恵輔のその姿勢を頼もしく思う一方、嫉妬している自分がいた。それだけの覚悟を彼に背負わせるほど、恵輔は千夏に入れ込んでいるのだ。

「しかし、結論は覆りませんでした。動態試験は少なくとも一週間……場合によっては、さらに遅れるかもしれません」

「あの感じだと、重点研究の看板を使って、ガンガン試験の枠を取っていきそうな感じがあったね。早めに手を打たないと」

「何か考えがありますか？」

「私は元々は薬物動態の人間だよ。古巣との交渉は任せておいて」と理沙は親指を立ててみせた。

動態試験の枠が決まっているのは、動物の数というより、むしろ分析機器の方に問題がある。分析サンプル数が一定数を超えると、たとえ二十四時間機器を動かしたとしても処理しきれなくなる。これは人海戦術ではどうにもならない。

その限界を乗り越える技はいくつかある。一度に複数のサンプルを分析する方法。別の部署で使っている機器を借りる方法。導入を前提とした試用のために、メーカーから機器を貸し出してもらう方法。外部の分析機関を使う方法。使える手段をすべて駆使して、限られた枠を増やしてみせる。

理沙は、かつて所属していた薬物動態部のメンバーの顔を思い浮かべた。交渉の窓口として最適なのは、権限がある割に押しに弱い相手だ。駆け引き次第で懐柔させられそうな人間が、すぐに二、三人思いついた。

これは純粋なサイエンスとはまるで無縁の、コネと権力を活用した、生臭い陣取りゲームだ。できることなら誰かに押し付け、自分の実験だけに集中していたいところだが、そういうわけにはいかない。

恵輔は、自分のことを、「チームにとって欠かせない人材」だと言ってくれた。薬物動態を担当する専門家として、その期待に応えなければならない。逆に言えば、恵輔の信頼に報いる方法は、それしかないのだから。

動態試験に関して理沙たちが今橋に嚙みついたことは、その週のうちには研究本部内に知れ渡っていた。理沙が同期の協力を得て、意図的に噂を広めたのだ。

そのおかげで、薬物動態部との交渉はスムーズに進んだ。「こいつを怒らせると面倒臭いことになる」という、後ろ向きの動機を利用することを理沙は厭わなかった。仏頂面を作り、激しい口調で要求を突きつけることで、テーマの推進に必要なデータを次々と集めていった。

こうして、化学合成、薬効評価、薬物動態評価という創薬の流れが再び整えられ、研究のスピードはさらに加速していった。

7

ひと月後。理沙たちは437からの合成展開によって、三点の有望な化合物を得ていた。A、B、Cというそっけない名を与えられたそれらは、充分な細胞変性抑制効果を発揮し、ラットの動態試験でも理想的な動態を示していた。

ほぼ同時に、共同研究先の榎井の研究室で、遺伝子操作によってラルフ病の症状を再現したマウスの作製に成功した。

理沙たちが行ってきた、iPS細胞から作った脊髄運動神経での評価は、あくまで人工的な環境でのものだ。他の細胞の影響がない、シンプルな系での効果を見ているにすぎない。そこで効いたものが、本当にヒトにも効果を示すのか。それを確認するための前段階として、病態再現マウスを使った高次評価を行うことになった。

三月半ばに開始されたその試験では、一メートルのアクリル製の通路をマウスが歩ききるまでの時間を計測する。病気のマウスは手足の動きが鈍く、健康なマウスに比べ、ゴールにたどり着くまでにおよそ三倍の時間を要する。これをどれだけ改善できたかで、薬の効果を評価する。

試験は理沙が担当した。三匹の病態再現マウスに、それぞれ別の化合物を連日投与しながら、午前と午後の二回、通路を踏破するまでの時間を計測する。それを、二週間続けた。


「……以上です」

理沙は試験結果の説明を終え、事務室に集まった他の三人のメンバーの反応を待った。

春日も、元山も、恵輔も、一様に浮かない表情をしている。特に恵輔の顔つきが険しい。歯を食いしばり、シャープペンシルを握り締めながら、データをまとめた用紙を何度も見返している。

理沙も、手元の紙に目を落とした。踏破タイムの推移を表すグラフは、どの化合物に関しても、試験期間中を通じてほぼ変動していなかった。化合物A、B、Cはいずれも効果なし——シンプルに読み取れば、そういう結論になる。

「うーん、どう解釈しますかね」最初に口を開いたのは元山だった。「投与期間が足りないのか、それとも効かなかったのか」

「ひ、比較できる薬剤がないのが辛いところですね」と春日がため息をつく。

「少なくとも毒性は出てないので、投与は継続します。元山くん、追加の合成をお願いしてもいいかな。足りなくなるかもしれないから」

「そりゃ、もちろんやりますよ。ただ、今のところまったく効果が見られない、って事実をどう考えるか、しっかり詰めといた方がいいっすよね。水田さんはどう思います？　……ん、あれ？　水田さん？　聞いてます？」

呼び掛けられているのに、恵輔は無反応だ。様子がおかしい。顔色が良くないし、額には汗の玉が浮いている。

「水田くん？　大丈夫？」

「あ、ああ、はい」と恵輔が顔を上げた。「すみません、考え事をしていました」

「熱があるんじゃない？　診療所に行こう」

事故などで怪我人が出た時のために、旭日製薬では研究所の近くにある診療所と提携を結んでいる。勤務時間内なら自己負担なしで診察を受けられる。

「大丈夫です。ちょっと、腹が痛いだけですから」

「どこが大丈夫なの。いいから行くよ」

理沙は恵輔の腕を取り、半ば強引に部屋から連れ出した。

恵輔は剣山の上でも歩いているかのような苦悶《くもん》の表情で、腹を手で押さえながら、のろのろと足を動かしていた。

「……あの、その前に」

恵輔が男子トイレを指差したので、入口まで肩を貸して連れて行った。

引き戸をこじ開けて中に入ると、恵輔はまっすぐ洗面台の方に向かった。そこに顔を埋めるようにしながら、嘔吐《おうと》を始める。廊下から様子を見ていた理沙のところまで、胃液の臭いが届いた。

「後始末はこっちでやっておくから、そのままでいいよ」

恵輔は何度か咳き込んでから振り返り、「いえ、自分でやります」と涙目で答えた。その口の端に赤いものが付着しているのを見て、理沙は眉根を寄せた。

「水田くん、口から血が出てる」

「え？　あ、あれ？」

恵輔が驚いたように口元に手を当てる。理沙は不吉な色に引っ張られるように、男子トイレに足を踏み入れた。洗面台のところには、赤黒い血が飛び散っていた。

「そこでじっとしてて！」

理沙は恵輔をトイレに残し、近くにあった実験室に飛び込んだ。内線電話を取り、緊急時の連絡先である〈999〉をプッシュする。

「――はい、こちらは東門守衛室です」

「急病人です！　研究本部棟まで救急車をお願いします！」


翌々日、土曜日の午後二時。理沙は南海高野線の堺東駅からほど近い総合病院を訪ねた。受付を済ませ、病室がある二階に上がる。ベッド数三十程度の、それほど大きくはない病院だ。廊下を進んでいくと、すぐに恵輔の病室が見つかった。

個室ではなく四人部屋だった。扉が開いていたので中を覗くと、恵輔は奥側右手のベッドで上半身を起こして論文を読んでいた。

「こんにちは、水田くん。予告通りお見舞いに来たよ」

「ああ、どうもこんにちは。すみません、せっかくの休みに」

「休みって言っても、午前中は会社に顔を出したから、そのついでだと思ってよ。それで、体調の方はどうなの？」

「まずまずです」

論文を膝の上に置き、恵輔は腹を撫でた。

トイレで血を吐いたあと、恵輔はやってきた救急車で近隣の総合病院に運ばれた。診察の結果は、急性胃潰瘍《いかいよう》だった。幸い症状は軽く、簡単な手術を受け、三日間だけ入院することになった。

胃潰瘍の原因が過労とストレスにあることは、医師免許を持たない理沙にもすぐに分かった。以前から恵輔は胃の不調に苦しんでいた。少しずつ進行していた症状が、ここに来て急激に悪化したようだ。

理沙は近くにあったパイプ椅子に腰を下ろし、持参した紙袋から、アクリルの器に入った花を取り出した。

「これ、お土産。プリザーブドフラワーだから、退院したら家に持って帰ってね」

「ありがとうございます。せっかくなので、職場に飾ります」

花をベッド脇の台に置き、理沙はため息をついた。

「水田くんって、自分の体のケアがちゃんとできる人だと思ってたよ」

「申し訳ないです。ずっと胃の痛みはあったのですが、そのうち治るだろうと軽く考えていました。……実は、以前にも、急性胃炎で入院したことがあるんです。高校三年の夏でした」

「ストレスが原因？」

「ええ、たぶん……」恵輔は膝に掛けた毛布に目を落とした。「大事な試験があって、その準備で必死でしたから」

大学の模試か何かだろうか？　その当時の話を知りたかったが、それについて尋ねるより先に、「研究の方はどうですか」と訊かれた。

「水田くんが休んだのって、木曜の午後と金曜の一日半だけじゃない。まだ何も状況は変わってないよ。マウスで薬剤の効果は見えてない」

そうですか、と恵輔が吐息を落とす。

「すみません、大事な時なのにこんなことになってしまって」

「たまには休もう、って体が言ってるんだよ。ずっと走りっぱなしだったじゃない」

「……テーマが始まって、一年と三ヵ月ですか。あっという間でしたね」

「そうだね」月日を嚙み締めながら、理沙は頷いた。「いろいろトラブルもあったけど、ちゃんと前に進んでこれたよね」

「しかし、また壁にぶつかってしまいました。あと八ヵ月ちょっとで、臨床試験まで行けるでしょうか」

臨床試験を行う前に、前臨床試験と呼ばれる関門を突破しなければならない。この試験では、厚生労働省の省令で決められた基準に従って薬物の安全性や動態を厳密に評価するため、実施には半年近い時間が必要になる。また、並行して行う、臨床試験用の高純度サンプル製造のこともある。実質的には、あと二ヵ月以内に開発物質を一つに絞らなければならない。

「確かにギリギリの状況だけど、悲観的になりすぎることはないよ。効果の強いものを見つけたって実績があれば、研究は続けられると思う。実際、そうやって提案テーマから本研究に昇格した例もあるし」

「それはそうなのですが、研究が遅れると、それだけ治療を始めるのも遅くなりますから……。実は、ちな……」首を振って恵輔は言い直す。「滝宮さんの体調が思わしくないようなんです」

千夏はここのところ、仕事を何日も続けて休んでいるという。

「そっか、それは心配だね……」

自分の口から出た言葉の空々しさに、理沙はどきりとした。心が籠っていなかったことを見抜かれてはいないかと不安になったが、恵輔の様子に変わりはない。

「——こんにちは」

聞こえた声に振り返ると、病室に一台の車椅子が入ってくるところだった。

噂をすれば影が差す、という。車椅子のハンドリムを回していたのは千夏だった。

突然現れた千夏を見て、どうしてここに、と恵輔が呟いた。

「綾川さんも来られていたんですね。すみません、連絡もなしに押し掛けてしまって」千夏は微笑んで、ベッドの側までやってきた。「水田さんが体調を崩して入院されたと、原さんからメールで教えてもらったんです」

「え、ああ、そうなんですか。たぶん、ウチの親から聞いたんでしょうね」

「私が休んでいる間、楽悠苑の方に何度か電話をいただいたみたいで」

「その、はい、大丈夫なのかなと心配になりまして」

「一時期、とても疲れやすくなっていて、周りの人に迷惑を掛けてしまうので、休ませてもらったんです。ごめんなさい」

「いえ、謝る必要はありません」と恵輔は真顔で言う。「それで、体調の方はいかがですか」

「だいぶ良くなっています。今日は、以前からお世話になっているお医者さんに診てもらうために、大阪市内の方に出ていたんです。それで、水田さんのことを思い出して、ご挨拶だけでもと思って」

千夏はにこやかにそう言って、理沙の方に向き直った。

「綾川さんにもいつもお世話になっています。創薬研究、今も続いているんですよね」

ちらりと恵輔の方に視線を向ける。恵輔は心配そうにこちらを見ていた。自分がリーダーを務めていることをまだ千夏に伏せているらしい。

理沙は詳細を言わずに、「ええ、進展しています」とだけ答えた。恵輔が小さく安堵の息を吐いたのが分かった。よかった、という心の声が聞こえた気がした。

秘め事に加担する息苦しさから逃れようと視線を動かし、理沙は千夏の左手に光るものを見つけた。小さなダイヤモンドがあしらわれたプラチナのリングが、誇らしげに彼女の薬指に収まっている。

理沙の視線に気づき、千夏が嬉しそうに手を持ち上げた。

「綾川さんには以前、お話ししましたよね、婚約のこと」

しまった、と思ったが遅かった。嘘をつくわけにもいかず、頷くしかなかった。

「私が体調を崩したので延期になっていましたが、数日前に入籍したんです」

「……そうですか。それはおめでとうございます」

祝福の言葉を口にしつつ、理沙は恵輔の様子を窺った。

恵輔は口を半開きにしたまま、千夏の指で輝く指輪を見つめていた。やはり、恵輔は今の今まで知らなかったのだ。千夏に将来を誓い合った相手がいたことを。

「あの、ご、ご結婚されたんですか」

「はい」と、千夏は幸福を固めて作ったような満面の笑みを浮かべた。「せっかくなので、主人を紹介させてもらえませんか。今、下のロビーで待ってくれているんです」

恵輔の顔が歪《いびつ》に固まる。口元はかろうじて笑っていたが、目は大きく見開かれていた。

だが、アンバランスな表情を浮かべたのはごくわずかな時間だけだった。恵輔はこわばった筋肉を無理やり動かすように、「ぜひ」と笑った。

「……じゃあ、私はこれで」

いたたまれなくなり、理沙は病室から逃げ出した。

恵輔が傷ついていく場に居合わせるのが辛かった。おそらく、恵輔も理沙が側にいることを望んでいないだろう。自分が同じ立場なら、そう思うはずだ。

長尾と鉢合わせになるのを避けるために、理沙は階段でいったん三階に上がった。

廊下に置かれているベンチに腰を下ろし、大きく息をつく。

婚約者の存在を黙っていたことを、恵輔に知られてしまった。恵輔がそのことで自分を責めるとは思わなかったが、「なぜ言ってくれなかったのか」という疑念は抱くだろう。今頃恵輔は、自分だけが蚊帳の外に置かれたような疎外感を味わっているかもしれない。恨まれても仕方ない。

自分で選んだ結末とはいえ、もう少しうまいやり方はなかったのかと、今更になって後悔が込み上げてきた。

いずれにせよ、恐れていたことが現実のものとなった。しかも、間の悪いことに研究は停滞している。こんな状況でも、恵輔は創薬に対する熱意を維持できるだろうか。

終わってしまったらその時はその時だと思っていたが、こうして運命の時を迎えてみると、終わらせたくないという思いの方が強かった。

テーマ継続のために、今の自分にできること。それは、恵輔を慰撫《いぶ》することではない。恵輔と自分は、あくまで、研究に挑むリーダーと部下という関係にある。ならば、やれること、やるべきことは一つしかない。ラルフ病の病態再現マウスで、なぜ薬物の効果が見られないのか——その謎を解き明かすのだ。課題を解決し、研究をさらに前へと推し進める。それしかない。

ヒトとネズミで何が違うのか。創薬においてしばしば取り沙汰される、根本的な問いだ。それが、理沙たちの前にも立ちはだかっている。

いろいろな意味で猶予はあまりない。方針を立て、速やかに実行に移さねばならない。ひとまず、会社に戻ってデータを確認することから始めるべきだ。

スマートフォンで時刻を確認する。恵輔の病室を出てから十分が過ぎていた。そろそろ大丈夫だろう。

ベンチから立ち上がった時、目の前の病室から、一人の老人が出てきた。古稀を迎えたかどうかというところか。彼は理沙を一瞥すると、脚を引きずるようにして、トイレの方へと歩いていった。

その背中をなんとなく見送っているうち、ふと思い付いたことがあった。

――もしかすると、ヒトの病態をネズミで再現できていないだけなのでは……？

ひょっとすると、という思いが体を動かすエネルギーになる。まだまだやるべきことはある。研究所へと急ぎ戻るべく、理沙は階段を駆け下りていった。

8

週明け、月曜日。午前八時半。理沙が出社した直後に、恵輔が事務室に姿を見せた。

「体調はもういいの？」

尋ねると、恵輔は力強く頷いた。

「はい。問題もなく退院できました。食欲も戻りつつあります」

「ちょっと相談したいことがあるんだ。みんなの前で話そうと思ってたけど、先に水田くんの意見を聞かせて」

「ええ、もちろん」

恵輔の表情がぐっと引き締まる。恵輔はすでに、休む前と変わらない活力を取り戻しているようだった。

互いに椅子に座り、部屋の中央のテーブルで向かい合う。

理沙は頭の中で仮説を再確認してから、「例の、マウスでの薬効評価だけど。あれさ、ラルフ病をまだ発症してないんじゃないかな」と切り出した。

「……どういうことですか？」と恵輔が首を捻る。「榎井先生の研究に何か誤りがあったということでしょうか」

「榎井先生が作ったマウスは、遺伝子変異を起こさせて、人工的に疾患を再現したモデルでしょ。人間で言うなら、家族性のラルフ病と同じってことになる。それで、前に読んだ文献を思い出したの。遺伝子が原因で起こるラルフ病は、発症時期が遅いんだよ。平均が四十三歳で、あまりばらつきはない。疾患再現マウスも運動機能が落ちてるけど、それはラルフ病に伴うものじゃなくて、別の原因なのかもしれないと思ってさ。疲れやすいとか、足が痛いとか、そういう理由ね。一つの遺伝子を壊した影響って、他にも及ぶことがあるから」

「つまり、いま実験に使っているマウスは、まだ若すぎるということですか」

「それが私の仮説。人間の年齢に換算すると、二十歳とかそんなものでしょ。もうしばらく飼ってみて、それから試験を再開したらいいんじゃないかと思って。この仮説については、週末のうちに榎井先生にも相談してみたよ」

「向こうは何と？」

「興味深いって。モデルマウスを使って、神経細胞に含まれるタンパク質を分析してみるって言ってくれたよ。家族性ラルフ病患者さんって、症状が進むといくつかのタンパク質が増えることが分かってるからね。そのデータと比較してみるそうだよ」

「なるほど、納得しました」メモを取りながら、恵輔が何度か頷く。「非常に迅速に対応してくれてありがとうございます。光明が見えてきた気がします」

「ぬか喜びに終わるかもしれないけど、立ち止まってるよりはいいよね」

研究の話はこれで終わった。理沙は改めて室内を見回した。事務室にいるのは、自分と恵輔の二人だけ。今なら、「あの顛末《てんまつ》」を訊くことができる。

理沙は服の上からネックレスの星に触れ、「……あの、さ」と再び口を開いた。

「土曜日に、滝宮さんが水田くんのお見舞いに来てくれたじゃない。その時に、結婚したって言ってたよね、彼女」

「そうですね。ご主人ともお会いしましたが、男の僕から見ても、とても魅力的に感じられました。誠実で、礼儀正しくて……結婚式の誓いの言葉ではないですけど、どんな時も千夏さんを守ってくれるに違いないと思いました」

そう語る恵輔の表情に大きな変化はない。ただ、恵輔はもう、「千夏」と名前で呼ぶことをためらわなかった。

理沙は椅子の肘掛けを撫でながら、「いいの？」とだけ尋ねた。

「何がでしょうか？」

「水田くんは、彼女の病気を治すために研究を始めたんでしょ。それって……」

口がうまく回らない。理沙は首を振った。

「ごめん、オブラートに包んだ表現が思いつかないから言っちゃうけど、滝宮さんに好意を持ってたからでしょ？」

「それは……」

朝っぱらからそんなことを訊かれるとは思っていなかったのだろう。恵輔は顔をしかめて黙り込んだ。

理沙はそこで初めて、自分が暴走してしまったことに思い至った。職場で恋愛の話題を出す

——それはまさに、自分が嫌悪してきた行動そのものではないか。

恵輔は目頭を押さえて、「そうですね……」と囁くように言った。「彼女の病気をなんとかしたい、という想いの裏側には、その先の未来の絵がありました。千夏さんともっと親しくなりたいと願っていました」

「……ごめん、言わなくていいことを言わせちゃった」

理沙はテーブルに額が付く寸前まで頭を下げた。すでに恵輔は「千夏のために薬を創っている」と明言していた。その動機を掘り下げる意味などどこにもない。愚行もいいところだ。

「綾川さんは、以前から知っていたんですよね。千夏さんに恋人がいたことを」

「……うん。去年のクリスマスに彼女と話をした時に、長尾さんを紹介されたの。『婚約者です』って。でも、私はそのことを水田くんに言わないでおこうって決めてた。もし、想いが叶わないって知ったら、水田くんが研究を諦めるかもしれないと思ったから……」

「そんなにのめり込んでいるように見えましたか」と恵輔は寂しそうに笑った。「なるべく気持ちを表に出さないようにしていたんですが、甘かったようです。……もしかしたら、そういうところが僕の弱点だったのかもしれないですね。将棋でも、同じように動揺が顔に出ていたんでしょう、きっと」

「将棋？」

「子供の頃、棋士を目指していたんです。結局、途中で諦めましたが」

悟りきったようなその口ぶりで、「これだ」と理沙は直感した。恵輔が身に付けている、冷静だが人間味に欠けた立ち居振る舞い。それは、棋士になる夢を捨てるしかなかったという挫折《ざせつ》が生み出したものだったのだ。

「……もう、研究はやめる？」

「まさか。もちろん続けますよ」恵輔が苦笑する。「確かに、千夏さんの結婚のことを知ってショックは受けました。それでも、僕の中には創薬への想いが消えずに残っています。病に苦しむ患者さんに……そして、最高の幸せを手にしようとしている千夏さんに薬を届けたいと、そう思っています。彼女への恩返しのために」

「恩返し……？」

「僕は入社以来……いえ、棋士になるのを諦めた時からずっと、空疎な人生を送ってきました。マニュアル優先で、ルールを守ることだけに注力していたんです。そうしていれば、余計なことを考えずに済みますし、心を痛めることもありません。でも、千夏さんに出会って、創薬に挑もうと決めた瞬間から、僕の日常は大きく変わりました。正直、予期せぬトラブルばかりでもどかしい思いをしていますが、その分、成果を出した時の喜びは格別です。今の仕事は楽しいですよ。これほど熱くなれるものに出会えたことが、シンプルに嬉しいんです。だから、この感謝を、薬という形で千夏さんにお返ししたいんです」

恵輔は吹っ切れた様子でそう語った。堂々としたその態度に、理沙は自分の卑小さを思い知らされた。研究と恋愛は別物だという、そんな当たり前のことすら忘れ、一人で悶々《もんもん》としていた、これまでの振る舞いを恥じた。

「……水田くんの想い、すごくよく伝わってきたよ。これからもリーダーとして頑張るってことだね」

「ええ。体調もよくなりましたし、バリバリ働きますよ。今後の榎井先生とのやり取りは任せてください」

「うん。春日さんと元山くんには、私から動物実験の改善案を説明するよ。……じゃ、私は実験があるから」

理沙はそそくさと椅子を片付けて事務室を出た。

足早に廊下を進み、角を曲がったところで、理沙は立ち止まった。

体の中で、無数のネガティブな感情が渦巻いている。体が重い。吐き気もする。

少しでも楽になりたくて、大きく息を吐き出した。色のない呼気が、黒く濁っているように感じられた。

恵輔には実験をすると言ったものの、とてもそんな気力はない。今はただ、一人になりたかった。

理沙は女子トイレの個室に逃げ込むべく、のろのろと歩き出した。


その週の金曜日。典型的な花冷えのその夜、理沙は南海本線の天下茶屋《てんがちゃや》駅にほど近いイタリアンレストランにやってきた。

午後七時の店内は混み合っていた。仕事終わりと思しき、スーツ姿の集団がテーブルを埋めている。新年度が始まったばかりだ。新人歓迎会かもしれない。

テーブルが並ぶホールを通り抜けると、衝立《ついたて》で仕切られた二人掛けの席が設けられたスペースがあった。待ち合わせ相手の栗林は、奥の席に座っていた。

「よう」と彼が軽く手を上げる。

「お疲れ様」理沙は薄手のコートをハンガーに掛けてから、向かいの席に腰を下ろした。「今日はコース？　それとも自由に頼む感じ？」

「コースにした。いちいち選ぶのも面倒だしな」と言って、栗林は手元の水を飲んだ。「テーマ、順調みたいだな」

「動物での評価はまだ今ひとつだけど、調子はいいと思う。栗林くんが最初に選んでくれたものが良かったんだろうね。改めてお礼を言わせて。ありがとう」

「お役に立てて何よりだよ。今日、誘いに応じてくれたのは、そのご褒美か？」

栗林がいたずらっぽく笑う。以前、恋愛の話題を持ち出した時のような気負いは感じられない。

「そういうわけじゃないよ。栗林くんと、落ち着いて話がしたかっただけ」

そう返し、やってきた店員に飲み物をオーダーする。栗林は赤ワインを頼んでいる。勧められたが断り、生ビールにした。

頼んだ飲み物と、コースの前菜が運ばれてくる。横に長い白磁の皿に、小さく盛られた料理が並んでいた。店員に説明を受けたが、横文字ばかりで名前は覚えられなかった。野菜と海鮮を合わせたものが多いようだ。

軽くグラスを合わせ、乾杯する。

食事が始まってしばらく、社内の人事や研究本部の方針などについて、当たり障《さわ》りのない話をした。

オードブルの皿が下げられ、手長エビのトマトクリームパスタが運ばれてきたところで、「ちょっと表情が硬いな」と栗林に指摘された。「また何か言われるかもしれないって緊張してるのか？」

「緊張はしてる。でも、警戒じゃないよ。腹を割った話をしようと思ってるから」

「ふうん、じゃあ、今は食事に集中しようか」

「いいよ、先延ばしにするのも変だし。食べながら話すよ」

理沙は喉《のど》を湿らすように、グラスに残っていたビールを飲み干した。

「私ね、回りくどい駆け引きって苦手なんだ。だから、単刀直入に聞くけど、栗林くんは私のことをどう思ってるの？」

「非常に魅力的な女性だと思う」準備をしていたかのように、栗林は即答した。「できることなら、恋人として付き合いたい」

「……うん、ありがと。正直に答えてくれて」

「どういたしまして。しかし、急にどういう風の吹き回しだ？」

「私は水田くんのこと、特別な存在だと思ってる」と理沙は言った。「……認めるよ、そのことを」

「やっぱり、あいつと一緒に仕事がしたくて同じチームを志望したんだな」

「そうだね。そういう気持ちは強かった。もちろん、学術的な興味もあったけど」

「……ずいぶん明け透けだな。水田と付き合うことになったのか」

「ううん、違う。水田くんには何も伝えてないよ。私の片思い」

片思いという単語は、やはり特別だ。初恋に悩んだ青春時代と変わらず、口にするたびに甘酸っぱさと切なさを感じる。ただ、それがいいことだとは思わない。いい歳をして何をうじうじしているのか——今はそんな情けなさが勝っている。

「意外……と言うと怒るかな。もうとっくに水田に気持ちを伝えてるのかと思ったよ」

栗林がエビの殻をフォークでつつきながら言う。

「仕事とプライベートは別だよ」理沙は自分の言葉を噛み締めながら、グラスの縁を指でなぞった。「今は、とにかく研究に集中したいから」

「今年いっぱいでひとまず終わるんだったな、ラルフ病の創薬研究は。そのあと、返事を聞かせてくれるのか?」

「そんなに待たせたら私、完全にひどい女じゃない。私の答えはノーだよ。栗林くんは魅力のある男性だと思う。だからこそ、中途半端に向き合うような真似はしたくない」

「俺より水田のことが気になると」

「……そうだね。うん。今はそう」と理沙は頷いた。アルコールには強い方だが、少し頭がぼんやりとしていた。慣れない恋バナに気分が高揚しているようだ。

「あいつに告白するのか?」

「……分からない。少なくとも、テーマが終わるまでは何も言わないと思う。研究を邪魔するようなことはしたくないから」

「なんだよ。結局、俺は年明けまで待つことになるじゃないか」と栗林が苦笑した。「とんだ悪女だな」

「違うよ! 待っててなんて一言も言ってないでしょ! 私の答えはノーなの! 栗林くんは栗林くんで、自由に恋愛すればいいじゃない!」

「おいおい、声が大きい」落ち着けよ、というように栗林が手のひらを上下させる。「とにかく、今の話をまとめると、俺はフラれた。で、綾川は今後も水田に片思いを続ける。そういうことでいいか」

そうやって言語化されると情けなく聞こえるが、その通りなので反論はできない。理沙はしぶしぶ、「そうなるかな」と答えた。

話が一段落したところで、メインディッシュが運ばれてきた。店員は理沙たちが議論している気配を察し、落ち着くまで待っていたのかもしれない。メインは飛騨牛のフィレステーキだった。赤ちゃんの握りこぶしほどの大きさしかないが、断面は美しいミディアムレアだ。

「これは前にも聞いた気がするんだが、肝心の水田の方はどうなんだ？　未だにフリーなのか？」

「……そうだね。ずっと相手がいないみたい」

恵輔が失恋してまだ日が浅いことは言わなかった。馬鹿正直に話せば、「今がチャンスじゃないのか」と焚《た》き付けられるに決まっている。

ステーキをナイフで切って口に運ぶ。溢れ出す滋味豊かな肉汁に、「うわ、おいしいよこれ」と思わず呟いた。

栗林も一口食べ、「本当だ。Ａ５ランクってやつかな」と唸った。

「いいお店だね、ここ」

「だろう？　これでも結構頑張ってリサーチしたんだぜ」栗林が白い歯を見せた。「今後のために、とっておきの店にするよ。綾川も水田と来たらいいんじゃないか」

「いいよ、そんな。ふらりと来るような店じゃないよ」

臨床試験入りするかどうかにかかわらず、テーマが終わるまで、自分の気持ちは封印する。少なくともそれまでは、恵輔と二人で飲みに出かけることもないだろう。

もう気にしないと割り切ると、すっと気分が楽になった。

理沙は胸元に触れ、そこに何もないことを確認した。千夏のことで恵輔と話し合ってから、星のチャームのネックレスを身に着けるのはやめていた。別に深い意味はない。なんとなく、けじめを付けたかっただけだ。

去年の七月から一日も欠かさずに着けていたが、結局、恵輔がネックレスに言及することは一度もなかった。目に入っていても、それが自分の愛用のシャープペンシルの一部だと気づかなかったのだろう。ネックレスに作り替えると伝えたはずだが、すっかり頭から抜け落ちていたらしい。それだけ研究に夢中なのだ。

「ほんとに、もう……なんなんだろ」

「……ん？」栗林が不思議そうに首を傾げる。「何で笑ってるんだよ」

「別に。ただの思い出し笑いだよ」

そう答えて、理沙はナプキンで口元を拭った。

9

科学を支配するのは、冷徹で硬質な理論だと思われているが、例えばノーベル賞に値するようなブレイクスルーは、些細な閃きに端を発することも少なくない。

今回も、直感が活きた。マウス試験についての理沙の仮説は、見事に当たっていた。週齢を上げたマウスに対して薬剤を一週間連投したところ、歩行機能の劇的な改善が見られたのだ。

これで、細胞《in vitro》での評価と動物《in vivo》での評価が繋がった。新たに開発しなければならない試験は、もうない。既存の評価を順番に進め、効能、毒性、薬物動態の基準を満たすものを見つけていくだけになった。

桜を愛《め》でる間もなく春は過ぎ去り、休日返上で研究を進めるうちに五月になっていた。

理沙たちは有望と思われる三つの候補、化合物A、B、Cを使って、サルでの安全性試験を進めていた。その中に、肝障害や不整脈などの重篤な副作用がなく、血中での薬剤滞留時間が充分長いものがあれば、それを最終選択物として、臨床試験入りに向けた準備を進めていくことになる。

一方で、新しい化合物の合成と評価は継続している。これらはあくまでバックアップだ。予期せぬトラブルで最終選択物にストップが掛かった場合の予備となる。

五月十六日の夕方。新規化合物の動態試験の準備を進めていた理沙のところに、薬物動態部の花園から連絡が入った。

「お疲れ様です。あの、来週の動態試験なんですが」

「またGPR40に枠を譲るの？」

理沙は先回りして言った。最近はなんとか折り合いが付き、割り込まれるようなことはなくなっていたが、向こうのチームにも評価すべき化合物がいくつもあるはずだ。

「いえ、その逆です。枠が空いたので、もう一つ入れられますよとお伝えしようと思いまして」

「あれ、そうなんだ。珍しいね。っていうか、初めてかな」

「ずっとGPR40のテーマが動いてましたからね。でも、ようやくモノ選びが終わったみたいですよ。来週以降は一つも試験が入ってませんから」

「それは朗報だね、いろんな意味で。じゃ、遠慮なく使わせてもらうよ、その枠」

そう伝えて、理沙は電話を切った。


その日の仕事を終え、理沙は午後八時前に研究本部棟を出た。この時間になると、さすがに人影はまばらだ。

それにしても、いつの間にこんなに暖かくなったのだろう。ついこの間までマフラーを巻いていた気がするのに、夜でも薄いブラウス一枚で大丈夫だ。もう世の中は、初夏と呼ぶべき季節になっている。毎日通勤で外を歩いているはずなのに、四季の移り変わりを意識する暇もなかった。

タイムスリップした錯覚を味わいながら東門に近づいて行くと、守衛所脇の掲示板に注意情報が貼られているのが目に留まった。南海本線で三十分ほど前に人身事故があり、電車が止まっているようだ。

スマートフォンで運行情報を確認してみると、運転再開見込みは午後八時四十分になっていた。駅は再開待ちの乗客で混み合っているだろう。少し会社で時間を潰すことにした。

研究本部棟に戻り、一階にある談話室に向かう。自販機やソファー、ホワイトボードが置かれている部屋で、休憩しつつ軽い打ち合わせをする時などに使われる。

談話室に入るなり、白髪交じりのオールバックが目に飛び込んできた。

ソファーで缶コーヒーを手にしていた今橋が、ゆっくりと顔を上げる。

こんなところで鉢合わせするとは。回れ右をしてすぐにでも出て行きたかったが、そうもいかない。「お疲れ様です」と理沙は会釈をした。

「電車待ちか？」

「そうです。まだしばらく掛かりそうなので、戻ってきました」

「そうか。……座ったらどうだ」

今橋はそう言って、両手で包み込んだ缶コーヒーに目を落とした。いつもと少し雰囲気が違う。声を掛けられることを拒むような、独特の緊張感が和らいでいる。

理沙は立ったまま、「そちらの研究も順調に進んでいるみたいですね」と話し掛けた。

「ずいぶんと攻撃的だな」今橋が顔をしかめた。「部署が違うとはいえ、部長に嫌みとはな」

「……すみません。おっしゃる意味がちょっと」

まるで話が嚙み合っていない。理沙の戸惑いを察知して、「なんだ、何も知らないのか」と今橋が吐息を落とした。

「何かトラブルでも？」

「先週、他社からＧＰＲ40に関する特許が出た。ウチがいま進めている物質と丸かぶりだった。ずいぶん精査したが、回避は不可能という結論になった」

さばさばした様子で今橋はそう語った。

特許は医薬品の存在を守る、唯一にして最強の盾だ。特許が成立すれば、自社だけが独占的に医薬品を製造、販売できる。ただし、認められる物質特許は、基本的には一つだけだ。一番乗りがすべてを手にするのだ。それゆえ、激しい開発競争が繰り広げられている領域では、前触れなしに現れる他社特許は最大の脅威となる。

「テーマはどうなるんですか」

「現行の物質は諦めるしかない。化学構造を変えてやり直す方向で議論しているが、正直厳しいな。経験上、外的要因で後退を強いられたケースは、一年以内にテーマ打ち切りになることがほとんどだ。必死に創っていたものがゴミになったんだ。そう簡単に切り替えられるものじゃない」

テーマの打ち切りは、理沙も何度か経験した。夢中で読んでいた小説を、途中で取り上げられるような悔しさがそこにはある。GPR40のテーマに関わっていた多数の研究員が、それを味わうことになるだろう。もちろん、今橋もだ。動態試験の枠を争ったライバルとはいえ、さすがに気の毒に感じた。

「……そうですか。競争相手が多い分野は怖いですね」

「油断はするな」今橋が鋭く言い放った。「マイナーなテーマだから特許が取れるとは限らない」

「分かっています。水田くんと元山くんが中心となって特許を作成してくれました。すでに四月に出願済みです」

「そうか。やることをやっているなら、それでいい」

今橋は息をつき、ソファーの背もたれに体を預けた。

「……可能な限り早くいいものを創り出し、他社に先んじて販売する――そのつもりだったが、我々が二十人でやっているテーマを、海外の大手は百人でやる。それでも戦えると思っていたが、見込みが甘かったな」

「こう言ってはなんですが、創薬には運が大きく絡みます。ウチの会社が勝つ可能性も充分あったのではないでしょうか」

「もちろん、それはその通りだ。勝てないと思っていれば最初から手を引く。リスクを背負ってでも、大きなリターンを取るべきだと判断したから、重点研究として力を注いできた。ただ、これはギャンブルだ。何も手にできなかった時に備えて、リスクヘッジを行わなければならない。特許リスクを分散するために、骨格の異なる物質を準備し、並行して進めるべきだった。そこが足りなかったな」

「人手不足が原因ですか」

「人も金も設備もだ。ただ、方針は今後も変えない。売れる薬を作り、少ない投資で大きな利益を得る。それが創薬の王道である限りは、ギャンブルは続ける」

今橋はソファーから立ち上がると、空になった缶コーヒーを自販機の脇のゴミ箱に投げ入れた。

「しかし、会社としてのポートフォリオを多様化することも重要だ。ハイリスク・ハイリターンだけではなく、ローリスク・ローリターン分野を開拓することには意味がある。去年のテーマ提案でも、希少疾患に関するものが採択されている。おそらく、提案する側も選考する側も、君たちの成功に触発されたんだろう」と言って、今橋はわずかに口角を上げた。

「頑固な人たちも、考えを改めつつあるということですね」

「刺激的な物言いを改めるつもりはないようだな」今橋が呆れ顔で首を振る。「……まあ、君の言う通りではある。会社の方針は変わる。ただし、それは後退ではなく前進だ。変わらなければ生き残れないからな」

「水田くんにも、声を掛けてあげてください。一番頑張っているのは、リーダーである彼です」

「……私が何かを言わなくとも、彼の活躍を認めない社員はいない。ここだけの話、君たちに自主的に協力している研究員が多数いることを、部長たちも認識している。それを黙認していることが、君たちへの評価の表れだと思うが」

そう言って、今橋は腕時計に目を落とした。

「そろそろ電車が動く頃だな。私は一足先に失礼する」

ソファーに置いてあった黒革のカバンを拾い上げ、今橋は談話室を出て行った。

ドアが閉まった瞬間、大きな吐息が自然とこぼれた。

理沙は自販機でホットのミルクティーを買い、ソファーに腰を下ろした。

今橋が、自分たちの研究の価値を認めた。同じ会社の人間相手に勝ち負けを論じても意味はないが、凝り固まった利益至上主義に一矢報いたことは素直に嬉しかった。自分たちの研究が、旭日製薬のあり方そのものを変えようとしている。あくまで研究の副産物にすぎないと分かっていても、誇らしい気持ちになった。

理沙はミルクティーを飲みながら、変革者となった恵輔のこれからのキャリアを想った。

ラルフ病のテーマが順調に臨床試験に進んだら、彼はどうするだろうか。

選択肢は二つある。研究本部を離れ、総務部に復帰して、再び研究を下支えする業務に戻る。あるいは、開発本部に異動し、ラルフ病治療薬の臨床試験を担当する。このどちらかだが、たぶん、恵輔が前者を選ぶことはない。自分が創り出したものの行く末を見届けようとするはずだ。

自分も、彼と同じ道を歩むべきだろうか。希望すれば、開発本部に行けるだろう。だが、それは恵輔の後追いをしているだけだ。その仕事をやりたいという純粋な熱意に裏付けられた行動ではない。

では、薬物動態部に戻るか？　それが普通の選択だ。ただ、本当にそれが自分のやりたい仕事なのかと問われると、素直に頷くには違和感はある。他人が作ったものを評価し、データを返す。それは意味のあることだが、サイエンス的に面白いと言い切るだけの自信はなかった。

「……何がやりたかったんだっけ、私」

そう呟き、理沙はソファーの背もたれに後頭部を載せた。

「あれ？　綾川さん。なんでこんなところに」

ちゃらちゃらと小銭の音をさせながら、元山が談話室に入ってきた。作業着を着ているところを見ると、まだ実験中のようだ。

「電車が止まってて、時間を潰してたの」理沙はゆっくりと室内を見渡した。「さっきまで、ここで今橋さんと二人きりだったんだ」

「ディスカッションという名のバトルでもしてたんすか？」

「全然違うよ。信じられないだろうけど、誉められたんだよ。私たちのテーマがこれからの旭日製薬のスタンダードになるかもしれないって」

「へぇ、珍しいっすね、それは」

「でしょ。チームのみんなにも聞かせたかったよ。ずっとけなされ続けてたから、ついに、って感じだった」

理沙が笑ってみせると、元山はなぜか顔をこわばらせた。

「……何？　私、変なこと言った？」

いや、と元山は首を振った。

「俺はテーマ承認後に配属されたんで、選考に関するあれこれは伝聞でしか知らないんすよ。それもあって、そんなに今橋さんに悪い印象はないんで。厳しい人っすけど、行動には筋が通ってますしね。あと、共同研究で助けてもらいましたし」

「助けてもらう？　何それ」

「あ、初耳でしたか？　俺も最近、研究管理の同期に教えてもらって知ったんすけどね。去年、榎井先生との共同研究の件で、管理部と戦ったじゃないっすか。あの時の担当だった平木の野郎、こっちの言い分を受け入れた振りして、上司に相談してたんすよ。上から圧力を掛けて黙らせてほしいって」

「そうだったの？　腹立つねそれ。納得いかないなら、私たちに直接言えばいいのに」

「面倒臭かったんでしょ。一番楽なやり方を取ったってことですよ」

上司に働きかけて、政治的に自分の要求を通す。それは共同研究申請の際に元山が提案し、恵輔が拒否した策だった。平木がその手段に訴えていたというのは、なんとも皮肉な話だ。

「……それで、どうなったの？」

「管理部の部長は、平木に賛同したみたいっす。で、部長会で正式に却下させようとしたそうです。これこれこういう希望が出ているが、承認するのは不適切だと思うって言って、マイナスのコンセンサスを取ろうとしたんすね。そうしたら、今橋さんが『それはおかしい』って言い出したらしくって。『共同研究の方がコスト的に有利であるなら、安易に却下すべきではない』と主張して、それを押し通したみたいっす。サイエンスの視点で考えれば、承認は当然っすからね。俺たちに対して思うところはあったでしょうけど、判断に私情を持ち込まないってポリシーは曲げなかったんですね」

「そっか。……全然、想像もしなかったな、そんなこと」

「そんな恩着せがましいこと、言いそうにないっすよね、あの人」

「……水田くんにも伝えておいた方がいいかな、今の話」と理沙は言った。

「遺恨を消し去るため、っすね」

「ううん、そうじゃない」と理沙は首を振る。「水田くんは、今橋さんを憎んではいないよ、たぶん。理解したうえで戦ってたんだと思うから」

「じゃあなんで教える必要があるんですか？」

「ほら、水田くんって律儀でしょ。受けた恩は返す主義っていうか。だから、知るのが遅くなればなるほど、恐縮しちゃいそうじゃない」

「確かに、言えてますね、それ」

「でしょ。早い方がいいよ。今度、全員が揃ってるところで話をしよう」

「了解っす」と元山が応じたところで、彼の胸ポケットの中からアラーム音が聞こえてきた。

「おっと、そろそろ反応が終わった頃だな。んじゃ、俺は上に戻ります」

元山は缶コーヒーを買うと、慌てて談話室を出て行った。

再び一人になり、理沙は立ち上がって伸びをした。

今橋の行為を知った恵輔は、直接礼を言いたいと主張するだろう。わざわざ部屋を訪ねるのは気が引けるが、理沙はそれに同行するつもりだった。

今橋はきっと怪訝な顔をするに違いない。「礼を言われる筋合いじゃない」と冷たくあしらわれそうな気もする。それでも、言うべきことは言っておきたかった。恩義を感じて遠慮してしまっては、議論の場で対等に渡り合えなくなる。おそらく今橋も、それは望んでいないはずだ。

10

サルを使った安全性試験の結果、開発薬剤は一つに絞り込まれた。三つの候補の中で最も毒性が低く、かつ薬剤の持続時間が長かったものには、KJC-071という名が与えられた。Cは候補を意味する英単語「candidate」の頭文字。071は、これまでの旭日製薬の歴史の中で前臨床試験に進んだ七十一番目の物質という意味だ。

前臨床試験は試験項目が決まっており、その作業の多くを薬物動態部が受け持っている。恵輔はデータの取りまとめや資料作りで忙しそうだったが、理沙たち実験班の仕事はすっかり落ち着いた。KJC-071のバックアップ化合物を準備するくらいで、定時上がりの日々が続くようになった。

テーマ開始以来、初めて訪れた、「凪《なぎ》の時」。

そんな穏やかな日々を打ち破る知らせは、その夏何度目かの猛暑日を記録した、八月のある午後の昼下がりにもたらされた。

いつものように実験室で細胞の培地交換をしていると、恵輔が血相を変えて飛び込んできた。

その尋常ではない狼狽ぶりを見て、理沙はまず、ＫＪＣ-０７１に何かが起きたのだと思った。

「どうしたの？」

理沙は作業の手を止め、恵輔に駆け寄った。

「さっき、楽悠苑の職員さんから連絡がありました」恵輔はスマートフォンを握り締めていた。

「昨日の午後、千夏さんが自宅で倒れて緊急入院したそうです」

「ラルフ病の影響？」

「そのようです」と、恵輔は青い顔で頷いた。

内臓機能の低下は、ラルフ病の特徴だ。千夏の場合、まず呼吸がうまくできなくなったのだという。休暇で自宅に一人でいた千夏は、自分の体の異変を察知し、仕事に出ていた長尾に連絡した。不整脈の症状が出たのはその直後のことだった。脈拍が不規則になった影響で血圧が低下し、千夏は意識を失った。長尾が機転を利かせて帰宅前に救急車を呼んでいなかったら、そのまま命を落としていたかもしれない。それほど危険な状態だったようだ。

「千夏さんは、以前から通っている病院に搬送されました。対応が早かったこともあり、なんとか症状は治まったようですが、肺や心臓の機能が完全に回復したわけではありません。またいつ発作が起こるとも知れないようです」

恵輔はメモを見ながらそう説明した。慌てて書き取ったのだろう。文字がひどく歪んでいた。

「あともう少しなのに……」と理沙は呟いた。

臨床試験は三つの段階からなる。健康な人間で安全性と動態を確認する第一相。少人数の患者で有効性を見る第二相。患者数を増やし、薬剤としての総合的な評価を行う第三相だ。

ただし、患者数が極めて少ない場合、第二相段階の結果をもって当局への承認申請を行うことができる。国内患者数が二十数名であることを考えると、ラルフ病はこれに当たる。また、急激な症状悪化による致死的発作の危険性があることから、薬剤とプラセボ《偽薬》をランダムに割り付けて比較する形ではなく、投薬前後の症状改善を見る形で試験を行う計画になっている。つまり、第一相をクリアできさえすれば、千夏はＫＪＣ－０７１の投与を受けられる。

ただ、最速で開発を進めても、第二相の開始までに二年はかかる。それまで千夏が頑張れるという保証は、残念ながらどこにもない。

「何か、僕たちにできることを探さなければなりません」

「少しでも症状の悪化を食い止める手立てがないか、専門医に尋ねるとか……？」

「それはもう、やりました。いま日本で一番ラルフ病に詳しいのは僕たちです」恵輔は悔しそうに言った。「研究を始めた時と、状況はまったく同じです。現段階で有効な治療法はありません。唯一の例外を除いては」

恵輔は顔を上げ、理沙の瞳をじっと見つめた。

「ＫＪＣ－０７１を、千夏さんに投与できないでしょうか」

「それは……可能なの？　あ、そうか。早期・探索的臨床試験を使うって手があるか」

日本には、早期・探索的臨床試験という仕組みがある。通常の臨床試験の前に、ヒトでの薬効確認を目的とした、ごく小規模の投薬試験を行うことができるのだ。いち早く患者への投薬が可能で、しかも、求められる前臨床試験データも少なく、製造するサンプル量もわずかで済むというメリットがある。

「実施できないか模索していますが、難しそうです。その試験は、厚生労働省の選定を受けた特定の病院で行う必要があります。ところが、ラルフ病の患者さんは長距離の移動には耐えられません。つまり、それらの病院から遠い地域に住んでいる方は、試験に参加できないんです。いくら小規模で済むとはいえ、試験は薬剤の有効性を示せる規模で行う必要があります。充分な数の患者さんを集められない以上、残念ながら現状では実施困難というしかありません」

回答に迷いがない。恵輔はすでにいろいろと準備を進めていたのだろう。おそらく、この日が来ることを予測していたのだ。

恵輔が考えつかなかったアイディアが閃くとも思えず、「……ごめん、私には思いつかないや」と理沙は首を振った。

「まだ手はあります」と恵輔は思い詰めた表情で言った。

その顔を見て、さっきの恵輔の言葉の真意を理沙は察した。ＫＪＣ−０７１を投与する。ただし、臨床試験と関係のないところで——恵輔は禁じ手を使うことを考えているのだ。

「臨床試験外で薬を飲ませるつもり？」

「法律には触れるかもしれませんが、投与自体は容易です」

「それはダメだよ。公になったら大変なことになる。解雇はもちろんとして、水田くんが逮捕される可能性もあるでしょ。会社にも思いっきり迷惑が掛かるし」

「秘密を守りさえすれば、表に出ることはないと思います」

「それはそうだけど！」理沙は感情のままに叫んだ。「なんなの一体。そんなの全然水田くんらしくないよ！」

恵輔は唇を噛み、足元に視線を落とした。

「……僕は、千夏さんの命を守りたいだけなんです」

「あのさ。どうしてその話を私にしたの？　本気で投与したいなら、勝手にやればいいじゃない」

顔を上げた恵輔が、「それは……」と目を見開いた。「誰かに相談した方がいいかと思ったんです」

「違うでしょ！」と理沙は突き放すように言った。「一人で責任を背負い込むのが怖いだけなんでしょ？　それで、彼女と面識がある私を巻き込もうとしたんだよ。正直、何の意味があるのって思う。私が賛成するわけないじゃない。見くびらないでよ！」

言いすぎているのは分かっていたが、言葉が口から飛び出していくのを止めることができなかった。

恵輔は固まっていた。矛盾を指摘されて初めて、自分の行動が支離滅裂だったことに気づいたようだ。

「……すみませんでした。僕は、混乱していたみたいです。あ、いや、言い訳するつもりはなくて、自分でも冷静さを欠いていたなと思って」

「いいよ、取り繕《つくろ》おうとしなくて。……水田くんの気持ちは分からないではないよ。今、私たちの手の中には、ラルフ病に対抗しうる唯一の武器がある。それを使えば、命が失われていくのを止められるかもしれない。でも、ルール的にそれは許されない。葛藤するのは当然だし、多少取り乱しても仕方ないよ」

だけどね、と理沙は穏やかに言った。

「正しい手順を踏まずに投与することは、やっぱり良くないと思う。安全性の高いものを作ったっていう自負はあるけど、それを人の体で証明したわけじゃないし、何かが起こる可能性を否定できる材料はない。責任だって取れない。もどかしいけど、無茶はしないでほしいの」

「……それなら、責任を取れる人に判断してもらいましょう」

理沙は息を呑んだ。恵輔の目からは、まだ危険な光は失われていなかった。

「どこにそんな人がいるの？　彼女の主治医に相談するつもり？　賭けてもいいけど、首を縦には振らないよ、絶対」

「医師ではありません」と恵輔は言った。「千夏さんと、彼女のご主人。二人に判断を委ねたいと思います」


理沙は説得を試みたが、恵輔の意志は固かった。とにかく話をしてみるの一点張りで、何度言っても理沙の忠告を受け入れようとはしなかった。

このまま暴走を見過ごすわけにはいかない。ひとまず説得を先送りし、長尾との話し合いの場に、自分も同席することで手を打った。

千夏が入院してから三日後の早朝。理沙と恵輔は、大阪市内のカラオケ店で長尾と落ち合った。徹夜明けの大学生たちが店をあとにする中、理沙たちは受付を済ませ、三人ですら狭いと感じる、廊下の突き当たりの角部屋に入った。

ドアを閉めていても、周りの部屋から歌声が聞こえてくる。時間帯が時間帯だけに、店にいるのは徹夜組だけのようだ。真面目に歌っているのではなく、やけくそ気味に叫んでいる声ばかりが耳に届く。動物園の只中にでも放り込まれたような気分だった。

深刻な話をするのにふさわしい雰囲気ではないが、長尾は千夏が入院している病院からあまり離れられない。近場で手軽に個室が確保できたのはこの店だけだった。これからする話を誰かに聞かれるわけにはいかない。

「すみません、急に連絡してしまって」と恵輔が頭を下げた。

「いえ、大丈夫です」

「千夏さんの体調はいかがですか」

「安定してきました。病院でしっかり見ていただいているので、もう大丈夫だと思います」と、長尾は落ち着いた様子で言った。

「とはいえ長居はできないでしょうから、単刀直入に申し上げます。千夏さんに、弊社で開発中のラルフ病治療薬を投与しませんか」

恵輔がそう提案すると、長尾は軽くため息をついた。

「わざわざこんなところで話をするということは、合法的な手段ではないんですね」

「……はい。投与の事実は伏せなければなりませんし、何かが起これば自己責任になります。ただ、開発中の薬剤はサルで充分な安全性を担保できています。それでも不安だとおっしゃるのであれば、僕が自分の体で副作用の有無を確認しても構いません」

いきなり恵輔がそんなことを言い出したので、理沙はぎょっとした。

「それは意味がないよ。統計的に安全だと言うには、サンプル数が少なすぎる。水田くんが大丈夫だったからって、他の人にそれが当てはまるとは限らない」

「でも、やらないよりはマシでしょう」

「それはそうだけど、明らかに人体実験じゃない」

「どうせ投与するなら、ベストを尽くすべきです。テーマ提案の選挙の際、僕たちは票集めのために、使える手段はすべて使いましたよね。それと同じではないですか。清濁併せ吞む、です」

「全然違う。話をすり替えないで。正当なルールに則っているか否か。そこは大きな違いだよ」

理沙は恵輔を睨んだ。恵輔も力を込めた視線を返してくる。刹那、二人は見つめ合う形になった。

「──いろいろとご提案いただいているのは、非常にありがたいんですが」長尾が遠慮がちに口を開いた。「薬剤を投与するつもりはありません」

いきなり梯子を外された格好になり、恵輔は「えっ……」と呟いたきり絶句した。

「水田さんと知り合ったことによって、ラルフ病の薬剤を開発している製薬企業とパイプができました。半分冗談、半分本気で、私は千夏に尋ねました。『もし、誰よりも早く薬剤を手に入れられるとしたら、どうする？』と。『それはフェアじゃない』というのが彼女の答えでした」

「他の患者さんに申し訳ない……ということですか」

恵輔に代わって理沙は尋ねた。

「ええ。もし健康を取り戻せても、それを素直に喜ぶことはできない。むしろ、ズルをしたことを後悔しながら生きていくことになる。だから、自分だけ投薬を受けるなんてことはしたくない。千夏はそんな風に説明していました。……たぶん、症状が進んでしまった今でも、意見は変わらないでしょう。申し訳ありませんが、私は彼女の意思を尊重します」

「ですが、命を落とす危険があるんですよ！」

恵輔がそんなことを口走る。理沙は反射的に「馬鹿っ！」と恵輔を叱《しか》っていた。「言っていいことと悪いことがあるでしょ！　そんなことも分かんないの！」

「あ……も、申し訳ありません。とんでもないことを……」

テーブルに手を突いて恵輔が深々と頭を下げる。

長尾は「大丈夫です、分かっていますから」と微笑した。

「ラルフ病に関して、もう何年も千夏と話し合ってきました。病気になってしまったことは悲しい。それでも、病気に人生を支配されたくない。運命を受け入れつつ、今まで通り、自分のやりたいことをやる。最初に出したその結論は、今も変わっていません」

迷いなく語られた長尾の言葉には、歳月を経て醸成された覚悟が宿っていた。

恵輔は何も言えずに、ただ拳を握り締めている。理沙は彼の肩に手を置いた。

「水田くん。長尾さんがこうおっしゃってるから。私たちは私たちにできることをちゃんとやっていこう。ね？」

「……はい。すみませんでした、独りよがりな提案をしてしまって」

「お気持ちは伝わってきました。千夏には、『症状が早く落ち着くように応援いただいた』とだけ伝えておきます。どうか、私たちだけでなく、世界中のラルフ病患者の皆さんのために、研究を頑張ってください。心から応援しています」

長尾はにこやかにそう言うと、「すみません。病院に戻ります」と千円札を置いて席を立った。

二人きりになった室内には、どこからか聞こえてくるへたくそな演歌が微かに響いている。恵輔はテーブルの一点を凝視したまま動こうとしない。

「……私たちも行こうか。平日だし、会社に行かなきゃ」

そう促すと、恵輔はゆっくりと首を振った。

「まだ、ここにはいられます。少し、一人にしてもらえませんか」

伏し目がちに、小さな声で恵輔は言った。

これほど落胆している恵輔を見るのは初めてだった。明らかに、千夏が結婚したことを知った時よりも深く落ち込んでいる。軽率な手段に走ろうとした自分を恥じているのだろう。

ここで自分が、恵輔を精神的に支えることができたら――。

閉ざされた二人だけの空間で、理沙はその可能性を考えた。

あるいは、恵輔の気持ちをこちらに向けることができるかもしれない。

頭の中に、様々な慰めの言葉が浮き上がり、ぶつかり合っては神経シナプスの隙間に落ちていく。

幾万の想いが一瞬にして交錯し、そして音もなく消えていった。

葛藤をため息に変えて吐き出し、理沙は立ち上がった。

「……分かった。じゃ、先に出るから。落ち着いてから出社すればいいよ」

それだけ言って、理沙は部屋をあとにした。

弱ったところに付け込んで、自分のものにする。恋愛でたまに使われる手法だが、そんな風に人の心を操って得た愛情に価値などない。理沙は昔からそう考えてきた。

――水田くんも、同じ考え方だっけ……。

理沙はそのことに気づいた。恵輔は、自分がラルフ病の創薬研究に携わっていることを千夏に隠し続けている。それは、あくまで対等な立場で親交を深めたいという思いがあったからだ。

考え方は似ている。それなのに、恵輔と自分との距離は全然縮まっていかない。一緒に創薬研究を始める前と、状況は何も変わっていない。

長尾と千夏には、誰の目にも明らかな、確かな強い絆があった。そのことを、純粋に羨《うらや》ましいと思った。どれだけの時間を共に過ごせば、あんな関係を築くことができるのだろう。

いや、そうじゃない。理沙は即座に否定した。

この一年半ほど、自分と恵輔は毎日何時間も同じ部屋で過ごしてきた。それでも、仕事仲間という枠を超えた信頼関係を作れたとは言い難い。必要なのは、時間ではない。互いに心を開き合うこと。それが大前提なのだ。自らの死すら話題に出すほどの忌憚《きたん》のない議論が、長尾と千夏を精神的に固く結びつけたに違いない。

もうすぐ、ラルフ病の創薬研究は一段落する。

仕事は順調に進んでいるのに、人生の見通しはまだ暗いままだ。

テーマが終わったあと、自分はどうしたいのか。どうすべきなのか。

恋愛の問題も含め、そろそろ、そのことを真剣に考える時期が来ていた。

11

幸いなことに、千夏の病状は安定し、一週間ほどで退院することができた。しかし、何もかも元通りとはいかなかった。またいつ悪化するか分からないため、一日中ベッドの上で安静にしていなければならないという。仕事復帰どころか、車椅子生活に戻るのも難しいだろう、という話だった。

恵輔はもう、ＫＪＣ－０７１を千夏に投与するとは言わなくなった。千夏がいなくなっても楽悠苑への訪問は続けており、理沙も一回だけそれに同行したが、彼の祖父の様子は相変わらずだった。恵輔は名前を間違えられながら、ルールの曖昧になった将棋を黙々と指していた。

ＫＪＣ－０７１の前臨床試験は極めて順調に進んだ。この物質がヒトへの投与が可能な安全性を備えていることが確認され、臨床試験に向けた最後の関門を無事に通過することができた。そして、この結果に基づいて治験計画の届け出が行われ、翌年の六月から臨床試験が始まることが決定した。

二〇一七年十二月一日。テーマに与えられた任期の最終月を迎え、人事異動が発表された。水田チームは当初の予定通り、年内いっぱいでの解散が決まった。

解散後の進路は、メンバーの希望に沿ったものになった。

恵輔は開発本部に異動し、引き続きＫＪＣ－０７１の臨床研究に関わる道を選んだ。

春日は細胞培養の技術を買われ、来年一月からスタートする、神経再生に関する新規テーマに参加することになった。

元山は合成化学部に戻ったが、すでに退職の意思を固めており、来年の四月から、東京にある癌関連のベンチャー企業で研究者として働く予定とのことだった。

そして、理沙は、秋に自らテーマ提案し採択された、〈霊長類脳波パルスを活用した、難治性鬱病の創薬〉のリーダーとなった。それは二年前に理沙がメンバーの一人として提案し、二次選考で落とされた研究テーマだった。

この春、高槻市に、霊長類の実験を専門とするベンチャー企業が誕生した。そちらに実験の一部を委託することで、自社でサルの飼育施設を作らずに済むようになった。そのことをしっかり強調しながらプレゼンしたことで、今回は無事に二次選考をクリアできたのだった。

ラルフ病治療薬研究の業務が減っていく中で、理沙は自分と向き合い、やりたいことを模索してきた。その結果たどり着いたのが、テーマリーダーになることだった。

人に指図されて動くのではなく、自分が中心となって病と向き合う。楽ではないが、やりがいのある仕事。一人で考える時間ができたおかげで、それをやってみたいという気持ちが高まっていることに、理沙は気づいたのだった。

十二月二十二日、金曜日。午後六時から、旭日製薬の研究所の敷地内にある食堂で、水田チームの解散会が始まった。

解散会には、理沙たち以外に、研究に関わった社員が四十人ほど参加していた。

化学合成を受け持った、高松たち合成化学部の人々。理沙と共に動態試験を担当した、花園を始めとする薬物動態部の研究員たち。細胞での評価化合物を選ぶのに関わった、栗林の顔もあった。この日のために東京から駆け付けた榎井もいる。会場のセッティングを行ったのは、恵輔の元同僚たち、総務部のメンバーだ。

誰もが笑顔でテーマの成功を祝いつつ、ビールを注ぎ交わしていた。理沙が会場の隅からその様子を眺めていると、「お、お疲れ様でした」と春日に声を掛けられた。顔が真っ赤だ。酒に強い方ではないらしい。

そういえば、彼が酒を飲んでいるところを見るのはこれが初めてだった。なんだかんだで忙しく、結局、チームのメンバーで飲みに行くチャンスは一度も訪れなかった。今になって、それがとてももったいないことのように思えた。

今日で何もかもが区切りを迎えるんだ――。理沙は突然込み上げてきた切なさをビールで喉の奥に流し込み、「お疲れ様です」と笑顔を返した。

「不思議な感じですね。こんな風に盛大に祝ってもらえると思ってなかったから」

「ほ、本当に、そうですね」グラスに残っていたビールを飲み、春日が大げさに頷く。「は、恥ずかしい話ですが、入社して初めて、臨床入りする薬剤に関わることができました」

「定年まで縁のない人もいるくらいですし、恥ずかしいことじゃないですよ」

「こ、今度は、綾川さんがリーダーですよね。う、うまく行くといいですね」

「チャンスはあると思います。共同研究をうまく活用することの有用性に気づけたのは、このテーマでの大きな収穫の一つでした。今、あちこちの大学にいる脳神経系の研究者にメールを出しているところなんです。早め早めに動くことが大事ですからね」

「――予算のことで揉めたくはないっすよね」と、斜め後ろから元山が会話に割り込んできた。

「研究管理部との交渉で時間を取られるのって、本当に非効率的ですよ」

「経験者は語る、だね」

理沙は改めて会場を見回した。今橋にも参加を打診したが、「出張がある」という理由で不参加だった。ここに彼がいないことが、少しだけ残念だった。ぜひ直接、恵輔に祝いの言葉を掛けてもらいたかったのだが、仕方ない。臨床試験が順調に進めば、いずれその機会はあるだろう。

「でも、綾川さんなら大丈夫っすよ。相手を黙らせるパワーがあるんで」

「なにそれ。褒められてる気がしないんだけど」と理沙は元山を睨んでみせた。

「俺だけじゃなく、研究本部の全員がおんなじイメージを持ってますよ、綾川さんには。もう、誰も『爆弾娘』なんて呼んでないっすよ」

「知ってるよ……」と理沙は嘆息した。

先日行われた同期会で、理沙は自分の新しいあだ名の噂を聞いた。なんでも、一部の研究員の間では、『女帝』という呼び方が定着しているらしい。尊大な態度と押しの強さから生まれたものだろう。確かに、今年の秋に行われたテーマ提案では、あらゆる手を使って票集めに奔走した。奇抜なあだ名をつけられても文句は言えない。

「元山くん、次の会社はどんなところなの？　癌に特化してるって話だけど」

「社員数は三十人くらいで、ほぼ全員が研究者っすね。癌の中でも、肝臓癌や膵臓癌なんかの、内臓系に力を入れてます。……俺もたぶん、いつか癌になると思います。だから、自分のためにもいい薬を創りますよ」

元山は笑いながらそう言った。

「――えー、宴もたけなわではございますが」司会を務める、総務部の塩屋が、マイクを手に声を張り上げた。「ここで池戸本部長から特別表彰があります。チームリーダーの水田さん、どうぞこちらへ」

榎井と話をしていた恵輔が、戸惑った様子で自分の顔を指差している。表彰のことを知らされていなかったのだろう。

後ろにいた栗林に背中を押され、恐縮しながら恵輔が前に出た。

池戸本部長は花束を持っていた。笑顔でそれを恵輔に手渡し、塩屋からマイクを受け取った。

「では、私から一言。えー、テーマ提案の制度が始まってから、もう十五年になるかな。その間、トータルで四十を超える研究が行われたが、臨床試験入りまで進んだのは今回が初めてになる。……しかし、このテーマは決して恵まれた状況にはなかった。総務部所属の社員からの提案ということもあり、選考委員たちの意見は厳しいものばかり。最初に与えられた研究期間は、半年という短いものだった。いわば仮免状態でスタートしたわけだが、彼らは実に真摯に、そして情熱的に研究に取り組んでくれた。水田くんは全体のとりまとめ役。春日くんは細胞実験のスペシャリスト。元山くんは効率的な合成を実現した。綾川くんは、薬物動態の実験はもちろんのこと、チームの精神的な支柱にもなっていたのではないかと思う。イギリスと同じだ。連合王国は、女王の統治下で力を発揮する」

そこで会場から笑い声が上がる。理沙は苦笑するしかなかった。

「チーム解散後は、四人ともが別の道を歩むと聞いている。ぜひ、この二年間に培ったものを次の部署でも活かし、また、他のメンバーに伝えてほしい。私からは以上だ」

「素晴らしいお言葉、ありがとうございました」塩屋は満足げに頷き、池戸からマイクを受け取った。「では、リーダーの水田さん。一言お願いします」

花束を抱えたままマイクを持ち、恵輔は食堂に集まった人々を見回した。彼の顔には、何かを成し遂げた者にだけ許される、すっきりした表情が浮かんでいた。

「ある女性を救いたい。このテーマを始めたきっかけは、ものすごく単純なものでした。その女性は、私の祖父が入所している老人ホームの職員の方です。歌が非常に上手で、リハビリの一環として自らギターを演奏し、入所者の皆さんを楽しませていました。私も歌に感銘を受けて、テーマ提案を決意しました。……しかし、最近になって気づきました。私はエゴに突き動かされたにすぎないのだと」

エゴという意外な言葉に、微かなざわめきが広がった。

心の中に、不安の雲が広がっていく。理沙は胸に手を当て、セーターの下に隠してある星のネックレスを握った。

ひょっとしたら、恵輔は千夏に薬物を投与しようとしたことを告白するのでは――。

止めなければ。そう思って前へと足を踏み出したところで、恵輔と視線が合った。彼は「大丈夫です」というように軽く頷いた。そのどこか達観したような表情で、理沙は恵輔が何を言おうとしているのか、なんとなく察した。

会場のざわめきが収まるのを待ち、恵輔は続ける。

「私の祖父は認知症を患っています。ご存じの通り、認知症を根治する医薬品はありません。『誰かのために』という前提を伴うのなら、認知症治療薬にチャレンジするという選択肢もあったはずですが、当時の私はそんなことは考えもしませんでした。……これは、普遍的な課題であると思います。取り組まなければならない課題は無限にあり、その一つを選び取る時、他のものを切り捨てる覚悟を持つ必要があるのだと、私は今になって思い至りました。私はこのことを心に刻《きざ》みながら、これからの会社生活を送ります。皆さんも、もう一度自分の業務を見直し、何をすべきか考えてもらえたらと思います。……以上です。今日はお集まりいただき、ありがとうございました」

恵輔が一礼すると会場から拍手が起こったが、参加者の表情は一様に神妙だった。

「もっとすっきりすること言えばいいのに」と元山が小声でぼやく。

「で、でも、いい言葉だと思いました」春日は目を潤《うる》ませながら拍手を続けている。「何かを選ぶことは、何かを諦めること……。確かにその通りです」

「冷静な自己分析だよね。自分のテーマが一段落して、周りを見渡す余裕が出てきたのかな」と理沙は言った。

元の場所に戻る恵輔を、自然と目で追っている自分がいた。彼の横顔は、自信に満ち溢れているように理沙には見えた。

「大局観、ってやつですかね。同じ部屋で仕事をするのもあとちょっとですし、今のうちにリーダーとしての心得を水田さんに教わった方がいいんじゃないっすか」

「……そうだね」と理沙は呟いた。「あんまり時間がないもんね」


解散会は午後九時にお開きになった。二次会に向かう面々と別れ、理沙は荷物を取りに、研究本部棟に戻ってきた。

ひと気のない廊下を歩いていくと、事務室に明かりがともっているのが見えた。

元山も春日ももう帰宅した。理沙は鼓動の高鳴りを自覚しながら、事務室のドアを開けた。

「あれ、綾川さん」備品置き場を漁っていた恵輔が振り返る。「どうしてここに」

「荷物、置きっぱにしてたから。水田くんこそどうして」

「思いがけず花束をもらってしまったので、紙袋に入れて持って帰ろうかと」

「紙袋なら持ってるからあげるよ」

「あ、助かります。もらっておいてなんですけど、扱いに困りますね。うちは花瓶もないですし、人にあげるのもちょっと、という感じですし」

「会社に置くにしても、もうすぐチームは解散しちゃうしね」

事務室内には、すでにいくつか段ボール箱が積まれていた。自分たちの分と、次にここに入る研究員のものが混在している。

何気なく恵輔の机に目を向け、理沙は違和感に気づいた。そこには、さっき食堂で手渡された花束と、理沙が以前に贈ったプリザーブドフラワーだけが並んでいた。

「ミニサボテンはどうしたの？　先に片付けたの？」

「実は、枯らしてしまいまして……。週に一度、何滴か水をあげるだけでいいんですが、うっかり放置しすぎました」

「ああ、そうなんだ……」

「こちらのプリザーブドフラワーは、異動先に持って行きます」

「そう。うん、大事にしてね」

「……はい。仕方ないとはいえ、バラバラになるのは寂しいですね」

「そうだね。……ねえ、水田くん」

思いがけず訪れた、二人だけの時間。これは天命なのだ、と理沙は自分に暗示を掛けることを躊躇《ちゅうちょ》しなかった。

――これを着けてきてよかった。

理沙はセーターの下から、星のネックレスを出した。そして、ゆっくりと恵輔に近づいた。

「滝宮……じゃない、今は長尾さんか。彼女に本当のことを話したの？」

「本当のことと言いますと？」

「水田くんがテーマリーダーを務めてたことだよ。その話、もうしたのって訊いてるの」

「ああ、いえ、結局言わずじまいでしたね。最初に言いそびれたせいで、言い出しづらくなってしまいました」

「今からでも遅くないし、話してあげたら？」

そう提案すると、恵輔は首を横に振った。

「やめておきます。まだ臨床試験で効果が出たわけじゃないですし、それに――」

恵輔がそこで言葉を切る。

「……それに？」と理沙は先を促した。

「何か恩返しをしなければ……。そんな風に彼女に思わせるのは嫌ですから」

恵輔の表情は穏やかだった。まるで、悟りを開いた賢者のようだ。

「あのさ、言わなくても分かってると思うけど、彼女は既婚者なんだよ」

「ええ、もちろん知っています」

「簡単に切り替えられないのは分かるよ。でも、もういいじゃない。そういう気遣いは終わりにしなきゃ」

「ええと、僕の中では終わっているつもりなんですが……」恵輔が困り顔で耳の上辺りを掻く。

「まだ未練を残しているように見えますか？」

「あ、いや、よく分かんない。ごめん、変なこと言っちゃってるね、私」

「いえ、たぶん、自分では気づかない何かがあるんだと思います。日常の振る舞いに問題があるなら、改善したいです。綾川さんはその手の切り替えは得意な方でしょうか。何かコツがあれば、ぜひ教えていただきたいのですが」

恵輔はそう言って、いつものようにメモ帳とシャープペンシルを構えた。ふざけているわけでも、煽《あお》っているわけでもない。純粋に情報を得ようとしているだけなのだ。

「得意なんかじゃないよ！」

思わず、声が大きくなった。恵輔は目を丸くしている。

理沙は込み上げてきた衝動の波に乗るように、頭に浮かんだ言葉をそのまま口に出した。

「私だって、もう何年も好きな人に気持ちを言えずにいるんだよ！」

「え、そ、そうなんですか？」

「あーもう、全然分かってない」

むしゃくしゃして仕方がなかった。理沙は激情に任せて、足元の段ボール箱を蹴飛ばした。

鈍い音の残響が消えると同時に、理沙は「私は水田くんが好きなの！」と叫んだ。

「はっ？」と呟いたきり、恵輔は固まってしまう。

恵輔はこの展開を一切予想していなかったのだ。そのことが理沙を苛立たせた。それは、自分が異性として見られていなかった証拠に他ならない。

顔が熱くなる。私は何を期待していたというのだろう――。理沙は自分の席からバッグを取り上げると、「じゃ、帰るから」と言い捨てて部屋を出た。

わざと足音を立てながら廊下を進んでいったが、恵輔が追い掛けてくることはなかった。

告白することは以前から決めていた。それが今夜になるとは思っていなかったが、年内には想いを伝えるつもりだったので、予定通りといえば予定通りだ。思ったよりも激しくなってしまったのは想定外だが、仕方ない。

研究本部棟を出ると、理沙の頭を冷やそうとするように、この土地特有の強い北風が吹きつけてきた。

顔をしかめ、マフラーを巻いたところで、スマートフォンが振動しているのに気づく。画面には恵輔の名前が出ていた。

「……もしもし」

「あの、水田です」と恵輔が怯えたような声で言う。

「分かってるよ。何の用？」

「さっきの、その、綾川さんの言ったことについてですね、その真意を尋ねたいといいますか、なんというか……」

「ごめん、外はすごく寒いから、長々と問答したくないの。はっきり言って」

恵輔が息を呑む気配がした。理沙はスマートフォンを耳に強く押し当てた。

「……さっきのは本気なんですか？」

「冗談だと思った？　ほんのひとかけらでも？」

「いえ、あまりに突然だったので……」

「タイミングと内容の真偽は無関係じゃない。いいよ別に、信じられないなら」

理沙はそこで無理やり通話を終わらせた。

その場で足を止め、しばらく待った。しかし、恵輔からの二度目の着信はなかったし、彼が外に飛び出してくることもなかった。要するに、それが答えなのだろう。

あっけないな、と思った。長々と抱え込んできた恋が、こんなにあっさりと終わってしまうとは。

理沙は両腕を目いっぱい広げ、思いっきり息を吐き出した。

空っぽになった肺を再び空気で埋める。冷たい夜気を吸い込むと、鼻の奥がつんと痛くなった。

理沙は手の甲で鼻の頭をこすると、大股で駅に向かって歩き出した。

12

新たに立ち上がった創薬チームのリーダーとなり、年明けから理沙は猛烈に忙しくなった。研究の進捗の把握とこまめなスケジュール調整。共同研究先の選定に、研究管理部との予算交渉。定例会議での状況報告。最新の文献情報のキャッチアップ。それらを一人でこなさねばならず、理沙は人の上に立つことの大変さを初めて実感した。

解散会以降、恵輔とは一度も連絡を取っていなかった。向こうからのメールや電話もなかったし、理沙は理沙で、自分から連絡する気にはなれなかった。恵輔は堺の研究本部から大阪市内にある本社勤務になり、また理沙は同期会を欠席し続けたので、顔を合わせる機会もなかった。

二〇一八年の六月から始まったＫＪＣ-０７１の臨床試験は順調に進んだ。健常人での安全性を確認する第一相試験を予定通り一年で終え、二〇一九年の八月に、ラルフ病患者への投与がスタートした。

ただし、薬剤の効果については、事前に設定した投与期間が終了し、解析結果が出揃うまでは伏せられる。ＫＪＣ－０７１が効いたのか効いていないのか分からないまま、理沙は自分のテーマを前に進めることにだけ注力した。


理沙が千夏からの手紙を受け取ったのは、ラルフ病創薬チームが解散してから二年が経とうとしていた、二〇一九年十二月のある日のことだった。

封筒の中には、楽悠苑で開かれるクリスマスパーティーの招待状が入っていた。同封されていた手紙によると、千夏の病状は回復傾向にあり、楽悠苑で再び職員として働くことも視野に入れているとあった。彼女は臨床試験に参加している。ＫＪＣ－０７１の効果が出始めているのかもしれない。薬剤の有用性が証明されたわけではないが、彼女が元気になりつつあることは素直に嬉しかった。

自宅のベッドに寝転がりながら、理沙は恵輔のことを考えた。これと同じ招待状が彼のところにも届いているだろう。そして恵輔は、おそらくパーティーに来る。

二年振りに顔を合わせた時、どんな風に振る舞えばいいのか。

気にすることはない、と自分に言い聞かせる。気持ちを伝えたが、拒絶された。ただそれだけのことだ。向こうは三十一歳で、こちらは三十三歳。もう充分すぎるほどにいい歳なのだ。自然に、何事もなかったかのように同期の一人として振る舞えばいい。

理沙は机に向かい、招待状の参加可否の欄に、〈参加いたします〉と書いた。

せっかくなので、手紙を添えて返信することにした。封筒の買い置きはあっただろうか。引き出しを開けたところで、奥の方に金色の鎖が見えた。

――ああ、ここに入れてたっけ。

人差し指に鎖を引っ掛けるようにして、それを抜き出してみる。つまんだ鎖の先で、金属製の星が揺れていた。恵輔のシャープペンシルの一部を利用して理沙が作った、あのネックレスだった。

――次で最後にしよう。もう一度だけ……。

ネックレスを首にかけてから、鏡に向かう。

やや疲れ顔の自分を励ますように、鏡の向こうで小さな星が鈍く光っていた。

十二月二十三日。その日、理沙は一人、午後一時半過ぎに楽悠苑にやってきた。積もるほどではないが、雪がちらついていて、辺りは薄暗い。

以前、同じように冬にここを訪れた時の記憶は、未だに鮮明だった。あの時も十二月二十三日だったので、丸三年が経ったことになる。建物の印象は変わらないが、玄関前に置かれたクリスマスツリーは、前に見たものよりかなり大きい。二メートル近くはある。プラスチックでできた模造品ではなく、本物のモミの木に飾り付けがしてあった。

中に入り、受付で名前を告げる。すると、「こちらでしばらくお待ちください」と職員に言われた。

ぼんやりと外を眺めていると、廊下を近づいてくる足音が聞こえた。

「――綾川さん」

振り返ると、ぎこちない笑みを浮かべた恵輔が立っていた。表情も顔つきも、最後に会った時と変わっていなかった。

「久しぶりだね。ここで待つように言われたんだけど、水田くんがそう頼んだのかな」

理沙も笑みを返す。意識しなくても、自然な話し方ができた。

「あ、はい、そうです。確実に会えるようにと思いまして」

「そう。もう会場に行く？」

「ええと、できれば少し話をしたいと思っています。部屋を使わせてもらえるように頼んだので、そちらでどうでしょうか」

いいよ、と頷き、理沙は恵輔と共に面談室に向かった。三年前に、千夏と会った部屋だ。室内の様子は前のままだったが、窓の外に見える木は少し背が伸びていて、冬でも葉が残っていた。

「どう、開発の仕事は？」ソファーに座り、理沙は尋ねた。「忙しい？」

「そうですね。今はKJC-071の臨床試験に関わる仕事をしていて、承認申請の資料作りを進めています。まだデータは出揃っていないので、申請自体ができない可能性もありますが」

「ふうん。想像がつかないなあ。開発の仕事って、よく知らなくてさ」

「僕も、異動して初めて学んだことばかりでした」と恵輔がしみじみと言う。「治験計画の作成、試験施設の選定、医師との面談、データの的確な収集、そして、申請に向けた準備……モノを生み出してからも、まだまだやることはたくさんあります」

「ストレスは大丈夫？　また胃潰瘍になったりしてない？」

「それはもう、しっかりケアをしていますから。綾川さんの方はどうですか？　難治性鬱のテーマ、今年いっぱいで研究期間が終わりますが」
「テーマそのものは失敗に終わったよ。脳波を計測、解析することで鬱病の病態を理解しようとしたんだけど、委託先のベンチャー企業で使ってた計測装置に不備があってね。データのほとんどが使えなくなって、結局、全然計画通りに行かなかったんだ。委託研究の弊害だね。自分の目できちんと確認すべきだった。でも、大学と共同研究をする中で、自閉症に似た症状を示すサルが見つかってさ。これは創薬に使えるんじゃないかってことで、そっちに研究を切り替えることにしたよ。今橋さんに直談判して、なんとか一年延長してもらったんだ」

「ああ、そうか。今年から今橋さんが研究本部長になられたんですね。かなりタフな交渉になったんじゃないですか」

「まあね。でも、サイエンスのことはしっかり分かってくれる人だから。なんだかんだで納得してもらえたよ」

「そうですか。綾川さんもリーダーとしてチームを引っ張っているわけですね」

「それなりにね」

そこで会話が途切れ、室内には不自然な沈黙が落ちてきた。恵輔がちらちらとこちらを窺っていることには気づいていたが、理沙は知らない振りをした。

未だに二年前の気まずい空気は生きている。そのことは、恵輔の顔を見た時から分かっていた。ほとほと自分にうんざりする。この歳になっても、こんな幼稚な人間関係しか築けない。

「あの時はごめんね」と笑いながら話のネタにすればいいのに、それができない不器用さが情けない。

気まずさをうやむやにするように、「ところでさ」と理沙は明るく言った。「千夏さんとはもう会った？　彼女、来るんだよね、今日」

「出席されるとは聞いていますが、会ってはいないです。まだいらしてないみたいですね」

「ずいぶん体調がよくなったらしいじゃない。何か聞いてる？」

「いえ、予定している試験期間が終わるまで、データにはアクセスできないようになっていますので。でも、千夏さんに効果が出ているのであれば、非常に嬉しいですね」

「当初の目的はこれで達成されたことになるね」

「そうなんですが、やはり他の患者さんにも効いてほしいです。市場に出て広く使われることが真のゴールですから」

「そうだね。まだ道半ばだったね。ごめん」

「いえ、別に気にしてませんから……」

そこでまた会話が途切れた。言葉のやり取りのテンポが悪いし、何より会話に中身がない。心の表面に浮かんできた、当たり障りのないことばかりを掬《すく》い取り、慌てて口から吐き出しているような感じだった。

その時、スピーカーから軽い電子音が流れてきた。

『――ご来所の皆様、まもなくクリスマス特別レクリエーションが始まります。お時間のある方は、多目的ルームにお集まりください』

「時間になっちゃったね」ほっとしながら理沙は立ち上がった。「行こうか」

「あ、お先にどうぞ。僕は祖父を連れて行きますので」

「じゃあ、前の方にいるから」

面談室を出て、恵輔と別れて多目的ルームへと向かう。

両開きの扉は開け放たれていた。綺麗に並べられた数十の椅子に、様々な年齢の人たちが座っている。入所者が半分ほどで、残りはその家族だろう。菓子を詰め合わせた赤い長靴を手にはしゃいでいる小学生の姿もある。楽悠苑からのプレゼントらしい。

壁際を進み、理沙は二列目の端に腰を下ろした。最前列は車椅子専用スペースで、色とりどりのブランケットを膝に載せた老人たちが、期待に満ちた目で演壇を見つめている。

しばらく待っていると、車椅子に乗った和雄と共に恵輔が姿を見せた。和雄の様子は二年前とさほど変化がなかった。多少痩せてはいるが、顔色はいい。

手を挙げ、自分の位置を知らせる。和雄が「おっ」というように眉毛を動かした。

「あんた、いつぞやのべっぴんさんやな」

二回会っただけの自分を覚えていたことを意外に思いつつ、「ご無沙汰しています」と理沙は頷いた。

「恵輔の嫁さんやったかな」

「いえ、会社の同僚ですが……」

以前にも似たようなやり取りをした記憶が蘇り、同時に理沙は違和感を覚えた。あの時、和雄は恵輔のことを全然違う名で呼んでいたはずだ。

「あれ？　水田くん、今……」

「そうなんです。やっと思い出してもらえたんです」

そう言って最前列に車椅子を停め、恵輔は理沙の隣に座った。

理沙は声を潜め、「お祖父さん、元気そうだね」と恵輔に耳打ちした。

「ええ、おかげさまで」と恵輔が微笑む。「最近になってようやくリハビリを始めまして。その効果が出ているようです。お金がなくて会社が潰れるかもしれないという話をしたら、『わしがなんとかしてやる』と張り切ってくれまして。祖父は元銀行員で、資金調達のプロだったんです」

「え？　ウチってそんなにヤバいの？」

「いいえ、まだまだ大丈夫みたいです。僕としては冗談のつもりだったんですが、祖父にはそうは聞こえなかったみたいで……」

「どこが冗談なの？　社内ならともかく、部外者が聞いたら本気にするに決まってるじゃない」と理沙は苦笑した。「センスが悪いよ」

「そうですか。難しいですね、冗談を言うのは。ここ何年かずっと技術向上に努めているつもりなんですが、いまだによく分かりません」

恵輔が首を傾げた時、会場の後方から小さなざわめきが伝わってきた。振り返ると、通路を車椅子で進む千夏の姿があった。車椅子の後ろには長尾がついていたが、千夏はハンドリムを握り、自力で車椅子を動かしていた。

目が合うと、千夏は微笑み、理沙の真横でいったん車椅子を停めた。

「来てくださったんですね」

「はい。招待状をいただきましたから」

「とても嬉しいです。水田さんもありがとうございます」

「あ、ええ、どうも」と恵輔が慌てて頭を下げる。「お元気そうで何よりです」

「お二人のおかげで、またこうして歌える日が来ました。今日は楽しんでいってくださいね」

千夏はそう言うと、力強く車椅子を漕いで、壇上へと上がった。

スタンドマイクの前に移動し、ゆっくりと会場を見渡す。千夏は晴れやかな表情をしていた。その瞳に込められた想いが、言葉にしなくても伝わってくる。

「本日はお集まりいただき、ありがとうございます。人前で歌うのはすごく久しぶりなので、かなり緊張しています。でも、精一杯準備はしてきました。……本当のことを言うと、もう二度とマイクを持てないと覚悟していました。私は、ラルフ病という病気に罹《かか》っています。体が動かなくなったり、突然呼吸が苦しくなったり、心臓が弱ったりする病気で、治療薬はありません」

でも、と千夏はそこで声を大きくした。

「今、ラルフ病の薬の臨床試験が進んでいます。私もそれに参加していて、実際に効き目も表れています。その薬を開発しているのは、大阪にある旭日製薬さんという会社です。今日、その開発を実際に担当した方が――薬の生みの親が、会場に来てくれています。水田さんと、綾川さんです」

千夏がこちらに手のひらを向ける。きょとんとしている恵輔の腕を取り、理沙は立ち上がった。振り返り、聴衆に向かって一礼する。会場からは大きな拍手が沸き上がった。恵輔は理沙に倣って頭を下げてはいたが、顔は困惑しきっていた。状況が飲み込めないのだろう。

理沙たちが座るのを待って、千夏が話を再開する。

「薬創りを先導したのは、水田さんでした。彼は研究者ではなく、総務部に勤める事務員さんだったにもかかわらず、研究テーマを自ら立ち上げ、リーダーとしていくつもの困難を乗り越えて来られました。その努力が、私の今日を創り、また、ラルフ病に苦しむ世界中の患者さんの明日を創っていくと思います。本当にありがとうございました」

千夏が体を折り曲げるようにして、深々と頭を下げた。

「……どうして、千夏さんがそのことを……？」

「私が話したんだ。水田くんがやったことを、どうしても彼女に伝えたくて」

「なぜです？　そんなことをしたら、千夏さんは……」

「彼女は以前から、薬を創ってもらうことに恩義を感じてる。その対象が旭日製薬から水田くんになるだけ。何の問題もないよ」

「しかしですね」

「――しっ、静かに。歌が始まるよ」

長尾がアコースティックギターを持って壇上に上がった。千夏はそれを受け取り、まるでギターを慈《いつく》しむように、ゆっくりとストラップを肩に掛け、ネックの部分を握った。

「拙い演奏ですが、どうか温かく見守っていただければと思います。……それでは聴いてください。村下孝蔵さんの、『陽だまり』です」

アップテンポなイントロに合わせて、千夏がギターを鳴らし始める。素人の理沙にも、その演奏がさほど上手ではないことはすぐに分かった。しかし、千夏の楽しそうな表情を見ていると、それだけでじんと胸が熱くなった。

千夏がマイクに口を寄せ、歌い始める。その声量に、理沙は一瞬で歌の世界に引き込まれた。

情景を鮮やかに描き出す歌詞と弾むような音たちに囲まれると、自然と心が浮き立つ。曲名のままに、春の陽だまりの中にいるような、幸せな気分になれた。

理沙は隣に座る恵輔の表情を窺った。彼は涙ぐんでいた。今にも目尻から大粒の涙がこぼれ落ちそうになっている。

見てはいけないと思い、理沙はすぐに視線を正面に戻した。

創薬研究で直面した苦難。報われなかった千夏への恋心。目指していた場所にたどり着いた達成感。誰かを思い、思われるという喜び。再び千夏の演奏を聞くことができる感動……。

様々な想いの籠ったその涙は、他人が無闇に眺めてはいけない、尊いものだ。


千夏はその一曲を歌ったところで演壇を降りた。表情はにこやかだったが、額や首筋に汗が光っていることに理沙は気づいた。今できる、ギリギリのパフォーマンスを披露したのだろう。

歌はそこで終わりになり、あとは職員によるマジックショーや演劇、ビンゴゲームなどが行われた。手作り感満載のイベントではあったが、それなりに楽しく時間を過ごすことができた。

午後五時。レクリエーションが終わり、理沙と恵輔は楽悠苑をあとにした。

外に出ると、荒々しい寒風が吹き付けてきた。来た時は静かに落ちていた雪は、今は風に翻弄され、無軌道にひたすら宙を舞っている。

この天候なので、他の来所者はみな車で来ていたようだ。歩いてバス停まで向かおうとしているのは、理沙たち二人だけだった。

辺りはもうかなり暗くなっていた。街灯に照らされた楽悠苑の敷地を出て、急な坂を降りていく。

「いいパーティーだったね」

「はい。ただ、あのサプライズには本当に驚きましたが」

「驚かせたかったわけじゃないけど、事前にわざわざ言うのも変かなと思って。ごめんね、勝手なことして」

「いえ、休憩時間に少し話をしましたが、千夏さんは以前と変わりなく接してくれました。どうやら僕が重く捉えすぎていたみたいです」

「それは、一番根本的なことを彼女に伝えてないからだよ」

理沙はそう言って、首から下げたネックレスに触れた。

「根本的？」

「『ラルフ病の患者さんのため』じゃなくて、『彼女のために薬を創りたい』っていうのが、研究を始めたきっかけだったってこと。要するに、スタートは『好きだ』っていう想いだったわけでしょ。それを知ってるかどうかは大きいよ。伝わってくる気持ちの重みが全然違う」

「あ、ああ、そうですね、確かに」恵輔は気恥ずかしそうに、小刻みに頷いた。「でも、その、勘違いしないでいただきたいんですが、僕は別にもう、千夏さんのことをどうこうなんてことは一切考えていませんので。ただ、彼女の幸せを遠くから見守っていられれば、それで構わないですから」

「分かってるよ。いいよ、いちいち言い訳しなくても」

「……そうですか。すみません」と恵輔がうなだれる。「前に、切り替えができていないと指摘されたので……」

「そんなこと言ったかな」

とぼけながら、理沙は白い息を吐き出した。

また、何も言われなかった。今日一日、ずっとネックレスを服の外に出していたのに、恵輔がそれに気づいた様子はまるでない。

なんで、こんなことを気にしてるんだろう——。

理沙はふいに虚《むな》しさに襲われた。二年前の告白で、恵輔に対する想いには決着をつけた。相手を試すような真似をせずに、さっさとネックレスのことを教えてしまえばいい。恵輔と同じように、自分も未練は一切ないのだから。

理沙は急な坂道の真ん中で立ち止まり、「あのさ」と口を開いた。

少し先を歩いていた恵輔が振り返る。

「実は、このネックレスね……」

星の部分を持って軽く引っ張った時、ぷつりとチェーンが切れた。

鎖が、するりと首から離れる。思わず、つまんでいた星を理沙は手放してしまった。

音もなくアスファルトに落ちた星が小さく跳ね、恵輔の足元で止まった。

すっとしゃがみ込み、恵輔はそれを優しく拾い上げた。

「これって……あれですよね。僕のシャープペンシルに付いていた星」

「今頃気づいたの？」自然と眉間に力が入る。「リメイクするって話したでしょ？　あのすぐあとから身に着けてたんだよ」

「……気づいたのは、二年前のあの日です。綾川さんは、ずっと僕にメッセージを送ってくれていたんですよね」手の中の星を眺めながら、恵輔が言う。「あの時はすみませんでした」

「あの時っていつのこと？　正確に言って」

「二年前……二〇一七年の十二月二十二日、チーム解散会の日の話です。綾川さんのお気持ちに、その、うまく答えられなくて」

「別にいいよ、気にしてない。私が告白して、それで振られただけでしょ。水田くんが謝るようなことじゃないよ」

「振るとか振らないとか、そういう判断をしたつもりはなかったんです。あまりに急だったので、混乱してしまって、それで……」

「言い訳は聞きたくない」理沙はぴしゃりと言った。「とっさに答えられないってことが、そのまま答えになってると思うけど」

恵輔は理沙の目を見たまま、もどかしそうに首を横に振った。彼には珍しく、苛立っているようだった。

「未熟者だったんです、僕が。お願いですから、そのことをまずは理解してください」

「……分かった。あの時はパニック状態で、まともな判断ができなかった。それはそれとして受け入れるよ。じゃあさ、どうしてそのあと、何も言ってきてくれなかったの？　あれから二年経ってるんだよ」

「……嫌われたと思ったんです」恵輔は悲しげに視線を足元に落とした。「優柔不断だったことに愛想を尽かされたんだ、だからしつこくしてはいけない……そう勝手に決めつけていました。でも、今日この星を見て、初めて違う可能性を信じる気になれました。ひょっとしたら、綾川さんは僕からの連絡を待っていたのではないかと……」

「だから、気づくのが遅いよ！」

「申し訳ないです」と恵輔がまた頭を下げる。

責めているつもりはないが、どうしても口調がきつくなってしまう。理沙は深呼吸をした。いつの間にか、雪も風もやんでいた。

「それと、綾川さんに一つ、お礼を言い損ねていたことに気づきました。うっかり、メモを取るのを忘れていまして」

ぽつりと恵輔が言った。

「テーマの選考会の時ですから……もう四年以上前になりますか。あの時、僕はひどく緊張していたんです」

「ああ、そうだったね」

理沙は頷いた。会場の張り詰めた空気は今でも覚えている。

「緊張のあまり、プレゼンの最初の一言が出てこなくて、頭が真っ白になりかけました。その時に、綾川さんが持っていた資料を床に落としましたよね。そして、後ろの席から『がんばれ』と、そっと僕を励ましてくれました。あのおかげで緊張が解けて、なんとか発表をやり通すことができました。本当に、ありがとうございました」

「……あのさ、水田くん。今、その話をする場面かな」と理沙は苦笑した。

「いま伝えておかないと、二度と言う機会がないかもしれないと思ったんです。今の僕がいるのは、綾川さんのおかげです。あの日のあの瞬間が、僕の人生の大きな分岐点だったんです」

「ええ？　それは大げさだよ」

理沙がはにかむと、恵輔は真剣な眼差しを向けてきた。

「……綾川さん。今、お付き合いされている方はいますか」

「いないよ」理沙は視線を受け止めながら言った。「ずっといない」

「もし、まだあの頃の気持ちが残っているのなら……いえ、残っていなくても構わないです。僕と交際してもらえませんか」

いいよ、と言おうと思った。

そう思っていたのに、口を衝いて出たのは、「えー、どうしようかな」という、何の意味もない言葉だった。

「……ダメでしょうか」

叱られた子供のように、恵輔が悲しげに眉をひそめる。

「だからさあ……」と理沙は首を振った。

言いたいこと、言うべきことは分かっている。それなのに、気恥ずかしくてもどかしくて、気持ちを言葉にすることがどうしてもできない。思わず、お前は何歳なんだ、と自分を問い詰めたくなる。

すっかり気温が下がっていて、手が冷えてしまっていた。それは恵輔も同じだろう。彼は手袋をしていない。

——ああもう、仕方ない。

麻痺《まひ》したかのように沈黙を続ける声帯に見切りをつけ、右足に力を入れる。

理性や羞恥心が、体をその場に踏みとどまらせようと抗っている。理沙は歯を食いしばりながら強引に足を前に出し、恵輔のすぐそばに寄った。

言葉が無理なら、こうするしかない。理沙は黙ったまま、両手で恵輔の手を包み込んだ。

恥ずかしくて、理沙は顔を上げることができなかった。ただ、この気持ちが伝わってくれることを祈りながら、理沙は冷え切った恵輔の指を握り続けた。

エピローグ

私がラルフ病だと分かったのは、十七歳の時だった。

生涯治ることのない、致死的な発作を引き起こしうる危険な病だと知り、パパもママもひどく嘆き悲しんだ。二人の悲しみっぷりは、私の方が引いてしまうほど激しかった。今にして思えば、あれはわざとやっていたのかもしれない。私の背負うべき絶望を、二人が肩代わりしてくれたのではないかと思う。

最初のうちはまだ体はそれほど弱っていなくて、学校にも普通に通えていた。スポーツはさすがに無理でも、本や筆記用具は持てたし、車椅子も必要なかった。ボーイフレンドとのデートは慎むように医師には言われたけど、残念ながら私にはそんな相手はいなかったので、何の問題もなかった。

なんだ、意外と大丈夫じゃないと思っていたけど、でも、それは無知から来る油断にすぎなかったのだ。

十八歳のクリスマスの日。寝室で一人で寝ていた私は、サンタクロースに首を絞められる夢を見て目を覚ました。でも、それは夢ではなく、起きても呼吸は苦しいままだった。肺の機能が低下していたからだ。ラルフ病の初めての発作だった。

すぐに救急車で病院に運ばれ、緊急処置を受けた。その時は二日ほど入院しただけで退院できたけど、翌月にまた発作が起きて、私は本格的に生死の境をさまよった。朦朧としている最中に、亡くなったおじいちゃんが現れてベトナム戦争の話をし始めた時は、「ああもうダメなんだな」と思った。

二度目のピンチもなんとか生き延びられたけど、次にまた発作が起きたら、もう命の保証はできないと医師には言われた。

そうだろうなと覚悟してはいた。でも、実際に命の終わりが間近に迫ると、やっぱり怖くなった。痛みや苦しみが怖いんじゃなくて、自分がこの世界ともう関わりを持てなくなることが怖かった。私がいなくなったあと、誰がパパやママを笑わせられるんだろうと思うと、本当に憂鬱な気分になった。私の死と同時に、あの素敵な笑顔も永遠に失われるかもしれない。そう思うと泣けて仕方なかった。

私も、パパもママも、毎日神様に祈りを捧げてばかりになった。それ以外にできることは何もなかったのだ。

パパやママが何を考えていたかは分からないけど、私は祈れば救いの手がもたらされると思っていたわけじゃない。願っていたのは、私の周りにいる人たちの悲しみが少しでも和らぐことだった。私が灰になったあとも、世界が変わらずに動いていきますようにと、どこかにいる神様に呼び掛け続けた。

私たちの祈りが通じたのかどうか分からない。いや、通じたのだと思うことにしよう。期待以上の形で福音はもたらされたのだから。

ラルフ病の治療薬が日本で開発されたと知った時、パパとママは涙を流して喜び、私はまたしても、自分の感情を爆発させるチャンスを逃した。

薬の名前は〈ラルファント〉といった。アメリカでの承認に先んじて取り寄せたその薬は、とてもよく効いた。弱っていた握力や足の筋力は回復し、車椅子なしでも日常生活を送れるようになった。薬の力ってすごいんだなと、私は心から感動した。それまで別になんとも思っていなかった日本という国に興味を持ったのも、それがきっかけだった。

だから、私は二十歳になった時にパパとママにお願いした。「どうか、この薬を創った人にお礼を言わせてほしい」って。いわゆる、一生のお願いというやつだ。


私が関西国際空港に降り立ったのは十月で、少しじめっとしていたけど、気温は私の暮らすロサンゼルスの秋とそれほど変わらなかった。

ラルファントを開発したのは、旭日製薬という会社だった。私は空港からタクシーで直接研究所へと向かった。

研究所の門の前でタクシーを降りると、スーツ姿の女性が私を待ってくれていた。

彼女は、『ようこそ、日本へ』と私を笑顔で出迎えてくれた。なかなか流暢《りゅうちょう》な英語だ。

ショートカットで活発な印象の彼女のことを、私は知っていた。ラルフ病患者団体のホームページに載っていた、ラルファントの開発チームへのインタビュー記事に目を通していたからだ。私は彼女を驚かせようと思い、「ハジメマシテ、アヤカワサン」と日本語で話し掛けた。すると、彼女はつぶらな目を見開き、『日本語がお上手ね！』と喜んでくれた。でも、私はちょっとした失敗をした。彼女の苗字がミズタに変わっていたのだ。どうやら、リーダーだった水田恵輔サンと結婚したらしい。

さて、イタズラはここまでだ。私は居住まいを正し、『急な申し出にもかかわらず、面会の許可をいただいたことに感謝します』と一礼した。

『とても嬉しかったわ』と理沙サンが微笑む。『わざわざアメリカからお礼を言いに来てくれるなんて、研究者にとっては最高の名誉よ』

私のために、今はもう旭日製薬を退職している元山サンを含め、十人以上の研究者が集まってくれているという。恐縮してしまうほどすごい歓迎っぷりだ。

近況について話しながら歩いていると、理沙サンと同じ色合いのスーツを着た男性が走り寄ってきた。ラルファントの生みの親、水田恵輔サンだ。

『やあどうも。ようこそいらっしゃいました』

笑顔で彼が差し出した手を握る。とても温かい手だった。

『ユニバーサル・スタジオ・ジャパンにはもう行きましたか?』と恵輔サンに訊かれ、私は『いいえ』と首を振った。『ロサンゼルスにはユニバーサル・スタジオ・ハリウッドがあり、何度かそこを訪れていますので。今回の来日では、京都を観光する予定です』

『そうなんですか。あちこちに存在するんですね、ユニバーサル・スタジオは。universal《普遍的》というだけのことはありますね』

『え、あ、はあ……』

今のはジョークだったようだ。私がなんとか笑ってみせると、『気を遣わせてどうするの』と理沙サンは呆れ顔で言った。『ごめんね、彼は冗談が苦手で』

『おかしいな……これでも三日三晩考えて編み出したんですが』

恵輔サンは不満げにぶつぶつと呟き、『じゃあ、行きましょうか』と歩き出した。

研究チームの人との面会の前に、研究本部棟を案内してもらうことになっていた。どうしても、ラルファントが創り出された場所を自分の目で見ておきたくて、私の方からリクエストした。

三人で建物に入る。廊下は外より薄暗く、しんと静まり返っていた。

『まずは生物系の実験室に行きましょうか』と恵輔サンが先に立って歩き出す。

私は彼の隣に並び掛け、『今は何の仕事をしているんですか』と尋ねた。

『ラルファントの開発が終わったので、研究本部に戻ってきて、別のテーマに取り組んでいます』と彼は丁寧な口調で説明してくれた。

『今度は何の病気の研究ですか?』

『認知症です』と答えた瞬間、恵輔サンの表情がぐっと引き締まった。

創薬研究の中でも、最も難しいとされているのが、認知症だ。聞きかじった知識だが、確か、これまでに行われた臨床研究の九九・八パーセントが失敗に終わっているらしい。唯一成功した薬も、病の進行を遅らせるのが精一杯で、認知症そのものを治す効果は見込めない。人類にとって難攻不落の強敵なのだ。

『どうしてそのテーマを？』

『理由は二つあります。一つは、ラルフ病患者さんによく見られる遺伝子変異が、認知症患者さんでも確認されるケースが多いことです。二つの疾患に関連性があるのであれば、ラルファント自身、あるいはその周辺誘導体に、認知症に効く化合物があるかもしれません』

私は彼の言ったことをメモ帳に書き留めた。恵輔サンがメモ魔であることを知り、その習慣を真似て、私も頻繁にメモを取るようになった。

『もう一つの理由は何ですか？』

『僕の祖父が、認知症を患っているからです。もうかなり高齢ですので、祖父の治療に間に合うかどうか分かりませんが、その病に挑戦しなければという思いはずっと持ち続けていました。おそらく、僕の生涯を懸《か》けて戦う相手になるでしょう』

恵輔サンの言葉に、理沙サンが頷いている。

私の視線に気づき、彼女が『今、私も同じチームなの』と教えてくれた。

聞けば、細胞を扱うスペシャリストである春日サンもメンバーとして加わっているそうだ。それは嬉しいサプライズだった。私は春日サンのファンでもあるからだ。あとでサインをもらうことにしよう。

恵輔サンも、理沙サンも、とても充実した表情をしている。真剣に、そして楽しみながら研究と向き合っているのだ。

『すごくうらやましいです』と私は正直な気持ちを口にした。『私も、将来は創薬研究をやりたいと思っています』

『それは素晴らしいですね！』

恵輔サンが足を止め、大きく両手を広げた。

私は幸いにも死の淵《ふち》から救い出されたが、世の中には治療薬のない病が無数に存在している。難治性疾患に苦しむ人々の力になることが、自分の生きる意味なのだ。私はそう考えている。

『教えてください。創薬研究で一番大切なことはなんですか？』

『そうですね……』

恵輔サンは理沙サンをちらりと見た。すると彼女が、『恋心？』といたずらっぽく笑う。それを聞いて、恵輔サンは『古い話を』と苦笑した。どうも、二人の間だけに通じる何かがあるようだ。

『ええと、今のは聞かなかったことにしてください』

軽く咳払いをして、恵輔サンは私と目を合わせた。

『考え方は人それぞれですが、僕にとって最も重要だったのは「熱意」です。ずっと忘れていた熱い気持ちを思い出させてくれたのが、創薬だったんです。そして僕は今も、変わらず熱意を持ち続けていいます』

心の中が温かくなる。彼の言葉が、私の胸の奥にあったランプに火をつけてくれたみたいだった。熱意。ページを突き破るくらいの強さで、私は彼の言葉をメモした。今の話を絶対に忘れずにいようと、私は固く誓った。

やる気はある。しかし、それだけで夢が叶うわけではない。実力も必要だ。

ここに来るまでは訊くべきか迷っていたが、訊かずにアメリカに帰ることはできそうにない。

私は意を決して、『もう一つ、質問しても構いませんか』と切り出した。

『ええ、何でも』と恵輔サンが優しく頷く。

『大学で科学を学んでいますが、思った以上に難しくて、正直に言えば、苦戦しています。こんな状態で、研究者になれるのでしょうか？』

吐き出さずにはいられなかった弱音を聞き、恵輔サンは『物事に絶対はありませんが』と前置きしたうえで、『きっと大丈夫だと思いますよ』と言った。

恵輔サンの言葉に、理沙サンも『うん、きっとね』と同意する。

『どうしてそう思うんですか？』

たまらず尋ねると、『なぜなら』と、恵輔サンが笑みを浮かべた。

『ただの事務員だった僕にも、薬を創ることができたんですから』

『じ、事務員？』私は驚きを隠すことができなかった。『インタビュー記事にはそんなことは載っていませんでした』

『ああ、あれですか。なんとなく気恥ずかしいので、公の場では言わないことにしているんです』と恵輔サンがはにかむ。

『その話、詳しく聞かせてもらってもいいですか』

私がメモ帳片手に詰め寄ると、恵輔サンは『もちろん構いませんよ』と言ってくれた。『ちょっと長い話になりますが』

『ぜひお願いします！』

『……予定が台無しだけど、仕方ないか』と理沙サンがため息をつく。『あなた、研究者に向いてると思うよ。それだけ好奇心が強ければ大丈夫』

『本当ですか？　理沙サンの話も聞きたいです！』

『立ち話もなんですし、会議室に行きましょう。見学はそれからということで！』

恵輔サンが張り切って歩き出す。理沙サンはその背中を目で追いながら、『実は話したいと思ってたのかもね』と笑った。『じゃあ、私たちも行きましょうか』

はい、と大きく頷き、私は理沙サンと共に歩き出した。

私の踏み出すこの一歩が、誰かの未来を創るかもしれない。そう思うと、自然と足取りは早くなった。

本書は書き下ろしです。

喜多喜久（きた・よしひさ）

1979年徳島県生まれ。東京大学大学院薬学系研究科修士課程修了。大手製薬会社に研究員として勤めていた。2010年に第９回「このミステリーがすごい！」大賞優秀賞を受賞。翌年、受賞作に加筆した『ラブ・ケミストリー』でデビュー。「化学探偵Mr.キュリー」シリーズは、累計45万部を突破する大ヒット。2015年には、『リケジョ探偵の謎解きラボ』が上野樹里主演でドラマ化された。他の著作に、『二重螺旋の誘拐』『創薬探偵から祝福を』『アルパカ探偵、街をゆく』『リケコイ。』などがある。

ビギナーズ・ドラッグ

第一刷発行　二〇一七年十二月五日

著　者　喜《き》多《た》喜久《よしひさ》

発行者　鈴木　哲

発行所　株式会社　講談社

〒112-8001東京都文京区音羽二－一二－二一

電話　出版　〇三－五三九五－三五〇五
　　　販売　〇三－五三九五－五八一七
　　　業務　〇三－五三九五－三六一五

印刷所　豊国印刷株式会社

製本所　株式会社国宝社

定価はカバーに表示してあります。

Printed in Japan　ISBN978-4-06-220752-2

N.D.C. 913　334p　19cm